Editora
Charme

CB006714

CAVALHEIRO
NÚMERO 9

AUTORA BESTSELLER DO *NEW YORK TIMES*
PENELOPE WARD

Copyright © 2018. GENTLEMAN NINE by Penelope Ward
Direitos autorais de tradução© 2023 Editora Charme.

Todos os direitos reservados.
Nenhuma parte desta publicação pode ser reproduzida, distribuída ou transmitida
sob qualquer forma ou por qualquer meio, incluindo fotocópias, gravação ou outros
métodos mecânicos ou eletrônicos, sem a permissão prévia por escrito da editora,
exceto no caso de breves citações consubstanciadas em resenhas críticas e outros usos não
comerciais permitidos pela lei de direitos autorais.

Este livro é um trabalho de ficção.
Todos os nomes, personagens, locais e incidentes são produtos da imaginação da autora.
Qualquer semelhança com pessoas reais, coisas, vivas ou mortas,
locais ou eventos é mera coincidência.

1ª Impressão 2023

Modelo da capa: Lucas Garcez, @lucasgarcez93
Fotógrafo: Sven Jacobsen, svenjacobsen.com
Adaptação da capa e Produção Gráfica - Verônica Góes
Tradução - Laís Medeiros
Revisão - Equipe Charme

Esta obra foi negociada pela Brower Literary & Management.

CIP-BRASIL. CATALOGAÇÃO NA PUBLICAÇÃO
SINDICATO NACIONAL DOS EDITORES DE LIVROS, RJ

W232c

    Ward, Penelope
       Cavalheiro número 9 / Penelope Ward ; tradução Laís Medeiros. - 1. ed. -
Campinas [SP] : Charme, 2023.

    Tradução de: Gentleman nine
    ISBN 9786559331178

    1. Romance americano. I. Medeiros, Laís. II. Título.

                 CDD: 813
23-83400   CDU: 82-3(73)

Meri Gleice Rodrigues de Souza - Bibliotecária - CRB-7/6439

Editora
Charme

www.editoracharme.com.br

Editora
Charme

CAVALHEIRO NÚMERO 9

Tradução: Laís Medeiros

AUTORA BESTSELLER DO *NEW YORK TIMES*

PENELOPE WARD

CAPÍTULO UM

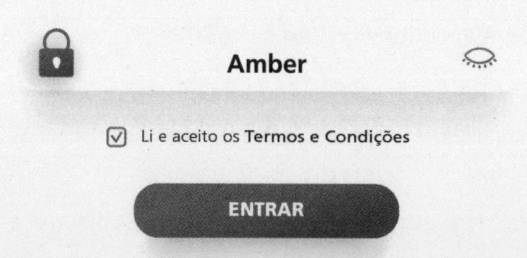

Amber

☑ Li e aceito os **Termos e Condições**

ENTRAR

O toque do meu celular me deu um susto enquanto estava distraída olhando fotos on-line. O nome que apareceu na tela fez meu pulso acelerar.

Channing Lord.

Channing?

Meu coração começou a bater mais rápido.

Por que ele me ligaria?

Antes que eu tivesse tempo para ponderar aquela pergunta, atendi, esforçando-me para soar animada, apesar do fato de que, momentos antes, eu estava aos prantos enquanto bisbilhotava o perfil do Facebook do meu ex, Rory.

Passei uma mão no cabelo, como se minha aparência importasse.

— Channing!

Uma risada profunda e sensual vibrou na minha orelha, mas, de alguma forma, pude senti-la entre minhas coxas.

— Como sabia que era eu?

Meus mamilos enrijeceram diante do som de sua voz. Eu não queria ter aquela reação, mas tinha uma quedinha secreta e relutante por Channing desde sempre. Por um motivo ou outro, ele sempre tinha sido proibido.

Quando o conheci, ele era o irmão mais velho da minha melhor amiga. *Proibido.*

Então, nosso relacionamento evoluiu para uma amizade que eu considerava valiosa. *Proibido.*

Ultrapassar o limite com Channing não era uma possibilidade, especialmente depois que me apaixonei por seu melhor amigo, Rory, o que fez Channing ser, mais uma vez... *proibido.*

Mas o fato de eu sempre ter considerado Channing proibido não significava que conseguia ignorar o quanto ele era atraente. O homem era lindo, não dava para negar.

— Seu nome apareceu na tela, por isso eu sabia que era você

— Sério? — Ele riu. — Merda. É o meu celular. Não sabia que meu nome aparecia quando eu ligava para as pessoas. Não sei se gosto disso.

— Mas isso é porque salvei seu número nos meus contatos. Você deve ter me ligado desse número antes, na última vez em que nos falamos. Acho que foi há, tipo, seis meses.

— Ah, saquei. Caramba. Faz tempo, hein?

— Sim, faz mesmo. É uma surpresa. E aí, como você está?

Continua gostoso pra cacete?

Não pude evitar o rumo que minha mente tomou.

Embora nos falássemos por telefone de vez em quando, fazia alguns anos desde que tínhamos nos visto pessoalmente. Pelo que dava para ver através das redes sociais, ele tinha ficado ainda mais lindo com o passar do tempo. Channing devia ser o ser humano mais atraente que eu já conhecera. Como se não bastasse, ele ainda tinha uma personalidade extrovertida e um charme natural. Sempre atraía mulheres por onde passava, e era exatamente esse o problema para qualquer garota que acabasse namorando-o. Channing Lord adorava mulheres, e elas o adoravam. Essa era a questão.

— Estou muito bem — ele disse.

— Que bom saber disso. Sinto muito por estar sumida. Os últimos meses têm sido complicados.

Alguns segundos se passaram antes que ele respondesse.

— Fiquei sabendo sobre você e Rory. Foi uma notícia bem chocante. Você está bem?

Não.

Falar em Rory sempre me deixava na defensiva e me transformava em uma cretina rabugenta.

— Por que está perguntando? Alguém te disse que eu não estava bem?

— Não. Não falei com Rory, nem nada disso. Jordan me contou. — Jordan era uma das minhas amigas da minha cidade natal, que tivera um caso com Channing anos antes.

— Que legal da parte dela te dar essa informação.

— Vocês estavam juntos há um tempão. Não é preciso ser um gênio para deduzir que isso deve ter sido difícil para você.

— Bem, estou levando um dia de cada vez.

Eu não queria que Channing soubesse o quanto o término havia sido devastador para mim.

— É tudo que podemos fazer, não é? Um dia de cada vez. Um pé, depois o outro. É uma boa perspectiva.

— Então, a que devo essa ligação, Lord?

— Bom, eu meio que tenho uma pergunta para te fazer. Não sei se estaria ultrapassando os limites com isso, mas...

Aonde ele queria chegar?

Meu coração acelerou um pouco.

— Ok...

— Acabei de conseguir um cargo temporário em uma empresa de biomedicina em Boston. SeraMed. Já ouviu falar?

— Ah, sim. Em Cambridge.

— Exatamente. A que fica em Cambridge. Será apenas por alguns meses, a partir do começo de outubro. Jordan disse que talvez você tivesse um quarto extra que costuma alugar, ou algo assim. Imaginei que não faria mal perguntar se está disponível. Eu precisaria a partir do dia primeiro.

Ele queria ficar na minha casa? Comigo? Eu não sabia como me sentia em relação a isso. Mas não queria mentir para ele.

— Sim, eu tenho um quarto extra. Costumo alugá-lo através do Airbnb, mas só tenho reservas até o final de agosto. Depois disso, ficará disponível. — *Como é que é?* — É seu, se quiser.

Fechei os olhos e estremeci. Eu deveria ter pensado um pouco melhor antes de oferecer um quarto a Channing. A última coisa de que eu precisava na minha vida, àquela altura, era ter que ouvi-lo fazendo sabe lá Deus o quê com sabe lá Deus quem do outro lado do corredor.

— Está falando sério? — Ele soou surpreso.

— Claro.

— Você me salvou. Te devo uma. Vou te pagar o valor que recebe normalmente, ou até mais. Não importa. Você me poupou de tentar encontrar um lugar para ficar na cidade. Eu estava apavorado.

— Bom, fico feliz. Vai ser legal colocar o papo em dia.

Falei isso de coração. Channing era o tipo de pessoa com a qual eu sempre me sentia feliz quando estava por perto. Embora tivéssemos sido amigos mais próximos quando éramos mais novos, era sempre divertido estar com ele. Nos distanciamos quando Rory e eu começamos a namorar, mas Channing era alguém com quem eu sabia que podia contar, mesmo que não nos falássemos regularmente. Ele era como um irmão mais velho.

— Tem certeza de que está bem com isso, Amber?

— Absoluta.

— Prometo que não vou atrapalhar. E irei embora no final de dezembro.

— Podemos combinar melhor quando estiver mais perto de outubro, mas vou segurar para você. Não vou reservar para mais ninguém nesse período.

— Maravilha. — Ele fez uma pausa. — Você acha que o Rory vai ficar puto?

Sua pergunta me deixou na defensiva de novo.

— Não vou contar ao Rory. Não devo explicações a ele. Faz várias semanas que não nos falamos.

Meu ex morava a cerca de meia hora de distância de mim e tinha a guarda do nosso golden retriever. Com um quintal cercado, a casa dele era melhor para criar um cachorro. Então, eu só entrava em contato para ver como Bruiser estava, de vez em quando.

Ele ficou em silêncio por um momento e, então, disse:

— Sei que não deve querer fazer isso agora, mas estou aqui se algum dia precisar conversar sobre o que aconteceu entre vocês.

— Obrigada, mas não... não preciso falar sobre o Rory. Para o alto e avante — falei, na defensiva.

Não. Eu não precisava falar sobre como meu namorado de nove anos, o cara para quem eu havia dado minha virgindade, de uma hora para outra decidiu que precisava de um tempo porque não havia aproveitado sua juventude. Ele sugeriu que tirássemos um tempo para "conhecer outras pessoas". Ele me pegou completamente desprevenida.

Se nosso destino for ficarmos juntos, encontraremos o caminho um para o outro novamente, mas não acho que nenhum de nós esteja pronto para o casamento quando nunca experimentamos estar com qualquer outra pessoa. Casamento é um voto que não se deve quebrar, Amber.

A voz de Channing me despertou da lembrança das palavras de Rory. Ouvi um som que parecia um trem se aproximando.

— Tudo bem. Obrigado mais uma vez, Walnut.

Walnut. Eu não ouvia aquele apelido há anos. Ele me chamava assim por causa do meu sobrenome: Walton. Channing gostava de me provocar, dizendo que eu era meio *nut* — meio *doidinha*.

O barulho do trem ficou mais alto quando ele continuou:

— Eu com certeza terei que te comer quando chegar aí.

O que ele acabou de dizer?

— Desculpe. Não te ouvi direito.

Ele gritou:

— Eu disse que terei que te levar para comer quando chegar aí... como um agradecimento por me deixar ficar na sua casa. Enfim... estou prestes a entrar no trem. A gente se fala em breve.

Santa Mãe de Deus.

— Tudo bem.

— Se cuide, Amber.

— Você também.

O verão passou voando, mais rápido do que o tempo necessário para que eu me sentisse pronta. Não dava para acreditar que, em menos de um mês, Channing chegaria em Boston.

Decidi que estava na hora de substituir os lençóis velhos da cama do quarto de hóspedes.

Minha amiga, Annabelle, me acompanhou à loja Bed Bath & Beyond, certa tarde. Annabelle era supervisora clínica na agência de serviço social onde nós duas trabalhávamos. Durante o dia, eu era assistente em uma das aulas e trabalhava com adultos atípicos algumas noites por semana para complementar minha renda.

A loja estava cheia de estudantes universitários e seus pais enchendo a cidade no fim de semana de mudança. Senti uma nostalgia ao ver todos os jovens na fila do caixa com suas cestinhas para pendurar na parede do chuveiro com seus itens de banho e travesseiros de leitura. Ah, se eu pudesse ter essa idade novamente...

Annabelle pegou um conjunto de lençóis laranja que estavam envolvidos em plástico.

— Que tal esses?

Balancei a cabeça.

— Não são muito masculinos.

Ela os colocou de volta na prateleira e pegou outro conjunto.

— E esses beges? Algodão egípcio?

Analisando mais de perto, eu disse:

— A contagem de fios é baixa demais.

— Você parece estar levando essa escolha muito a sério. — Ela deu risada. — Tem certeza de que não é você que está planejando passar um tempinho rolando debaixo desses lençóis?

De jeito nenhum.

Senti minhas bochechas esquentarem ao explicar:

— Channing é o último cara com quem eu rolaria debaixo de qualquer lençol, acredite.

Ela ergueu as sobrancelhas.

— Por quê? Ele é solteiro, não é? E eu acho mesmo que voltar à ação seria ótimo para você.

— Posso pensar em um milhão de motivos pelos quais nada vai acontecer entre mim e Channing.

— Tipo o quê?

— Vejamos. Um: Channing transou com metade das minhas amigas da minha cidade natal. Dois: ele foi o melhor amigo de Rory por um bom tempo. Três: eu o vejo como um irmão. Esses são apenas alguns dentre vários motivos.

— Não consigo pensar em um jeito melhor de se vingar de Rory do que pegar o amigo dele.

— Por mais que eu fosse adorar esfregar minha volta por cima na cara do meu ex, não será com Channing Lord. Há muita história por trás disso.

— Você tem alguma foto desse Channing?

Peguei meu celular e busquei seu perfil no Facebook, rindo comigo mesma com a expectativa do que ela diria. Rolando por algumas das fotos dele, parei em uma que eu sabia que lhe arrancaria a melhor reação. Channing estava usando uma touca cinza e uma camisa de colarinho preta. Algumas pequenas mechas de seu cabelo castanho lustroso estavam saindo da touca. Ele estava olhando para o lado, exibindo seu perfil perfeito. A quantidade perfeita de barba por fazer cobria sua mandíbula esculpida. Aparentemente, a foto havia sido tirada durante um trabalho breve de modelo para uma grife de Chicago. Embora ele não fosse modelo, foi recrutado literalmente no meio da rua direto para o loft de um fotógrafo para uma sessão de fotos improvisada, de acordo com a legenda. Isso não me surpreendeu. *Só o Channing mesmo.* Acho que fiquei hipnotizada pela imagem, porque Annabelle teve que pegar o celular da minha mão para poder ver a foto.

Ela ficou boquiaberta.

— Puta merda. Você vê *esse cara* como um irmão? Como isso é possível? Jesus Cristo, Salvador... ele é gostoso pra caramba.

— Salvador?

— Ah, é para dar ênfase. Mas... é... esse cara é muito lindo.

— Oh, eu sei. Acredite.

— Se eu não fosse casada, provavelmente passaria o tempo todo na sua casa. Talvez, ainda assim, eu faça isso. Me diga de novo por que você o considera um irmão.

— Temos uma longa história. — Fechei os olhos e respirei fundo. — Channing é irmão mais velho da minha melhor amiga, Lainey. Foi através dela que o conheci. Ela... — Hesitei. Sempre era difícil dizer em voz alta. Não importava quantos anos haviam se passado. — Ela morreu... em um acidente... quando tínhamos catorze anos. Channing tinha uns dezesseis anos, na época.

Annabelle parecia estar arrependida por ter perguntado.

— Oh, meu Deus. Eu sinto muito. Isso é muito triste. Eu não sabia.

— Foi uma época muito difícil para todos nós. Ele nunca conseguiu falar sobre a morte dela. Mas, mesmo assim, seu falecimento meio que nos uniu bem rápido. Só nos tornamos amigos de verdade depois disso. Foi assim que conheci Rory, que era muito amigo de Channing naquele tempo.

— Você deve lembrar o Channing da irmã dele, ou pelo menos de como a vida era antes de ela morrer. Ter você por perto devia reconfortá-lo.

— Sim, nossa conexão pode ter sido por isso, em parte. Ele, Rory e eu passamos muito tempo juntos depois do acidente de Lainey. Estar na casa dela com todas as suas coisas me reconfortava. Eles não têm uma família grande. Eram somente eles dois e a mãe. Agora, são apenas a sra. Lord e Channing. O pai deles nunca esteve por perto.

— Então, Channing era o homem da casa.

— Sim, e ele sofreu demais com a morte de Lainey. Eu também. Ela era como uma irmã para mim. Mas Channing sofreu um baque muito maior.

— Então, você disse que conheceu o Rory através de Channing...

— Sim. Éramos como Os Três Mosqueteiros.

— Você e dois caras? Parece interessante.

— Eu sabia que você ia levar as coisas para esse lado, mas não, era tudo platônico, até mesmo com Rory, até determinado momento. Channing foi embora do estado para fazer faculdade por um ano, e foi aí que as coisas mudaram. Rory e eu ficamos ainda mais próximos e acabamos nos tornando um casal. Eu nunca tinha enxergado Rory assim, de um jeito romântico. Ele sempre pareceu meio nerd para mim, na verdade. Eu me sentia mais atraída por Channing. Mas Rory me conquistou aos poucos. Com Channing longe, nos aproximamos mais, e acabei me apaixonando por ele. Eu confiei nele. E, basicamente, foi isso que me ferrou anos depois, como você já sabe.

— Como o Channing se sentiu quando soube que você e Rory estavam juntos?

— Acho que isso não o incomodou, mas ele pareceu se distanciar de nós depois que voltou e descobriu. Channing ficou fora por apenas um ano e, então, transferiu-se de volta para a faculdade estadual. Acabamos indo para a mesma faculdade. Eu era caloura, enquanto Rory e Channing eram veteranos. Naturalmente, Channing se tornou bem popular e requisitado no campus. Ficava com uma garota diferente toda semana.

— Então, ele é um pegador...

— Com certeza.

— Bem, não posso dizer que o culpo, com uma beleza daquelas, mas, em algum momento, isso deve perder a graça. Quantos anos ele tem?

— Bom, eu tenho vinte e cinco... — Fechei os olhos por um momento para calcular. — Então, ele tem vinte e sete, mas não imagino Channing sossegando. Pelo menos, não tão cedo.

Após decidir levar um conjunto de lençóis cinza-escuro de mil fios da Ralph Lauren, passamos pela área de listas de presentes de casamento ao irmos para o caixa. Meu coração afundou. Foi naquela exata loja, naquele exato departamento, que meu relacionamento com Rory começou a desmoronar. Estávamos procurando uma nova cafeteira quando toquei no assunto sobre estar começando a pensar em ficarmos noivos. Ele sofrera um acidente de carro alguns meses antes, mas estava quase cem por cento recuperado. Contudo, nas semanas após o acidente, comecei a notar algumas mudanças nele, que culminaram na "conversa" na *Bed Bath & Beyond*. Aparentemente, o acidente o fizera analisar sua vida e decidir que não via um futuro comigo.

Annabelle interrompeu meu devaneio.

— Você está bem, Amber?

Balançando a cabeça para tirar Rory dos meus pensamentos, menti.

— Sim.

CAPÍTULO DOIS

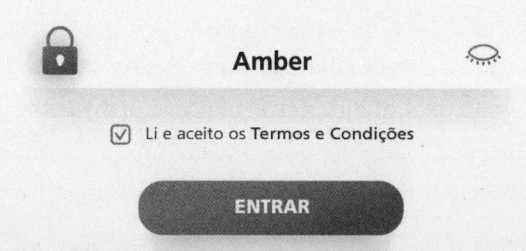

Amber

☑ Li e aceito os **Termos e Condições**

ENTRAR

Enviei para Channing uma chave do apartamento para que ele pudesse entrar e se acomodar enquanto eu estivesse no trabalho. Seu voo chegaria ao Aeroporto Logan às dez da manhã, o que significava que eu não estaria em casa para recebê-lo.

Certifiquei-me de que a nova roupa de cama estivesse limpa e arrumada e entreabri uma janela para arejar o quarto. Também deixei um bilhete de boas-vindas com duas balas de hortelã para ele, o mesmo mimo que oferecia aos meus inquilinos do Airbnb.

Como a escola onde eu trabalhava ficava a uma caminhada curta de distância, decidi ir até o meu condomínio no horário de almoço para ao menos dizer um oi.

Era um dia frio e fresco em Boston, uma típica tarde de outono com folhas caindo e céu azul. O bairro histórico onde eu morava, Beacon Hill, era conhecido por suas calçadas de tijolos e casas geminadas com planta baixa e estreita. Era uma das vizinhanças mais cobiçadas da cidade.

Ao me aproximar da porta, senti imediatamente o cheiro de algo cozinhando e ouvi uma música estrondando. Parecia que ele não havia perdido tempo e já estava se sentindo bem à vontade.

Channing sequer notou quando entrei.

Engoli em seco. Vê-lo tomando conta da minha cozinha me pegou muito desprevenida. Não por ele estar fritando algo no fogão, mas por estar fazendo isso somente de cueca.

Suas pernas musculosas estavam totalmente à mostra, formando um caminho que subia até sua cueca boxer cinza, que deixava pouquíssimas coisas para a imaginação, abraçando seu pacote e sua bunda redondinha. Bunda essa que ele estava balançando para lá e para cá. Eu não tinha a menor dúvida de que, se algum dia Channing decidisse fazer isso para viver, ganharia uma bolada de dinheiro. *O cara botava pra quebrar dançando*. Ele devia estar ouvindo um canal de R&B antigo, porque a música *Do Me!*, do grupo *Bell Biv DeVoe*, estava tocando. Acho que esse poderia ser o seu hino.

Isso era muito Tom Cruise em *Negócio Arriscado*. Bom, se Tom Cruise estivesse sem camisa e fosse sarado. Respirando fundo, fiquei apenas encarando-o por vários segundos. Em todo o tempo que o conhecia, nunca o vira *daquele jeito*.

Decidindo que estava na hora de anunciar minha presença, gritei por cima da música alta:

— Channing!

Ele se virou de repente e começou a rir.

— Oh, merda! — Ele abaixou a música no mesmo instante.

— *Miau*.

Foi somente nesse momento que notei o que parecia ser um filhote de gato em seu ombro. Não tinha percebido antes porque o lado direito de seu corpo não estava visível para mim. E também porque eu estava olhando mais para sua parte inferior.

Mas o que é isso?

— Você trouxe um gato?

— *Miau*.

— Não. — Ele balançou a cabeça e riu. — Bem, mais ou menos. É uma história meio louca. Vou te contar durante o almoço.

— Você sempre cozinha seminu?

Ele estava ficando vermelho?

— Na verdade... sim. Mas achei que você só chegaria mais tarde. Do contrário, eu teria vestido uma calça.

Ele se aproximou e me deu um beijo na bochecha. O calor de seus lábios e seu corpo enviaram arrepios por minha espinha. Um pouco de sua saliva ficou em minha pele.

Ai. Merda. Estou enrascada.

Dando mais uma checada rápida em seu abdômen tanquinho bronzeado, notei uma tatuagem tribal simples que começava no fim da barriga e descia, desaparecendo cueca adentro. Fiquei intrigada, imaginando até onde o desenho ia.

Forcei meu olhar para cima.

— Eu sei que você não estava esperando que eu aparecesse. Decidi dar uma passada aqui e dar um oi, já que não trabalho longe.

— Estou muito feliz por você ter feito isso. — Ele exibiu seus lindos dentes em um sorriso. — É tão bom te ver.

— É bom te ver também.

Você todinho.

No fogão, alguma coisa começou a queimar, fazendo-o voltar com pressa para lá. O gatinho conseguiu continuar grudado ao ombro dele, apesar do movimento brusco. Dei risada, porque, de repente, minha casa havia se transformado em um circo.

Ele olhou para mim por cima do ombro.

— Você pode ficar e comer, não pode?

— Depende. Você vai vestir uma calça?

— Nada de *linguiça* para o almoço. Sem problemas. — Ele piscou para mim. — Sim, claro, vou me vestir.

Esticando o pescoço para ver o que ele estava cozinhando, perguntei:

— Tem comida suficiente? Você não estava esperando que eu viesse.

— Sim. Eu sempre faço muita comida.

— *Miau.*

— Se importa de me dizer de onde veio esse gato?

— Na verdade, não sei de onde ela veio. Foi ela que *me* achou.

— O quê?

Ele deu de ombros.

— Pois é. Eu estava vindo para cá, e ela me seguiu até a porta. Ela me encontrou na State Street e simplesmente veio andando junto comigo até Beacon Hill. Não tive coragem de deixá-la na rua quando entrei. Ela ficou miando para mim. Imaginei que estivesse com fome. Dei um pouco do peru que você tinha na geladeira. Vou comprar mais, ok? Meu plano era encontrar um abrigo e levá-la mais tarde, ou talvez amanhã depois do trabalho.

— Você é mesmo um ímã para gatinhas, Channing. — Dei risada.

— É, parece.

Nossos olhos se prenderam, e ele parecia estar me analisando.

Pigarreei.

— Bem, parece que suas primeiras horas em Boston foram bem ativas.

— Está tudo bem. Estou gostando muito da cidade, até agora. Passei em um mercadinho legal a caminho daqui. — Ele apontou com a cabeça para o ombro onde a gatinha estava. — Antes de me deparar com essa criaturinha.

Talvez agora não fosse uma boa hora para dar a ele a notícia de que animais de estimação não eram permitidos. Não pude evitar e suspirei um pouco diante do fato de que ele havia acolhido uma gata de rua.

— Boston é uma cidade linda, especialmente nessa época do ano, quando as folhas começam a mudar. Você vai adorar aqui.

— Pode ficar de olho no fogão para mim? Vou vestir uma roupa.

A gatinha permaneceu no ombro de Channing enquanto ele ia para seu quarto.

Ele voltou um minuto depois, usando uma calça jeans e uma camiseta branca justa. Estava segurando a filhote, aninhando-a como um bebê em seus braços fortes.

— Ela finalmente desceu do seu ombro?

— Bem, não. Eu tive que arrancá-la de mim para poder vestir a camiseta.

A gata ronronava enquanto Channing acariciava sua cabeça com delicadeza. Seus dedos másculos arrastavam-se sobre a pelagem branca e macia. Isso fez os cabelos da minha nuca se arrepiarem.

— Posso colocá-la no chão? Não sei se você gostaria que ela subisse na sua mobília.

Fiz um gesto com a mão.

— Claro. Sim, tudo bem. Se bem que tenho quase certeza de que ela preferiria ficar com você indefinidamente.

— Não sei por que ela gostou tanto de mim. — Ele a colocou no chão com cuidado. A gata ficou serpenteando pelas pernas dele, ainda ronronando. Em seguida, Channing foi até a pia lavar as mãos. — Enfim, espero que esteja com fome.

— O que você fez?

Ele balançou as sobrancelhas.

— Ah... o chef nunca revela.

— O chef nunca revela os ingredientes, mas você pode me contar o que é.

— Não. Prefiro que você experimente sem julgamento primeiro.

Cruzando os braços, balancei a cabeça, achando graça.

Channing abriu um garrafa de vinho branco que estava na geladeira. Com um estalo alto, ele arrancou a rolha e serviu duas taças.

Erguendo as palmas, eu disse:

— Ah, não, não posso beber. Vou voltar ao trabalho.

— Você *acha* que vai voltar ao trabalho, mas não vai.

Eu sabia muito bem que, se eu tomasse ao menos um gole de álcool, não voltaria para a escola.

— Você é má influência.

Ele abriu um sorriso malicioso.

— Você não faz ideia.

Fiquei arrepiada.

— Ah, eu faço, sim. E algumas coisas nunca mudam.

Ele me lançou uma piscadela, e senti como se alguém tivesse aumentado a temperatura da cozinha.

Assim que nos sentamos para comer, meu corpo relaxou um pouco conforme eu ia me acostumando a tê-lo ali comigo. Ele havia feito umas... coisas... fritas enroladas em bacon. O que quer que fosse, estava delicioso.

Channing me contou sobre seu novo cargo como engenheiro de qualidade na SeraMed, enquanto a gatinha permanecia aos pés dele o tempo todo.

— Então, o que exatamente um engenheiro de qualidade faz?

— A empresa na qual trabalho em Chicago é dona da SeraMed. Vou supervisionar um novo produto médico que criaram e a SeraMed está fabricando. Meu trabalho é garantir que ele atenda aos padrões de qualidade e às especificações e, então, sugerir mudanças, se for necessário.

— Parece complicado. Mas eu sempre soube que você era inteligente.

— Pode ser muita pressão para não fazer merda, ainda mais quando se está lidando com produtos médicos e a vida das pessoas. Mas, sabe como é, isso me dá um equilíbrio. Não levo meu trabalho para casa.

Assim que terminei de limpar meu prato, fiz a pergunta que estava me incomodando.

— Ok, você pode, por favor, me dizer o que acabei de comer? Estava delicioso, mas não faço ideia do que acabei de ingerir.

Channing estava rindo de mim.

— O que você acha que comeu?

— Meu melhor palpite seria mariscos fritos enrolados em bacon.

Ele limpou a boca e abriu um sorriso sugestivo.

— Era escargot frito enrolado em bacon, então você acertou a última parte.

Ai, meu Deus.

— Escargot? Isso não são caracóis?

— Aham. Comprei no mercadinho que te falei.

— Eu acabei de comer caracóis? Tinham gosto de mariscos!

— Aposto que quer me mandar ir à merda, não quer? — Ele estava rindo pra valer. — Mas me diga se teria comido se soubesse.

— Não teria, *de jeito nenhum.*

— Viu... às vezes, é melhor não saber das coisas. Podemos desfrutar alguma coisa simplesmente como algo a ser desfrutado, sem noções pré-concebidas. Caracóis são uma iguaria... e afrodisíacos.

— Lembro-me de ouvir falar nisso. Ostras também são. Mas não entendo. Como isso é possível? Como uma ostra, por exemplo, faz alguém querer transar? Isso faz sentido para você?

Ele lambeu os lábios.

— Na verdade, eu sei de onde surgiu essa conexão.

— Sabe?

— Sim. Tem a ver com Casanova, aquele sedutor famoso. Dizem que ele comia cinquenta ostras por dia para ter mais vigor. De alguma forma, começaram a associar ostras a sexo por isso.

— Bem, é preciso um Casanova para reconhecer outro, não é? — Pisquei para ele. — Então, o que você está dizendo é que isso é tipo uma lenda. Não existe um motivo científico?

— Bom, você já olhou com bastante atenção para uma ostra? — ele perguntou.

— Não, nunca fiz isso.

— Parece uma vulva.

— Uma vulva...

— Sim, você sabe, a...

— Eu sei o que é uma vulva. — Abanei-me brevemente com um guardanapo.

— Comer uma ostra é meio como estar... — Ele hesitou. — Bom, você sabe aonde quero chegar.

Senti arrepios percorrerem minha espinha enquanto encarava seus lábios.

— É, acho que sei.

— Então, talvez Casanova estivesse... praticando sua técnica — ele disse.

— Teoria interessante.

— Não é? — Ele sorriu.

Precisando desesperadamente desviar dos tópicos sexuais, falei:

— De qualquer forma, isso que acabei de comer... caracóis... *não* deveriam ser comestíveis.

— Assim como vacas, galinhas e todas as outras coisas que consumimos todos os dias.

Ponderando aquilo por um momento, respondi:

— Acho que é verdade.

— Por falar em galinha... você tem falado com o Rory?

Aff.

Por que ele tinha que mencioná-lo?

— Não, não tenho. É melhor assim. E você não precisa falar mal dele para me fazer sentir melhor. Sou bem crescidinha.

— Bom, tecnicamente, me sinto mal por *ele*.

— Por quê?

Ele tomou mais um gole de vinho antes de revelar:

— Porque ele levou um pé na bunda.

Espere.

O quê?

Ele não sabia a verdade sobre o que aconteceu entre mim e Rory? Minha sensação era de que o mundo inteiro sabia.

— Eu não dei um pé na bunda dele. Onde você ouviu isso?

— Jordan não usou exatamente essas palavras. Eu apenas presumi que o término tinha sido escolha sua. Rory sempre foi tão gamado em você.

— Bom, não foi... escolha minha.

Ele estava bebendo seu vinho e parou no meio de um gole.

— Calma, espere aí. Ele terminou com você?

Assenti.

— *Rory*... terminou... *com você.*

— Sim. Você quer que eu diga com todas as letras?

Channing ficou com a expressão séria ao colocar a taça sobre a mesa.

— Desculpe... eu só... estou chocado.

— Pois é, eu também fiquei.

Ele começou a me servir mais Chardonnay. Ergui uma mão para tentar detê-lo.

— O que você está fazendo?

— Ligue para o seu trabalho e diga que está doente, que precisa do resto da tarde de folga. Quero que me conte o que aconteceu com aquele idiota do caralho, e quero que beba mais vinho e relaxe enquanto estiver fazendo isso. Além do mais, é meu primeiro dia aqui e o único dia da semana em que terei folga. Já é motivo suficiente para matar o trabalho.

Como professora assistente, eu não tinha exatamente o tipo de trabalho ao qual poderia faltar sem que uma dezena de coisas desmoronassem. Mas não me lembrava da última vez em que pedira folga por estar doente. Estava curtindo a companhia de Channing e estava muito a fim de desabafar com ele. Eu queria que ele me dissesse que Rory era um idiota por ter me deixado. Queria que ele me fizesse sentir melhor, mesmo que isso não mudasse nada, realmente.

Channing inclinou a cabeça para o lado.

— Por favor.

— Você não vai me deixar dizer não, né?

— Não mesmo. Se for preciso, vou te acorrentar à cadeira.

Escolhi ignorar a contração dos músculos entre minhas pernas diante da ideia daquele homem me acorrentando a uma cadeira.

Não foi preciso muito para me convencer. Na verdade, tomei a decisão de ficar no momento em que bebi o primeiro gole de vinho. Sabia que a equipe inteira estava trabalhando, então eu poderia ficar tranquila por me ausentar.

— Tudo bem. Acho que posso mandar uma mensagem para minha chefe e inventar uma desculpa.

— Perfeito.

Ele se levantou para levar nossos pratos para a pia enquanto eu enviava uma mensagem para o trabalho, usando um mal-estar repentino como desculpa para explicar por que não poderia voltar pelo resto da tarde.

— Pare de se sentir culpada, Amber — Channing disse.

Como ele sabia que era exatamente assim que eu me sentia?

— Você é perceptivo, hein?

Notei que a gatinha o havia seguido até a pia. Channing colocou os pratos na lava-louças.

— Está a fim de uma sobremesa?

— Considerando o que comemos no almoço, eu deveria me preocupar?

— Prometo que não é nada esquisito. Na verdade, tenho cem por cento de certeza de que você vai gostar do que comprei.

Ele pegou um pequeno saco de papel da bancada e o trouxe para a mesa antes de retirar dois *cake pops* de dentro.

Abri um sorriso enorme.

Ele os ergueu.

— Quer o rosa ou o marrom?

— Quantos anos nós temos? Cinco? — Dei risada e, então, respondi: — Rosa.

Dei uma mordida e pensei no fato de que vinho branco e *cake pops* se complementavam muito bem. *Eu deveria fazer isso com mais frequência.* Mas a verdade era que eu sequer pensaria em fazer isso, em tirar esse tempo para mim no meio do dia, se não fosse por Channing. Minha cozinha nunca esteve tão cheia de vida.

Olhando para o meu bolinho comido pela metade, eu disse:

— Isso me lembra da Hoffman's.

Hoffman's era a confeitaria da nossa antiga vizinhança nos arredores de Chicago. Quando éramos mais novas, Lainey e eu costumávamos comprar *cake pops* lá o tempo todo.

Lainey.

Eu não diria o nome dela. Não queria chateá-lo. Channing sempre pareceu gostar de falar sobre coisas que o faziam se lembrar dela sem, de fato, falar sobre *ela*, para não ter que se lembrar do que havia acontecido com a irmã. Era assim que ele lidava com a dor do acidente. Então, eu sabia do que os *cake pops* realmente se tratavam. Era apenas uma de suas maneiras sutis de honrar a memória dela.

— Eu sei que eles são iguais aos da Hoffman's. Por isso comprei. —

Ele deu uma mordida, lambendo um pouco da cobertura de chocolate que caíra em sua mão.

Seus olhos desceram para os meus lábios enquanto eu lambia os resquícios de cobertura do palito. Ele apoiou-se nos cotovelos e seu tom de voz suavizou.

— Me conte o que aconteceu com Rory.

— Já te contei o que aconteceu.

— Eu quero a versão longa.

Eu sabia que não ia escapar daquela conversa. Então, tomei um longo gole de vinho e comecei a despejar tudo nele.

Durante vários minutos, Channing ouviu atentamente enquanto eu relembrava como Rory terminara comigo, desde os dias antes disso até o incidente na *Bed Bath & Beyond* e às palavras exatas que Rory me disse quando sugeriu que conhecêssemos outras pessoas.

Era a primeira vez que eu contava a história com todos os detalhes. Senti como se estivesse revivendo tudo, e acabei caindo no choro. Por alguma razão, contar tudo a Channing me deixou emotiva a ponto de chorar. Talvez fosse porque eu não tinha um irmão mais velho para quem pudesse contar as coisas, ou talvez fosse porque Channing era uma das poucas pessoas que conheciam Rory e eu desde o início do nosso relacionamento, que sabiam o quanto Rory era confiável. Tecnicamente, sem Channing, eu nunca teria conhecido Rory. Contudo, senti que Channing estava do meu lado de verdade. Ele parecia querer dar uma surra em Rory por ter me magoado. E isso me deu certo conforto. Às vezes, você só precisa de um amigo forte ao seu lado, um protetor. Channing era essa pessoa para mim. Mesmo com o passar dos anos e o pouco contato, eu sabia que ele estaria ao meu lado, se algum dia eu precisasse dele. De certa forma, isso estava acontecendo naquele momento.

— Sei que pode não parecer agora, mas o Rory te fez um favor.

— Desperdiçando nove anos da minha vida?

— Eu o acho um louco por ter terminado com você, entende? Ele nunca vai encontrar alguém como você. Mas, de certa forma, ele tem razão. Você não teve experiências suficientes para saber que ele era o cara certo. Só esteve com um homem a sua vida inteira. Não acho que ele possa encontrar alguém melhor, mas, francamente, acho que *você* pode.

— Essa não é uma coisa muito legal de se dizer sobre o seu ex-melhor amigo.

— Rory e eu nunca fomos tão próximos quanto você pensava — ele retrucou rapidamente. — E mesmo que fôssemos, estou dizendo o que vejo. Você sempre foi muita areia para o caminhãozinho dele.

— Em um nível superficial, talvez. Mas você não o viu recentemente. Ele está muito bonito agora.

— Você está errada... em *todos* os níveis.

Suas palavras me fizeram pausar. Àquela altura, eu nem ligava se ele estava puxando o meu saco. Me senti bem ao ouvi-lo dizer aquilo. Só precisava me sentir bem naquela noite, após passar meses me sentindo um lixo. Eu aceitaria as palavras dele e me confortaria com elas.

— Eu não queria alguém *melhor*, Channing. Eu queria o Rory, uma pessoa a quem eu confiava a minha vida. Ele é um cara decente e me conhece por dentro e por fora. Vou levar anos para construir esse tipo de conexão com outra pessoa. Se você passa a vida achando que sua grama poderia ser mais verde, nunca vai sossegar.

— Não, mas se você nunca se aventurar fora da sua bolha segura, nunca vai se dar conta de que não é a cor da grama que importa, mas sim o quanto é bom pra caralho fumá-la.

Ponderei aquilo por um momento.

— Isso não faz sentido para mim.

— Eu sei. Acabei de inventar.

— Você não presta, Channing. — Dei risada.

— Mas, se pensar bastante sobre isso, começa a fazer sentindo. E você está sorrindo. É isso que importa. — Ele riu. — Ok, falando sério... às vezes, as pessoas precisam aprender lições da maneira mais difícil. Ele vai se dar conta do erro que cometeu e voltar. O que ele não sabe é se você estará disponível quando fizer isso. A questão é: se ele voltasse hoje, você o *aceitaria* de volta?

— Sinceramente, não sei. Parte de mim acha que sim, porque é a parte que ainda o ama. Não dá para superar isso tão fácil depois de passar quase uma década com alguém. Mas tem essa outra parte que não acha que poderei confiar por completo que ele não irá embora de novo. De qualquer forma, não importa. Ele claramente não está aqui me pedindo para aceitá-lo de volta.

— Não, mas pedirá.

— Você parece ter tanta certeza disso...

Ele cruzou os braços.

— Tenho.

Channing estava me olhando diretamente nos olhos, e a intensidade desse gesto me incentivou a mudar de assunto.

— Muito bem... — Suspirei. — Vamos falar sobre outra coisa além do Rory. Tipo, literalmente, qualquer coisa.

Ele amassou um guardanapo e o atirou em mim, brincando.

— Que tal queijo mofado?

— Claro.

— Estou falando sério. Que porra você está criando na sua geladeira? Limpei aquela merda toda, a propósito.

Mortificada, eu disse:

— Ah. Pensei que você estava brincando. Está mesmo falando sobre queijo. Desculpe... negligenciei um pouco a geladeira, ultimamente. Foi a única coisa que não consegui arrumar antes de você chegar. Nem sei o que tinha nela. Eu...

— Você não me deve explicações. A cozinha é sua... assim como o queijo mofado. Não cabe a mim julgar.

— Você me acha uma porca, não acha?

— Longe disso.

— Bem, eu não tenho desculpa para isso.

— Discordo plenamente. Que tal... você tem uma longa carga horária de trabalho e não está com cabeça para certas coisas nos últimos tempos, porque teve o coração partido. Foda-se o queijo. Desculpe por mencionar isso. Estava brincando. Você disse que queria mudar de assunto e, por algum motivo, essa foi a primeira coisa que me veio à mente.

Tentando mudar de assunto novamente, perguntei:

— Quando você começa no seu novo emprego, mesmo?

— Amanhã bem cedinho.

— Uau. Ok. Você sabe como chegar lá, indo daqui?

— Tenho que checar a rota do metrô pela internet.

— Você tem que pegar a Orange Line até a Red. Acho que a parada é Kendall Square.

— Vou me virar. — Ele sorriu, servindo-me o restante do vinho. — Me conte mais sobre a escola onde trabalha. Você gosta de lá?

Isso sim era algo de que eu nunca me cansava de falar.

— Sim. Eu amo o meu trabalho. É uma escola para crianças atípicas. Sou professora assistente em uma das turmas. Além disso, em algumas noites por semana, trabalho com um adulto com Transtorno do Espectro Autista, levando-o para passear e introduzindo-o à sociedade.

— Deve ser bem trabalhoso.

— É, sim. Mas muito gratificante.

— Bom, eles são sortudos por terem você.

Eu não sabia o que mais dizer.

— Obrigada. — Nunca fui muito boa em receber elogios.

Abrimos outra garrafa de vinho e passamos as próximas horas relembrando os velhos tempos. Tinha me esquecido do quanto era fácil conversar com Channing, e a cada hora que passava, eu me sentia menos intimidada por sua presença física. A última vez que realmente tivemos uma conversa longa assim foi antes de Rory e eu ficarmos juntos. Isso me lembrou do tempo em que a morte de Lainey ainda era recente.

Após nosso almoço estendido, me senti muito melhor com o fato de que ele moraria comigo por um tempo. Channing ainda era o mesmo cara incrivelmente carismático do qual eu me lembrava, mas havia amadurecido, sem dúvidas. Ele parecia sensível aos meus sentimentos, e eu não temia mais que ele pudesse desrespeitar o meu espaço de alguma forma. Na verdade, a única coisa que eu temia, depois da nossa tarde juntos, era me acostumar demais a tê-lo por perto e não querer que ele fosse embora.

CAPÍTULO TRÊS

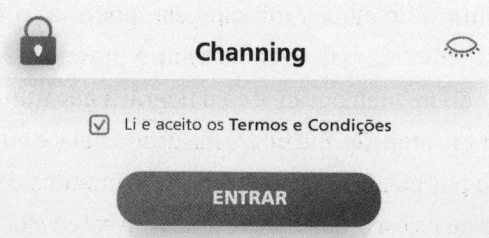

Channing

☑ Li e aceito os **Termos e Condições**

ENTRAR

Deus, ela parecia exatamente a mesma de quando tinha dezesseis anos. Isso me fez sentir um pervertido, embora eu soubesse que ela tinha vinte e poucos anos e era apenas dois anos mais nova que eu.

Eu não entendia como ela podia não ter envelhecido. O mesmo corpo pequeno. O mesmo cabelo ruivo liso e comprido com a mesma franja cobrindo a testa. Os mesmos olhos castanhos. Eles costumavam ser cheios de admiração, mas, naquela noite, estavam sombrios.

Aquele babaca de merda tirou a luz dos olhos dela.

Minha mãe sempre me disse que eu não deveria ir para a cama com raiva, que isso afetaria meus sonhos e que a energia negativa me seguiria até o dia seguinte. Mas, deitado na cama naquela noite, não pude evitar ficar obcecado pela bomba que Amber havia jogado em mim. Eu nunca teria imaginado que *ele* fora o responsável pelo término dos dois.

Ela estava tão chateada e tensa por causa de Rory. Eu queria poder simplesmente beijá-la até não aguentar mais para fazê-la esquecer. Ou, melhor ainda, mostrar como era estar com um homem de verdade. Esse podia ter sido um pensamento inadequado, mas, mesmo assim, eu o tive. Muitos pensamentos inadequados estavam girando na minha cabeça. E isso era muito engraçado, considerando que eu nunca poderia agir de acordo.

Anos atrás, aceitei o fato de que Amber e Rory estavam juntos , porque deduzi que, no mínimo, ele faria o melhor por ela e a valorizaria. Foi o único motivo que me impediu de dar uma surra nele quando voltei para casa da faculdade e me dei conta de que ele havia quebrado nosso pacto, conquistado Amber e tirado a porra da sua virgindade.

Quando éramos adolescentes, eu sempre soube que Rory queria Amber. O que nunca imaginei foi que ela poderia corresponder aos sentimentos dele. Nós três passávamos tempo juntos, assistindo a filmes ou apenas relaxando no meu porão, e eu o flagrava encarando-a quando ela não estava prestando atenção. Ele ficava fissurado nela, e eu ficava fissurado em sua fissuração por ela. Ela era alheia aos sentimentos dele, e ainda mais aos meus, porque eu os escondia muito bem. Não estou exagerando quando digo que devo ter ficado com todas as amigas de Amber. Então, é, eu era muito bom em despistá-la. Tenho certeza de que ela nunca suspeitou de que eu gostava dela mais do que como amigo. Minhas ações certamente nunca demonstraram isso.

Nenhuma das garotas com quem fiquei durante o ensino médio ou a faculdade significou algo para mim. Amber era a única por quem eu nutria sentimentos, na época. Eles nunca evoluíram ao ponto de se tornarem amor, mas eu me importava com ela, queria protegê-la.

Antes da morte de Lainey, Amber era apenas a amiga da minha irmã. Após Lainey falecer, Amber e eu ficamos mais próximos. Ela foi a única pessoa que conseguiu me ajudar a manter a sanidade durante uma das épocas mais difíceis da minha vida, que foram os meses após a morte da minha irmã.

Mas namorar Amber naquele tempo nunca foi algo que considerei uma opção realista. Eu era muito jovem, muito imprevisível. Sem contar que eu era cria de um pai babaca e mulherengo. E se a maçã não tivesse caído longe da árvore? Tinha certeza de que acabaria magoando-a. Ela era como uma irmã para mim... uma irmã com quem eu queria transar, mas sabia que nunca faria isso. E acho que Rory deveria se sentir da mesma forma, já que nós três éramos amigos. Ele e eu deveríamos querer protegê-la, não nos aproveitarmos dela. Mas, mesmo assim, o que deveríamos ter sentido não importava. Nós dois a queríamos.

Então, quando Rory me procurou e confessou o que sentia por Amber, certa noite, senti que também precisava contar a ele o que eu realmente sentia por ela. Meus ciúmes ficaram nas alturas, mesmo que eu não achasse que ele representava algum tipo de competição para mim. Esse havia sido meu único consolo. Ou, pelo menos, foi o que pensei. Concordamos que, como não podíamos tê-la ao mesmo tempo, nenhum de nós contaria a ela como nos sentíamos. Chegamos ao acordo de que isso seria o melhor a se fazer para manter nossa amizade intacta, tanto um com o outro quanto com Amber.

Por isso, não senti que precisava tomar cuidado quando fui para a Universidade da Flórida, deixando meus amigos para trás. Eu confiava que ele não tentaria nada com ela e, mesmo assim, imaginei que, se fizesse isso, ela não corresponderia aos seus sentimentos. Era uma certeza absoluta que eu tinha.

Por sentir saudades de casa, decidi me transferir para uma universidade estadual após meu primeiro ano em Gainesville. Quando voltei naquele verão e descobri que eles estavam juntos, me senti totalmente traído. Me afastei dos dois por um tempo. Durante esse período, meu lado mulherengo ficou pior do que nunca quando o ano letivo começou. Era uma péssima combinação de estar agindo de acordo com minha raiva e ser o novo cara bonitão no campus da faculdade para a qual havia me transferido.

Contudo, no decorrer do tempo, comecei a aceitar as coisas como eram. Afinal de contas, mesmo que Amber estivesse disponível quando voltei, eu sabia que não era o cara certo para ela, de qualquer forma. Ela merecia alguém que não pisaria na bola, alguém como... Rory. Ele era seguro. Aprendi a aceitar o fato de que eles estavam juntos, e ela e eu pudemos retomar nossa amizade, embora as coisas nunca mais tivessem sido as mesmas entre nós três, principalmente entre mim e Rory. E ele sabia por quê.

Ver os dois juntos ainda doía pra caralho? Sim. Mas aceitei que ele era o melhor homem para ela. Engolindo meus ciúmes e meu orgulho, acabei seguindo em frente.

Então, descobrir que ele havia quebrado o coração dela todos esses anos depois foi algo difícil de engolir. Se ele estivesse na minha frente, não havia garantias de que eu não o machucaria.

Virei meu travesseiro e o afofei enquanto Gatinha ronronava e se aconchegava na curva do meu pescoço. Um espirro vindo de trás da porta do quarto foi o primeiro indicativo de que Amber também não estava conseguindo dormir.

Me levantei. Ela estava recostada na bancada da cozinha, assoando o nariz.

— Você está bem?

Ela se sobressaltou um pouco. Eu a havia assustado.

Amber espirrou mais uma vez e, então, disse:

— Acho que sou alérgica à sua coisinha peluda.

— Bem, essa é nova. Não posso dizer que já ouvi *isso* antes — brinquei. Mas, então, me dei conta de que ela estava falando sério. — Merda. Você tem alergia à gata...

— Não tenho certeza, mas é uma boa possibilidade, já que estou espirrando sem parar, de repente.

Merda.

Por mais que me doesse ir em frente com meu plano original de levar Gatinha para um abrigo, eu sabia que isso seria ainda mais necessário agora. Secretamente, eu estava esperando poder ficar com ela.

— Vou procurar um lugar para Gatinha amanhã. Farei algumas ligações durante meu intervalo de almoço.

— Gatinha? — Ela deu risada. — Esse é o nome dela?

— Sim. Eu sei... não é muito original, mas foi assim que comecei a chamá-la e acabou pegando.

— Vou começar a te chamar de Galã. — Ela estendeu a mão para mim. — Prazer em conhecê-lo. Sou a Chata.

Peguei sua mão, que era tão pequena que parecia frágil.

— Meus amigos me chamam de Galinha. — Meu sorriso se transformou em uma careta ao dizer: — Gatinha vai embora amanhã.

— Não. — Ela assoou o nariz. — Não faça isso.

— Como assim?

— São apenas alguns meses. Vou tomar um antialérgico, ou algo assim. Aquela gata te ama. O lugar dela é com você. Eu ficaria de coração partido se te visse tendo que levá-la para um abrigo. Não posso te deixar fazer isso. — Assoando o nariz novamente, ela falou, com a voz fanha: — A propósito, eu sei de onde ela veio.

— Sabe?

— Sim. Não consegui dormir, então estava assistindo a uma reprise do noticiário da noite. Uma loja de animais em Devonshire ia receber uma entrega de gatos. A caminhonete estava estacionada e o motorista a deixou sem supervisão. Estão achando que alguém invadiu o veículo e libertou os gatinhos.

— Tá de sacanagem? Ela é propriedade roubada? Talvez eu tenha que levá-la de volta para lá, então.

— Não! Você não pode.

— Bem, eu não posso deixar você ficar doente.

— Vai ficar tudo bem. Sério. Espirrar nunca matou ninguém.

— É muito louco você querer mantê-la por perto.

— É, bom, talvez eu seja um pouco louca.

— Na verdade, não é isso. É apenas o seu jeito. Você sempre teve um coração bondoso.

— E isso me ajudou muito. — Ela revirou os olhos.

Eu sabia que ela estava se referindo ao Rory e, mais uma vez, senti vontade de dar uma surra nele.

— Você deve me achar uma Maria Chorona — ela disse. — Não paro de falar sobre o meu término desde que você chegou.

— Maria Chorona? Que nada. Está mais para Maria Pessimista. — Pisquei para ela.

Ela fungou.

— Já falei que estou muito feliz por você estar aqui? Acho que sorri mais nas últimas doze horas do que nos últimos três meses.

E é exatamente por essa razão que você precisa manter o controle, Channing.

Não pode correr o risco de ultrapassar um limite e magoá-la.

A sua função é a mesma de sempre: ser amigo dela, fazê-la sorrir.

Se antes você não deveria avançar o sinal com Amber, agora que ela teve o coração partido é ainda mais importante não fazer merda.

— Prometo fazer um esforço para ser um pouquinho mais animada — ela disse, olhando para o relógio na parede. — É melhor você voltar para a cama. É seu primeiro dia no trabalho amanhã. Desculpe por ter te acordado.

Sentindo-me mais desperto do que nunca, balancei a cabeça.

— Você não me acordou. Levantei porque te ouvi espirrar, mas não tinha dormido ainda.

— Por que não consegue dormir? Está ansioso por causa do trabalho?

Não podia admitir o que estava realmente me fazendo perder o sono.

— Algo assim.

No dia seguinte, após o trabalho, decidi perambular por Cambridge antes de pegar o trem de volta para a casa de Amber.

Abarrotada de estudantes universitários e pessoas sem-teto, a Harvard Square estava bem movimentada. Notei o som fraco de música tocada ao vivo, mas não sabia exatamente de onde estava vindo.

Ao passar em frente a uma cafeteria ao ar livre, onde um monte de pessoas estavam sentadas jogando damas, me dei conta de que fazer um passeio turístico sozinho em uma cidade nova não era tão divertido assim, então liguei para Amber para ver se ela gostaria de ir me encontrar. Por sorte, ela teria a noite de folga.

Combinamos de nos encontrarmos em um pequeno sebo de livros que descobri na Brattle Street. Era um pouco escondido, sendo preciso descer alguns degraus para acessar a entrada.

O lugar tinha cheiro de café queimado e papel antigo. Com uma riqueza de excentricidades de um canto a outro, era sem dúvidas um dos lugares mais maneiros com que já havia me deparado.

Eu olhava para a porta a cada poucos minutos para ver se ela havia chegado.

Quando Amber finalmente apareceu, notei que estava conversando educadamente com um idoso corcunda antes de entrar. Ela era o tipo de pessoa que sempre notava as outras; não passava por elas com a mente longe, e sim as *notava* de verdade. Amber estava sorrindo e batendo papo com o homem antes de finalmente abrir a porta e segurá-la para ele entrar. Esse foi provavelmente o ponto alto do ano inteiro daquele coroa.

Eu adorava observar as pessoas quando elas não sabiam que eu estava fazendo isso. Ver como alguém se conduzia e se portava em seu estado natural sem saber que estava sendo observado era uma janela verdadeira para sua alma. E Amber tinha uma alma bondosa. Isso sempre ficou claro para mim.

Acenei para ela da mesa de canto que eu havia pegado.

Amber desenrolou seu cachecol do pescoço e sentou-se de frente para mim. Meus olhos desceram para seu decote e seus seios empinados no suéter cor-de-rosa justinho. Seu cabelo estava rebelde por causa do frio.

Ela olhou em volta, observando as prateleiras mofadas.

— Esse lugar é bem legal.

De repente, senti cheiro de incenso. Estava vindo do lado oposto do ambiente, onde uma mulher com dreads no cabelo e usando um gorro de lã estava vendendo cristais ao lado da seção de livros de ocultismo. Em outro canto, um homem tocava violão.

— É tipo uma cafeteria/sebo. Encontrei esse lugar por acaso e imaginei que você gostaria daqui. Lembro que você costumava ler bastante. — Me levantei de repente. — Volto já.

Após pegar para nós dois cafés servidos em canecas de cerâmica, voltei para meu lugar à mesa.

Amber soprou o líquido fumegante antes de dizer:

— Pensei que era eu que deveria estar mostrando a cidade a *você*, não o contrário. Eu sequer sabia que esse lugar existia. Foi um achado muito legal. Eu poderia passar a noite toda aqui me entupindo de cafeína e procurando livros desconhecidos. Você acha isso estranho?

— Não. É por isso que livrarias são ótimos lugares para um primeiro encontro com alguém. Já levei algumas mulheres a livrarias, mesmo que nenhuma fosse tão bacana quanto essa.

Ela contorceu o nariz.

— Eu não teria pensado nisso.

— Bom, para começar, nunca falta assunto. Cada livro é um tema de conversa.

Os cantos de seus olhos se enrugaram.

— É, mas você acaba não conhecendo realmente a pessoa se conversar sobre livros, e não um sobre o outro.

— Discordo. Dá para dizer muita coisa sobre uma pessoa a partir do que ela lê.

— Ou do que *não* lê... se nunca tiverem aberto um livro na vida.

— Exatamente. Agora você está entendendo meu ponto.

— Imagino que você tenha saído com algumas mulheres assim... que não leem. Ao menos, pelo que me lembro...

— Muitas. E a verdade sempre vem à tona. Não que eu tenha algo contra alguém que não tem o hábito de ler, mas, às vezes, isso pode significar que há uma falta de interesse em coisas além de si mesmo.

Ela abriu um sorriso.

— Estou impressionada, Lord. Mas diante das garotas com quem você costumava sair, não achei que se importasse com essas coisas.

— Parece que você está julgando um livro pela capa, Amber. — Pisquei para ela. — Entendeu o que eu fiz?

— Entendi. — Ela riu.

O som de sua risada me fez voltar no tempo até a nossa juventude por um momento. Havia poucos vestígios daquela época hoje em dia, mas sua risada era um deles. Sua risada costumava ser meu remédio.

— Não sou exatamente o mesmo cara que era no ensino médio e na faculdade.

— Você quer dizer que não... — Ela tossiu intencionalmente. — Faz mais coisas por aí?

— Se faço coisas por aí? Tipo, se ainda saio transando a torto e a direito? Apenas diga o que realmente quer...

— Eu estava tentando manter o linguajar adequado para uma livraria.

— Olhe em volta. Tenho quase certeza de que você pode dizer e fazer o que quiser nesse lugar. — Abri um sorriso largo e inspirei um aroma curioso que parecia muito ser maconha. — A propósito, está sentindo cheiro de baseado?

Ela fungou no ar.

— Sim.

Tomei um gole de café e respondi sua pergunta.

— Ainda aprecio um rosto bonito e um corpo sexy, mas agora é preciso de muito mais do que somente isso para me atrair. Um homem só aguenta pegar geral até certo ponto, até precisar de algo a mais. Preciso que meu cérebro seja tão estimulado quanto o meu pau.

Amber pareceu um pouco corada.

— Entendi.

Precisando redirecionar minha mente e me distrair do quanto ela ficava adorável com as bochechas vermelhas, falei:

— Sabe qual é a outra vantagem de ter primeiros encontros em livrarias?

— O quê?

— Se o encontro não der em nada, você ainda assim poderá levar algo novo para casa para se aconchegar na cama. — Balancei as sobrancelhas.

— Gosto da sua maneira de pensar, Lord.

Meus olhos pousaram em uma situação acontecendo em um dos corredores.

— Até mesmo observar pessoas em livrarias pode ser divertido. — Apontei para um sujeito que estivera observando antes de ela chegar. — Aquele cara, por exemplo. Veja como ele sequer abriu o livro que está segurando. Ele passou o tempo todo observando a mulher que está explorando as prateleiras ao lado dele. Ele finge estar interessado em *O Rouxinol*, mas, na verdade, está se preparando para dar em cima dela. E ele também não escolheu aquele livro por acaso. É um livro popular. A probabilidade de ela ter lido e gostado é bem alta. Então, ele está contando com isso para puxar assunto.

— Essa teoria faz sentido, mas como você pode ter tanta certeza do que está prestes a acontecer? — Ela tirou sua própria conclusão. — Ah... você também já deu em cima de mulheres em livrarias.

Dando de ombros, admiti:

— Talvez eu tenha feito isso uma vez.

— Funcionou?

Abri um sorriso sugestivo.

Amber revirou os olhos.

— Eu nem precisava perguntar. Tenho certeza de que tudo funciona para você.

Achei divertido o fato de ela presumir que as coisas eram tão fáceis para mim.

— Por que acha isso?

— Porque as mulheres sempre foram incapazes de resistir a você. Seja no corredor de uma livraria ou na seção de produtos para animais de estimação do supermercado, a história é sempre a mesma. Você conquista a garota. Pode ter a mulher que quiser.

— Se quer saber, nem sempre é esse o caso, Amber Walton.

— Alguém te rejeitou?

Ela ainda não fazia a menor ideia de que eu gostava dela antigamente, portanto nunca imaginaria que foi a primeira pessoa que me veio à mente quando me fez aquela pergunta. Embora não tenha sido uma rejeição direta e clara, ela não fazia ideia de como me senti quando começou a namorar Rory. Além de Amber, houve apenas outra mulher na minha vida a quem eu queria, mas não podia ter. Acho que nunca falei com ninguém sobre o que aconteceu com Emily. Contudo, se tinha alguém que poderia entender, era Amber.

— Na verdade, sim. Fui rejeitado, uma vez.

— Sério? — Ela inclinou-se para frente. — Conte mais, Channing.

— Não tem muita coisa para contar. O nome dela é Emily. Há cerca de um ano, nos conhecemos no casamento de um amigo meu. Era um evento de três dias nas Bahamas. Tivemos uma conexão tão instantânea que foi estranho. Ela provavelmente foi a primeira mulher com quem eu realmente pude me ver tendo um relacionamento ou ao menos tentar fazer isso. — Fiz uma pausa e pensei sobre aquele fim de semana. — Enfim, nós nos divertimos bastante. Ficamos inseparáveis. Fazia muito tempo que eu não me sentia assim por alguém. Quando o fim de semana terminou, voltei para Chicago, e ela voltou para Massachusetts. Mantivemos contato à distância.

— Espere... ela mora aqui em Massachusetts?

— Sim... em algum lugar nos arredores de Boston, ironicamente.

— Então, vocês ficaram mais próximos fazendo contato à distância, e o que aconteceu depois?

— Nós nos falávamos bastante. Rolou muito sexo por Skype. E percebi que eu pensava muito nela quando não estávamos nos comunicando. Eu pretendia visitá-la, mas ela acabou voltando com o ex-namorado do nada. Eu já sabia sobre ele, mas ela nunca me deu nenhum indício de que ainda gostava dele. Ela explicou que se sentia péssima por ter me iludido e tudo mais, mas que tinha que seguir seu coração. Foi só isso, basicamente. Não é nada comparado ao que você está passando com Rory, mas sei bem como é se decepcionar.

Ela parecia chocada de verdade. Amber havia testemunhado alguns dos meus maiores momentos de vulnerabilidade nos meses após a morte de Lainey. Mas, no decorrer dos anos, consegui ser tão bom em fingir ser forte quando estava perto das pessoas que isso facilitou que ela esquecesse que eu tinha um lado sensível. Ela devia ter achado que eu tinha endurecido mais do que realmente tinha.

— Nossa. Obrigada por compartilhar isso comigo. Acho que foi burrice minha presumir que você era imune a se magoar.

— Eu não estava procurando nada sério. Mas Emily acabou surgindo do nada.

— É assim que acontece, às vezes... pelo menos, é o que imagino.

Eu não queria mais falar sobre Emily. Já tinha superado aquela situação, mas ter que relembrar me deixava na merda. Era apenas um gostinho de como Amber devia ter se sentido na outra noite quando a fiz falar sobre o que acontecera com Rory.

Olhando para o flerte acontecendo no corredor, falei:

— Viu? O que foi que eu disse sobre ele?

O sujeito estava segurando o livro atrás do corpo enquanto batia um papo com sua presa.

— Puta merda. Você tinha razão. — Amber caiu na risada. — Ai, meu Deus. Ela está indo embora com ele!

— Viu só? Ele foi astuto. De grão em grão, a galinha enche o papo.

— Parece que sim.

Peguei sua caneca de café vazia e devolvi ao balcão.

De volta à mesa, perguntei:

— Quer dar uma olhada nas prateleiras?

— Claro. Agora que a seção de ficção de A a L não está mais sendo usada como território de flerte.

Enquanto explorávamos as seções, arrastei o dedo indicador pelos livros nas prateleiras enquanto Amber me acompanhava de perto.

— Agora, quero que você pense muito bem sobre essa pergunta, Amber.

— Está bem...

— Se você tivesse que escolher um livro que leu para me recomendar, qual seria? Tem que ser algum que eu provavelmente nunca pensaria em escolher por conta própria.

Ela continuou me seguindo em silêncio até finalmente falar:

— Acho que *A Lei da Atração*. — Ela apontou para a seção de não-ficção. — Eu o vi ali. Na verdade, estou estudando-o atualmente, e adoraria conversar sobre o que ele ensina com outra pessoa.

— Muito bem. Vou comprá-lo e lê-lo. Mas você tem que ler o que eu escolher para você. Fechado?

— Fechado.

Escolhi *O Alquimista*, de Paulo Coelho.

— Você já leu esse?

— Não.

— Ok, então essa é a minha escolha para você. Teremos um mês para ler. E então, discutiremos sobre eles.

— Parece que esses próximos meses serão bem empolgantes para você, Lord. Gatos... ficar em casa e ler. O que mais? Devo procurar algum salão de bingo?

— Sim, faça isso. Ah, e não se esqueça de que estarei morando com a Maria Pessimista... também tem isso.

— Aham. Isso também.

Esperava que ela soubesse de verdade que eu estava brincando.

— Estou gostando muito de estar aqui, até agora. Minhas expectativas estão sendo superadas, na verdade.

— Deve ter sido o queijo mofado.

— Foi o queijo mofado, com certeza. — Sorri.

Estávamos na fila do caixa quando perguntei:

— Ei, está com fome? Quer jantar?

— Sim, estou faminta.

Eu sabia exatamente aonde levá-la.

— Vi um restaurante jamaicano nessa rua quando estava vindo para cá.

— Nunca comi comida jamaicana.

— Então você não sabe o que está perdendo.

— Qual é o seu prato favorito?

Sem ter que pensar, respondi:

— Bode ao curry.

— Você disse bode?

— Aham.

— Caracóis... bode... você come *alguma coisa* normal?

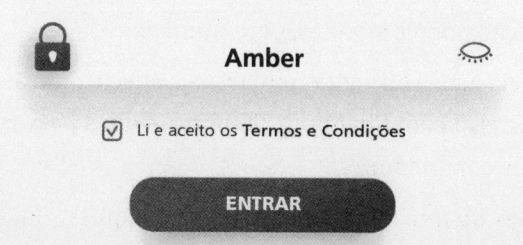

CAPÍTULO QUATRO

Amber

Li e aceito os **Termos e Condições**

ENTRAR

Estava perdida em pensamentos quando Annabelle sentou-se ao meu lado na sala dos professores.

— Como vai o Channing? — perguntou ao abrir a bolsa térmica com seu almoço.

Eu não podia contar a verdade a ela.

Bem, Annabelle, eu me masturbei pensando nele toda noite desde que ele chegou. É um problema.

— Ele está ótimo. Estou gostando muito da companhia dele.

Bom, isso também era verdade.

Ela inclinou a cabeça para o lado, olhando para mim.

— Você parece estar pensando em alguma coisa.

Estou pensando em muitas coisas, e a maioria delas não são apropriadas para se falar no trabalho.

— Bom... não é nada... é só que...

— O quê?

Pensei em uma analogia para explicar o que estava sentindo.

— Sabe quando você está de dieta, e... contanto que não compre besteiras e não as tenha em casa, fica bem com isso, mas assim que alguém traz uma caixa de cupcakes, toda a sua força de vontade desce pelo ralo? É mais ou menos isso que ter um homem atraente por perto faz com uma mulher celibatária. Estar perto de Channing está fazendo com que eu me dê conta do quanto estou precisando transar.

Annabelle estava rindo de mim.

— A solução parece simples, para mim.

Ela parecia não conseguir enfiar na cabeça o fato de que eu me recusava a fazer isso com Channing. Só porque duas pessoas são solteiras não significa que combinam.

— Não sei quantas vezes tenho que te explicar. Eu nunca poderia chegar a esse ponto com ele.

Após examinar meu rosto, ela disse:

— Minha preocupação é que o real motivo pelo qual você tem medo de considerar fazer isso seja o Rory.

A palavra com R foi um gatilho imediato para a minha postura defensiva.

— O que tem o Rory?

— Parte de você acha que vai voltar com o Rory, e você sabe que dormir com o Channing arruinaria isso, porque o Rory nunca seria capaz de aceitar. Estou certa?

Deus. Talvez. Talvez isso estivesse bem lá no fundo da minha mente.

— Não sei. Talvez, subconscientemente. Não há dúvidas de que Rory nunca superaria se algo acontecesse entre mim e Channing. Disso, eu tenho certeza. Mas, em primeiro lugar, mesmo que eu não me importasse com as repercussões de dormir com Channing, não acho que ele me veja de uma maneira sexual. Nunca viu. Ele me vê como uma irmã.

— Como pode ter tanta certeza disso?

— Não posso ter certeza absoluta... mas ele pode ter praticamente qualquer mulher que quiser. Bem, qualquer uma, menos uma garota chamada Emily. Então, é uma suposição segura.

— Emily?

— Uma garota sobre quem ele me contou que o iludiu e acabou voltando com o ex-namorado. Aposto que ela é linda de morrer.

Ele me surpreendera com aquela história. Emily devia ser mesmo especial para Channing querer considerar ter algo sério. Essa situação me fez ficar um pouco triste por ele. Fiquei com inveja de Emily e, ao mesmo tempo, queria dar uma surra nela por magoar o meu amigo.

— Você tem se olhado no espelho? — Annabelle perguntou com a boca cheia.

— Sim, e estou precisando muito fazer as sobrancelhas.

— Você está sendo modesta. Eu daria tudo para ter o seu corpo. Não desperdice isso. A juventude acaba. Temos que fazer você voltar à ativa.

Annabelle me elogiava com frequência. Seu cabelo preto com frizz, nariz proeminente e corpo alto e esguio nos faziam fisicamente opostas.

— Meu problema é que... não estou pronta para um relacionamento. Mas, ao mesmo tempo, também não quero apenas transar com uma pessoa aleatória. Não existe meio-termo. Sabe o que eu queria? — Olhei em volta para me certificar de que ainda estávamos sozinhas. — Eu queria ter um superpoder, um que me permitisse transar com um cara e apagar toda a experiência em seguida para que não restasse culpa ou consequências. Eu nunca mais o encontraria. Na verdade, ele deixaria de existir, depois disso. Mas é apenas uma fantasia.

— Hã... não é, não. Isso se chama sexo casual.

— Bom, mas para conseguir sexo casual, é preciso sair ou entrar em aplicativos de relacionamentos. Isso me soa bem desencorajador, nesse momento. Não estou pronta para nenhuma dessas coisas.

— Você só quer transar com um pau que desaparece magicamente.

— Precisa falar mais baixo — eu disse, mas não pude evitar uma risada.

Annabelle estreitou os olhos. Ela estava com uma expressão estranha, fazendo-me achar que estava tramando algo.

— O que está se passando nessa sua cabecinha aí? — indaguei.

— Quem disse que você não pode ter o que quer?

— Como assim?

— Essa sua fantasia de superpoder me fez lembrar de uma coisa.

— De quê?

— Ok, sabe a minha prima Shae? A advogada solteira que mora em Wellesley?

— Sim, você já falou sobre ela.

— Bem... a última vez em que a vi foi no casamento da minha irmã. Ela bebeu um pouco além da conta e começou a se abrir para mim durante a festa. — Annabelle baixou o tom de voz. — Ela me disse que saiu com um acompanhante masculino.

Olhando para trás por cima do ombro, sussurrei:

— Você quer dizer um prostituto...

— Tecnicamente, sim. Mas ela disse que o cara era *maravilhoso*, tanto na forma física quanto na personalidade. E que foi uma das noites mais agradáveis que já teve.

— Ela o viu apenas uma vez?

— Bom, é bem caro, tipo mil dólares por uma noite. Shae disse que valeu cada centavo. Ao que parece, o encontro foi exatamente o que ela precisava para voltar a se sentir confiante e sexy. Pouco tempo depois, ela se soltou mais e começou a namorar o homem de quem está noiva agora. Mas ela disse que foi esse acompanhante que a ajudou a sair do desânimo em que estava. Sem contar que ela disse que foi o melhor sexo de sua vida.

— Sério? Bem... eu nunca conseguiria fazer algo assim.

— Mas, supondo que você tivesse o dinheiro... por que diria que nunca faria isso?

Ela não podia estar falando sério.

— Porque ele provavelmente tem alguma doença, para começar.

— Na verdade, eu perguntei, e ela disse que eles conversaram sobre isso antes de ter qualquer contato físico. Ele contou que faz testes regularmente e é muito rígido quanto a fazer sexo seguro. Ele foi bem aberto sobre tudo. Eles conversaram bastante on-line antes de se encontrarem.

— Nossa. É, isso não soa como eu imagino que um prostituto seria.

— Não foi mesmo. Acho que essa empresa atende mulheres bem-sucedidas. Eles sabem que mulheres inteligentes querem mais do que somente uma noite de sexo. Elas querem estar com alguém que é sexy e inteligente. Sinceramente, se eu fosse solteira e tivesse o dinheiro, faria com certeza.

Eu não sabia se acreditava nela.

— Sério? Você faria?

— Por que não? Sair para encontros pode ser brutal, nisso eu concordo com você. Às vezes, uma garota precisa apenas de uma boa foda e nada mais.

Ela pegou seu celular.

— O que está fazendo?

— Estou mandando uma mensagem para Shae para pedir as informações sobre o serviço de acompanhantes.

— Por quê?

— Só para o caso de você querer dar uma olhada. — Ela piscou para mim. — Pode começar a economizar a partir de agora. Dispense as unhas de gel e os lattes por alguns meses.

— Você é louca. Não se dê ao trabalho.

Ela me ignorou e continuou digitando.

— Como eu disse, não faz mal ter as informações.

Estávamos tão envolvidas na conversa que eu sequer cheguei a esquentar meu almoço. Então coloquei minha tigela no micro-ondas, esperei, e ele apitou no mesmo instante em que o celular de Annabelle.

— Oh, ela respondeu!

Soprei minha sopa de escarola.

— O que ela disse?

— Vou ler palavra por palavra. — Ela fez uma pausa. — Se chama Clube de Cavalheiros Newbury. Eles têm um site bem genérico. Obviamente não divulgam o fato de que oferecem mais do que somente serviços de acompanhantes. A proprietária tem um e-mail direto. A maioria da clientela é conseguida através do boca a boca, já que não podem ser muito diretos em seus anúncios. Você começa contatando essa mulher e ela te dá uma senha para um portal seguro, onde pode escolher a pessoa com base nos atributos físicos e na breve descrição dos traços de personalidade do homem com quem quer se encontrar. Por exemplo, pode indicar se quer que seja com alguém que é bruto na cama ou um cara mais delicado. Pode determinar preferências como cabelo loiro ou escuro, musculoso ou esguio. Eles não mostram fotos para proteger a privacidade dos homens, mas garantem que, em uma escala de um a dez na aparência, todos os homens são nota dez. — Ela virou-se para mim. — Meu Deus, isso é melhor do que ser uma criança em uma loja de doces! Ela enviou o endereço de e-mail da mulher encarregada, mas também me passou uma senha que talvez ainda funcione para acessar o site seguro sem ter que enviar o e-mail primeiro. Vou te encaminhar todas as informações.

Por algum motivo, aquilo me deixou nervosa.

— Por quê?

— Porque eu quero viver indiretamente através de você. Acho que deveria dar uma olhada.

Annabelle tinha mesmo perdido o juízo.

— E onde, exatamente, eu vou conseguir esse dinheiro? — perguntei, mesmo que não estivesse encorajando isso.

— Quem quer sempre dá um jeito.

Escolhi não mencionar que eu tinha uma boa quantia guardada e que, tecnicamente, dinheiro não era o problema. Eu poderia pagar o valor de mil dólares sem desfalcar minha conta bancária, porque eu sempre fui esperta com meu dinheiro e economizava bastante. Esse não era o obstáculo para mim... não tanto quanto o meu orgulho e o meu medo de pegar infecções..

Alguns dias depois, era domingo à noite, e minhas emoções estavam uma bagunça.

Eu tinha acabado de entrar no Facebook e descobrir que Rory havia sido marcado em uma foto postada por uma pessoa chamada Jennifer Barney. Eles estavam andando à beira do Rio Charles, usando roupas de ginástica. Deduzi que ele devia estar namorando-a. Foi a primeira vez que tive que vê-lo com outra pessoa, e foi absolutamente devastador.

Após bisbilhotar meticulosamente as fotos dela, percebi que os traços de Jennifer eram similares aos meus, o que, de algum jeito, deixava tudo ainda pior. Ele terminara comigo para começar a sair com alguém que poderia ser minha irmã. E isso doeu.

Fiz uma coisa que já considerava fazer há um tempo, mas nunca fui em frente: desfiz amizade com ele para evitar ver seus posts. Estava na hora. Não queria um assento na primeira fila para vê-lo seguir em frente.

Minha casa estava estranhamente quieta enquanto eu ficava ali, sozinha, com minha infelicidade. Bem, eu não estava sozinha por completo. Gatinha estava emburrada na outra extremidade do sofá. Era a primeira vez que Channing a deixava sozinha comigo.

Ele havia ido passar um fim de semana em Chicago. Fiquei grata pela trégua, não porque não gostava de sua companhia, mas porque estava começando a gostar até demais de seu cheiro, sua risada, tudo nele. Também era agradável não ter que me preocupar com minha aparência e poder ficar largada no sofá de moletom.

Mas, então, eu meio que queria que ele estivesse ali. Ele provavelmente diria algo para me fazer sentir melhor.

Precisando desesperadamente de uma distração, rolei pela tela do celular e me deparei com a mensagem que Annabelle me enviara contendo as informações do **Clube de Cavalheiros Newbury**. Minha curiosidade me venceu. Abri o site, mas passei uns cinquenta minutos apenas encarando a tela.

A verdade era que eu não conseguia parar de pensar nessa história de acompanhante masculino desde a conversa com Annabelle na sala dos professores.

Meu coração martelava com força no peito. *Estou mesmo fazendo isso?*

Eu disse a mim mesma que iria apenas dar uma olhadinha inocente, que não era nada sério. Entretanto, uma sensação agitada na boca do meu estômago contradizia isso. E uma voz interior que parecia nova e nada confiável me dizia que eu merecia colocar meus desejos carnais em primeiro lugar, que ninguém precisava saber.

Na tela, apareceu uma caixinha pedindo ao usuário que colocasse uma senha. Se a senha que a prima de Annabelle me dera funcionasse, eu me convenceria de que era um sinal. Se não, eu deixaria isso para lá. Após digitar a senha, fui direcionada para outro site.

Consegui entrar.

A página era preta, com detalhes dourados e fontes elegantes. Uma melodia de piano suave e sedutora tocava ao fundo. O site continha uma descrição detalhada dos serviços do clube. Era possível escolher desde uma experiência de somente metade do dia, um dia inteiro ou até mesmo um fim de semana, que parecia ser a duração máxima oferecida. O preço do dia era dois mil dólares, e a opção mais barata era a de metade do dia, que era mil dólares.

Cliquei em um link intitulado *Conheça Nossos Cavalheiros*. Era essencialmente um cardápio de homens, numerados desde o Cavalheiro Número 1 ao Cavalheiro Número 20. Um aviso legal dizia que, para a privacidade dos homens, fotos não seriam fornecidas.

Comecei a clicar em cada perfil, lendo as descrições.

O Cavalheiro Número 1 é ator. Ele adora mulheres mais velhas, fazer amor de maneira delicada e conversas inteligentes. Com cabelo loiro, olhos azuis e um corpo alto e esguio, o Cavalheiro Número 1 é um sonho americano completo. Celebridade sósia: Alexander Skarsgård.

O Cavalheiro Número 4 nasceu e cresceu na República Dominicana. Conhecido como nosso gigante gentil, com sua estatura enorme e corpo forte e musculoso, ele costuma ser confundido com um lutador profissional. Celebridade sósia: Dwayne "The Rock" Johnson.

Li todos eles e, então, voltei para o que havia chamado mais minha atenção: o Cavalheiro Número 9.

O Cavalheiro Número 9 é um garoto do sul, muito bem-criado. Ele acredita que o cavalheirismo não morreu, e seu objetivo é fazê-la se sentir tão confortável quanto sexy. Celebridade sósia: Matt Bomer.

Me ganhou no Matt Bomer.

Abaixo da descrição, havia um botão que dizia *Contatar Cavalheiro Número 9*. Coloquei meu endereço de e-mail onde foi solicitado para ativar a função bate-papo e comecei a digitar.

Oi,

Meu nome é Amber, e nem acredito que estou te escrevendo. Nem sei qual é a sua aparência ou se você é um psicopata. Bem, diante do fato de que te escrever é, essencialmente, sinônimo de procurar sexo, acho que a pessoa duvidosa nessa equação sou eu. Mas não sou... duvidosa. Também não sou feia ou desesperada. Tenho certeza de que você já teve sua parcela de mulheres desse tipo, mas senti a necessidade de te dizer que não sou... repugnante. Tenho vinte e cinco anos, sou esbelta e já me disseram que sou atraente, embora não me sinta a pessoa apropriada para julgar isso. Só quero que fique claro que não estou te contatando porque os homens não se interessam por mim. Eu poderia, com certeza, encontrar um homem para transar, se estivesse a fim de lidar com tudo que isso envolve. Não procuro um relacionamento. Nesse último ano, tive meu coração partido pelo homem que pensei ser o amor da minha vida. E, bem, desde então, não me sinto pronta para abrir meu coração para outra pessoa. Em alguns dias, sinto falta dele, e isso me deixa com ainda mais raiva... porque você não deveria se sentir assim em relação a alguém que te deu um pé na bunda. Não quero me estender demais. Tenho certeza de que você está ocupado... muito ocupado se ocupando. Desculpe. Eu sei. Não sou muito boa nisso. Enfim, estou escrevendo para você porque estou começando a sentir muita falta de sexo. Estou pensando se uma noite com alguém que realmente sabe o que está fazendo e não irá me julgar ou esperar qualquer coisa a mais de mim seja do que preciso agora. Não me sinto confortável em simplesmente aparecer em um quarto de hotel sem saber um pouco mais sobre quem você é. E eu também gostaria de uma confirmação de que você não tem infecções. Não sei bem como seria isso. Enfim, eu adoraria bater um papo. Se pudermos chegar a algum tipo de acordo, eu daria o próximo passo e o encontraria para uma sessão de meio dia.

Atenciosamente,

Amber W

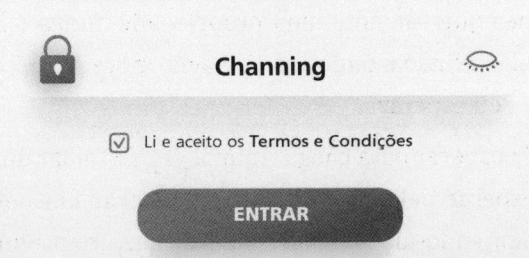

CAPÍTULO CINCO

Channing

☑ Li e aceito os **Termos e Condições**

ENTRAR

A viagem a Chicago foi muito mais estressante do que eu tinha imaginado. Precisava ver como minha mãe estava e resolver algumas outras coisas, mas o tempo todo eu mal podia esperar para voltar para a casa de Amber em Boston, para Gatinha e para a calmaria.

Ainda não conseguia acreditar que Amber insistira que ficássemos com a gata. Mas ela havia parado de espirrar, então isso era bom. Acho que não conseguiria ficar com Gatinha se ela continuasse a fazer Amber ter crises alérgicas.

Pude ouvir o som do chuveiro ligado quando entrei. Amber estava tomando banho, como costumava fazer ao fim do dia. Eu não tinha dito a ela quando voltaria exatamente, então esperava não a assustar quando ela saísse do banheiro.

Gatinha começou a miar imediatamente, ronronando e se esfregando em minhas pernas. Pegando-a do chão, dei um beijo suave em uma cabeça.

— Como vai a minha garota? Você cuidou bem da Amber?

Havia uma manta espalhada no sofá e o notebook de Amber estava aberto sobre a mesinha de centro. Eu estava ansioso para colocar o papo em dia com minha companheira de casa, ouvir tudo que ela fizera durante o fim de semana. Embora nós dois trabalhássemos bastante, era sempre agradável conversar com ela à noite antes de ir para o meu quarto.

Às vezes, assistíamos TV juntos, ou apenas falávamos sobre nosso dia. Antes disso, fazia anos desde que eu tivera uma pessoa morando comigo, desde a faculdade. Tinha me esquecido que morar com alguém podia ser prazeroso. Sem contar que a casa no condomínio onde Amber morava era um lugar muito bacana. Era espaçosa, com tetos altos e acabamentos brancos, detalhes que somente uma propriedade antiga e histórica teria. Era a casa mais refinada onde eu já havia morado, e completamente diferente do que eu esperava.

Mal podia esperar para chegar minha vez de tomar um banho. Como eu tinha que esperar pelo banheiro, decidi relaxar um pouco e navegar pela internet. Sentando-me no sofá, soltei um suspiro profundo. Inspirei e pude sentir a vela aromática de abóbora que Amber havia acendido sobre a cornija da lareira. Nossa, como era bom estar de volta.

Já que Amber havia deixado seu notebook aberto, decidi usá-lo ao invés de pegar o meu. Prestes a fazer login na minha conta do Facebook, percebi que havia um site em uma aba minimizada. Eu provavelmente não deveria ter clicado nela para ver o que era, mas não vamos falar perto da Gatinha que a curiosidade matou o gato.

O site com o qual me deparei definitivamente não era algo para o qual eu estava preparado para ver. Ela deixara uma janela de bate-papo aberta. Era uma mensagem para alguém.

Com o coração martelando no peito, li pelo menos três vezes.

Que. Porra. É. Essa?

Minha mente estava acelerada. Em que mundo Amber precisaria recorrer a um acompanhante masculino? Ela não tinha noção do quanto isso podia ser perigoso? Não tinha. Amber sempre foi ingênua e confiava fácil nos outros.

Congelado, não conseguia me recuperar do choque a tempo suficiente para descobrir como lidar com aquilo.

Eu deveria simplesmente esquecer que vi? Fingir que nada aconteceu quando ela saísse do banheiro?

O som do chuveiro desligando deu início a um cronômetro interno na minha cabeça. Não havia muito tempo para pensar em como reagir. De jeito nenhum eu podia permitir que ela fizesse algo tão imprudente como dormir com um cara que provavelmente já estivera com milhares de mulheres. Vindo de mim, eu sabia que isso era como o sujo falando do mal lavado, mas eu não tinha como ter a garantia de que essa pessoa havia tomado as precauções necessárias para evitar infecções sexualmente transmissíveis, sem contar a segurança dela em uma situação assim. Ela não podia confiar no que ele dissesse, não importava qual fosse a baboseira que ele tentasse usar.

Precisando ganhar mais tempo, tomei uma decisão impulsiva. Lá no fundo, eu sabia que isso seria ir longe demais, mas não importava naquele momento. Foda-se isso. Tudo que importava era que eu estava cuidando dela.

Cliquei no botão de contato, ação que solicitou um endereço de e-mail para poder começar uma nova mensagem. Peguei meu celular e procurei o e-mail de Amber, torcendo que fosse o mesmo que ela havia acabado de usar. Eu o inseri e, fingindo ser ela, digitei:

> Desculpe. Bebi demais esta noite. Por favor, desconsidere a última mensagem. Não estou mais interessada.

Vi que era possível deletar mensagens enviadas de dentro da janela de bate-papo.

Ótimo. Isso é ótimo. Posso fazer bom uso disso.

Deletei minha mensagem da parte de Enviados para que ela não visse. Esperava mesmo que essa tática funcionasse, que impedisse que o sujeito respondesse à sua mensagem inicial. Se bem que, se ela não recebesse resposta, talvez o contatasse de novo, ou até mesmo outro "cavalheiro".

Merda. Pense.

Eu tinha uma ideia de como lidar com aquilo, mas sabia que precisava sair dali para implementá-la. De jeito nenhum eu ia conseguir encará-la naquele momento, de qualquer forma. Certificando-me de deixar seu notebook aberto no mesmo lugar em que o encontrara, me levantei.

Peguei minha bolsa de viagem e saí, seguindo para a cafeteria que ficava descendo a rua. Ela nem saberia que eu já tinha chegado em casa.

Assim que cheguei à cafeteria e sentei-me a uma mesa com meu notebook, decidi criar um novo endereço de e-mail sob o disfarce do Cavalheiro Número 9. Sem pensar demais, mandei-lhe uma mensagem.

> Querida Amber,
>
> Obrigado por entrar em contato. Senti que sua mensagem pedia que eu te enviasse um e-mail por esse endereço para que não precise entrar no site para me contatar, de agora em diante. É mais fácil nos correspondermos dessa forma. Entendo completamente o seu desejo de querer me conhecer melhor primeiro e acho que isso é sábio da sua parte. Estou disponível se quiser conversar ou qualquer outra coisa. Apenas me informe quais dúvidas você tem.
>
> Cavalheiro Número 9

Mas em que porra eu estava me metendo? Eu deveria ter dito que ele não podia ajudá-la, que estava ocupado demais... mas, e se ela procurasse os serviços de outra pessoa? Eu não poderia monitorar a situação a menos que controlasse cada passo. Era assim que eu precisava cuidar do assunto. Além do mais, para ser sincero, parte de mim queria muito saber no que ela estava pensando. *Nossa.* Eu ia para o inferno.

Ainda não me sentia pronto para ir para casa e encará-la, então pedi um chá e decidi ficar ali por um tempo antes de ir embora.

Uma notificação surgiu, anunciando que eu tinha recebido um novo e-mail. Era uma resposta de Amber. Acho que eu não deveria ter ficado tão surpreso por ela ter respondido à mensagem tão rápido.

> Oi, Cavalheiro Número 9,
>
> Obrigada por me responder tão rápido e por me fornecer este endereço de e-mail. Você tem razão. É muito mais fácil me comunicar com você fora do portal.
>
> Desculpe se minha primeira mensagem pareceu uma bagunça desconexa. Como pode ver, sou nova nisso. Minha maior preocupação é me certificar de que você não tem nenhum tipo de IST. Como se protege, se sai com tantas mulheres? Tem alguma comprovação médica que pode me mostrar confirmando que está limpo? (Eu sei que provavelmente não pode divulgar informações pessoais.) Além dessas questões, acho que só quero saber como você é. Quantos anos você tem? E se parece mesmo com o Matt Bomer? Hahaha. Como esse trabalho surgiu na sua vida? E como seria uma noite (ou metade de um dia) com você? Me desculpe por fazer tantas perguntas.
>
> Amber

Merda. Me afundei ainda mais na toca do coelho.

Balançando as pernas freneticamente, passei os dedos pelo cabelo enquanto pensava na resposta. Determinado a mentir o mínimo possível, tentei o melhor que pude para sanar suas dúvidas de maneira que as respostas pudessem, tecnicamente, se aplicarem a mim. Isso me fez sentir um pouquinho menos culpado. Comecei a digitar.

> Oi, Amber,
>
> Não se preocupe por fazer muitas perguntas. Nunca é demais. Posso fornecer a verificação que você precisar para confirmar que estou limpo. Posso assegurá-la de que estou livre de ISTs, mas, como precaução, sempre uso camisinha, sem exceções. Sua segurança é minha prioridade número um.

Como esse trabalho surgiu na minha vida? Bem, quanto tempo você tem? Hahaha. É uma longa história que eu deveria te contar pessoalmente, mas a versão resumida é que acabei entrando nessa situação por acaso e é difícil sair agora.

Respondendo à sua pergunta sobre a minha idade, tenho vinte e sete anos. Não me pareço tanto assim com o Matt Bomer, mas acho que você vai gostar de mim ainda mais.

Uma noite comigo consiste naquilo com que você se sinta confortável e o que quer que deseje. Poderíamos conversar por um tempo e não trocarmos uma palavra. Basicamente, o seu desejo é uma ordem. Posso garantir que, pelo menos durante o tempo em que estivermos juntos, você não vai pensar naquele otário que te largou.

O que a trouxe até mim justo esta noite?

C9

Era isso que eu mais queria saber.

Isso não era do feitio de Amber, ou pelo menos da Amber que eu achava que conhecia. O que a induziu a fazer isso naquela noite? Devia ter acontecido algo enquanto eu estava fora.

Tomei um longo gole de chá e quase queimei a boca enquanto esperava. Eu sabia que, se ela não tivesse ido para a cama, não demoraria muito para responder. Eu esperaria vinte minutos antes de desistir e ir para casa.

Cinco minutos depois, uma nova mensagem apareceu na minha caixa de entrada falsa.

C9,

É assim que seus amigos te chamam? Gostei. Obrigada pelas respostas.

> Essa é uma pergunta interessante. Por que justo esta noite? Bom, eu vi o meu ex marcado em uma foto no Facebook com outra mulher, e isso me fez perder a cabeça. Mas é mais do que isso. Recentemente, desenvolvi uma atração muito forte por um amigo próximo, e isso meio que está mexendo comigo. Ele está morando na minha casa temporariamente, mas é uma pessoa que conheço há anos. Sempre o achei extremamente lindo, mas é complicado. Nós dois não seríamos uma boa combinação romântica. Ele não é do tipo monogâmico, ou pelo menos não costumava ser. É melhor continuarmos somente amigos. Ele também era o melhor amigo do meu ex até alguns anos atrás, então tem mais isso. Mas tê-lo por perto me deixou mais sensível aos meus desejos sexuais. Pequenas coisas como o cheiro dele, a maneira como ele toca a parte inferior das minhas costas quando passa por mim na cozinha... é como se o meu corpo estivesse em um estado constante de alerta. Então, pensei que, por falta de uma palavra melhor, transar com alguém talvez pudesse aplacar essas sensações.
>
> Amber

Fiquei encarando a tela, boquiaberto.

Puta que pariu.

Li de novo.

E de novo.

E de novo.

Eu honestamente não imaginei que Amber se sentia assim sobre mim. Ela sempre fazia brincadeiras dizendo que eu era bonito, mas sua atração por Rory provava que seu gosto não era exatamente convencional. Agora, estava mesmo me sentindo um merda por invadir sua privacidade, porque tenho certeza de que ela não se sentiria bem confessando aquilo para mim. Nunca imaginei que isso tivesse a ver *comigo*. Deduzi que tinha a ver somente com Rory.

Ela queria foder com outro homem para aplacar seu desejo por *mim*?

A revelação me deixou chocado e confuso, além de duro pra caralho por pensar no fato de que Amber me queria.

Sabendo o que agora sabia, a coisa certa a fazer seria simplesmente abandonar essa troca. Mas então, como ela se sentiria se *ele* não respondesse mais? Eu tinha transformado essa situação em uma completa bagunça, embora soubesse que não mudaria nada se significasse evitar que ela entregasse seu corpo a um garoto de programa que queria apenas seu dinheiro.

Esse dilema estava ficando cada vez mais difícil de lidar. A cafeteria estava prestes a fechar. Eu precisava ir para casa e não queria que ela achasse que havia me perdido, então enviei uma última mensagem.

> Amber,
>
> Entendo plenamente como é querer alguém que não pode ter. Acho que você deveria pensar um pouco mais sobre o que realmente quer. Estou aqui se quiser conversar, mas preciso me desconectar por hoje. Tenha uma boa noite.
>
> C9

Fechei o notebook e me levantei para ir embora.

Minha respiração estava irregular enquanto eu inspirava o ar frio da noite. Andando pela rua de calçamento em paralelepípedos, ponderei se deveria evitar Amber completamente naquela noite. Meu medo era levantar suspeitas de que algo estava rolando apenas pela minha expressão.

Tinha outra coisa que estava muito bem levantada, *que eu também não podia deixá-la notar.*

Fingindo estar chegando em casa pela primeira vez, abri a porta e cumprimentei Gatinha, como se já não tivéssemos nos reencontrado naquela noite. Como esperado, ela veio com seus miados entusiasmados. Não importava se não nos víamos há horas ou minutos, ela sempre ronronava e miava com toda a animação do mundo.

Amber estava sentada no sofá. Ela fechou seu notebook abruptamente e endireitou-se como se eu a tivesse flagrado no ato.

— Channing! Eu não sabia quando você ia voltar.

Jogando minha bolsa no chão, eu disse:

— É. Voo atrasado. Estou exausto.

O silêncio tomou conta enquanto ficávamos frente a frente. Tive a impressão de que ela ainda estava pensando no Cavalheiro Número 9 e provavelmente se sentindo um pouco envergonhada. Talvez minha presença a tivesse feito despertar para a realidade de repente. Pelo menos, era o que eu esperava.

Eu conhecia Amber desde que era um adolescente... mas, de alguma maneira, parecia que a estava vendo pela primeira vez naquele momento, enxergando um novo lado dela, um que envolvia o fato de que ela me queria e a compreensão de que ela não era mais a garota inocente que um dia conheci. Ela tinha necessidades... necessidades muito adultas. Eu não a culpava por isso. Na verdade, o fato de que ela estava explorando sua sexualidade era sexy pra caralho. Eu só queria me certificar de que ela estivesse segura, só isso.

— Aconteceu alguma coisa empolgante enquanto estive fora? — Dei dois passos em sua direção e imediatamente vi seu corpo enrijecer conforme ela recuava um pouco. Ela estava reagindo a mim. Sempre foi assim? Talvez eu só nunca tivesse notado. Agora, estava percebendo a linguagem corporal que provavelmente esteve presente todo esse tempo.

— Não. Ficou tudo muito quieto sem você aqui. Sem poder me distrair, acabei bisbilhotando o perfil de Rory no Facebook, o que foi um grande erro. Ele foi marcado por uma garota com quem tinha saído. Eu não deveria ter feito isso.

Tive que fingir estar surpreso, porque é claro que eu já sabia disso pela nossa troca de e-mails.

— Sinto muito por você ter visto isso.

— Desfiz amizade com ele para não ter que ver mais suas postagens. É melhor assim.

— Ótimo. — Cocei meu queixo. — Foi uma boa ideia.

Ela ergueu o olhar para mim. Seus olhos refletiam tantas coisas diferentes ao mesmo tempo: tristeza, desejo, desespero, confusão. Aquele panaca a deixara se sentindo tão perdida, duvidando de si mesma. Mas a resposta para seus problemas não tinha nada a ver com ele. Ela precisava sair, se encontrar, desconectar seu valor próprio daquele término.

Minha atração por ela era indubitável. Eu me sentia *muito* atraído por Amber, sempre me sentira. Isso não significava que eu era a pessoa certa para ela. Ela era vulnerável demais, e eu não deveria brincar com isso. Sem contar que meu lado maduro não queria estragar uma coisa boa. Eu prezava por sua amizade mais do que qualquer coisa, e esse tempo com ela em Boston era como uma segunda chance para renová-la. Não havia muitas pessoas na minha vida com as quais eu podia contar. Além disso, Lainey ficaria orgulhosa de mim por cuidar de sua melhor amiga e não fazer merda.

Geralmente, Amber era esperta. Mas contatar aquele serviço provava que ela podia seguir pelo caminho errado. Pagar por sexo não era a resposta para seu problema. Ela precisava de ajuda para encontrar alguém sem ter que recorrer a isso. Embora a ideia de arranjá-la para algum cara em um bar me deixasse com ciúmes, acabei me conformando, porque o outro modo como ela pretendia dar um jeito em suas necessidades era definitivamente ainda pior.

— Você precisa se expor mais, Amber. Por mais difícil que possa ser.

— Eu tentei aplicativos de relacionamento. Não serve para mim.

— O que aconteceu?

— Bom, para dar um exemplo, um cara me disse o quanto queria me dar um colar de pérolas. Achei que ele tivesse algum fetiche por joias, mas

Annabelle me explicou o que era. Então, esse foi o fim para mim.

Ah, merda.

— É, ele queria te enfeitar com o gozo dele. Doente do caralho. Também tenha cuidado caso alguém queira te dar uma chuva dourada.

— É, agora eu sei disso.

— Talvez você deva tentar um caminho diferente. Precisa se forçar a sair mais. Dá para sondar as pessoas melhor ao vivo. Vamos sair na sexta à noite. Posso ser o seu parceiro de noitada.

— Você vai ser tipo, o quê... meu cafetão?

A ironia em sua escolha de palavras não me passou despercebida.

— Não. Mas sou muito bom em julgar as pessoas a partir da primeira impressão, então posso te ajudar a determinar se vale a pena falar com um cara, a se apresentar de uma maneira fluida para evitar qualquer desconforto.

— É sério, não estou pronta para esse tipo de coisa.

— Eu sei disso. Mas você provavelmente nunca vai se *sentir* pronta. Às vezes, é preciso se forçar a sair de casa. Isso é metade da batalha. E então, basta relaxar e ver a vida acontecer. Não tem como acontecer algo legal com você se ficar dentro de casa o tempo todo.

Ela abriu um pequeno sorriso que eu sabia que escondia uma infinidade de inseguranças enquanto tentava se convencer de todos os motivos pelos quais não deveria aceitar minha oferta.

— Amber... vamos apenas beber alguma coisa. Ok?

Ela soltou uma respiração e disse suavemente:

— Ok.

CAPÍTULO SEIS

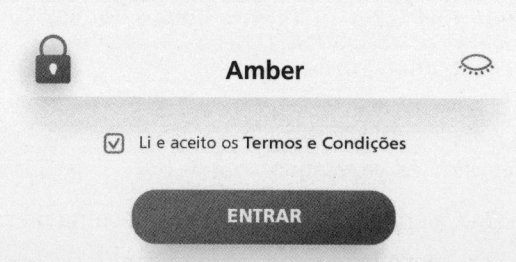

Amber

☑ Li e aceito os **Termos e Condições**

ENTRAR

Happenstance era um bar a alguns quarteirões da minha casa. Uma colega de trabalho havia me recomendado, dizendo que a atmosfera era tranquila e a cerveja tinha um preço razoável. Então, sugeri-o para Channing para a nossa saída.

Havia uma jukebox desligada em um canto. Talvez eu colocasse algo para tocar, mais tarde.

O bar emanava uma *vibe Show Bar*. Havia centenas de sutiãs pendurados em hastes pelo teto, indicando que o lugar já havia tido noites bem selvagens. Infelizmente, esta não era uma delas.

— Então, que truque você tem na manga hoje, Lord?

— Absolutamente nada. Esta é apenas uma noite entre amigos. Mas se, alguém chamar sua atenção, me avise. Sou seu parceiro de crime.

— E o que, exatamente, você vai fazer se eu decidir que quero falar com alguém?

— Eu o abordarei no bar, puxarei uma conversa casual. Preciso investigar o cara primeiro para ver se ele não é um mala. Se me parecer que vale a pena conversar com ele, vou te dar um sinal. Teremos que inventar um. Tipo, quem sabe, olhar para você e coçar o queixo.

Meus olhos ficaram hipnotizados pelos dedos másculos de Channing esfregando sua barba por fazer ao demonstrar.

— Isso sinalizará de que é seguro você se aproximar dele — ele disse.

— E então, o quê?

— Vou te apresentar como minha amiga. Posso escapulir casualmente se você acabar se dando bem com ele. Se não, pode pedir licença e se afastar.

— É isso que você faz para os seus amigos homens?

— Já fiz isso algumas vezes.

— Funciona?

— Às vezes, sim. Às vezes, não.

— Por quê? — perguntei, mas logo me dei conta da resposta. — Ah, deixe-me adivinhar... porque a garota acaba ficando decepcionada porque não era você que estava interessado nela. É você que ela quer.

Ele deu uma risada culpada.

— Talvez isso tenha acontecido uma ou duas vezes.

— Ai, meu Deus, Channing. Eu nunca deixaria você ser meu parceiro de crime, se fosse um cara. Isso não daria certo.

— Então que bom que você não é um cara, não é?

Channing estava lindo e tinha um cheiro maravilhoso. Usava uma touca cinza-escura que lembrava a da foto do Facebook. Seu cabelo brilhante escapava um pouco na frente. O suéter de lã justo que ele estava usando me fazia querer arranhá-lo como um gato.

Ele olhou em volta.

— Não vejo opções viáveis.

— Tenho que concordar com você. Aqui está bem vazio hoje.

Channing deu uma mordida em uma batata frita e mergulhou a outra parte no meu ketchup.

— Algumas coisas para se ter em mente se sair por aí sem mim algum dia...

Endireitei-me na cadeira.

— Ok... o quê?

— Desconfie de homens que estejam sozinhos em bares. Eles costumam estar à espreita. — Ele apontou para um homem em um canto. — Como aquele sujeito ali. É bem mais seguro se aproximar de um cara que esteja com um amigo ou em grupo. É menos provável que seja um psicopata.

— Faz sentido. E, bem, você parece ser bom mesmo em ler as pessoas. Fiquei impressionada com a sua observação daquele casal na livraria.

— Olhe em volta. Me diga o que quer saber sobre alguma pessoa daqui que eu te conto a história dela.

Aceitei seu desafio e apontei para uma garota sentada no bar.

— Que tal ela?

A garota parecia tensa, como se estivesse esperando por alguém.

— Está vendo como ela está olhando ao redor freneticamente? Está esperando alguém com quem marcou um encontro pelo Tinder, e acho que pode ser a primeira vez que faz isso. Ela já decidiu que vai transar esta noite. Não tem certeza se deveria, mas vai mesmo assim.

Interessante. Isso me fez lembrar de uma coisa.

Apontei para o homem no canto.

— E ele... o cara que você disse que estava à espreita. Qual é a dele, na real?

— Ele deve estar aqui te procurando, mas eu estou com você, então felizmente isso foi interceptado. Ele é esquisito.

— Totalmente. — Olhei em direção ao canto oposto, onde um homem e uma mulher estavam juntos, mas ignorando um ao outro completamente. — E aquele casal ali?

— Meu Deus, olhe só para eles. Os dois estão ao celular, sequer prestando atenção um no outro. Eles devem estar juntos há um tempo e não estão mais nem aí. Isso é meio triste.

— É, mas todos nós fazemos isso de vez em quando, não é?

Ele arregalou os olhos.

— Você e Rory saíam e passavam metade da noite olhando para o celular?

— Bom, sim, nós fazíamos isso, às vezes. Você nunca fez?

— Não me lembro de uma única vez em que peguei meu celular durante um encontro. Pelo menos não com o propósito de fazer uma ligação ou dar uma olhada na internet.

— Que outros propósitos existem?

Channing abriu um sorriso sugestivo, e isso me deixou muito curiosa.

— Talvez eu não queira saber. Mas me conte mesmo assim.

— Uma vez, uma mulher pediu que eu fosse ao banheiro e enviasse uma foto para mostrar o quanto eu estava duro por ela. Então, abri uma exceção e tirei meu celular da calça naquela ocasião.

— E parece que não foi só o celular que você tirou da calça. — Dei risada.

— Touché.

Normalmente, pensar em Channing enviando uma foto de seu pau para uma mulher me faria estremecer de constrangimento. Talvez fosse o álcool, mas, naquele momento, imaginá-lo esgueirando-se em um banheiro e fazendo uma coisa dessas estava me deixando com tesão. Se bem que tudo me dava tesão, ultimamente. Eu precisava muito descobrir onde ficava o botão de desligar todo esse fogo.

Pigarreei.

— Ok, então você abre exceções para fotos do seu pau...

— Somente para fotos do meu pau. — Ele me lançou uma piscadela. — Do contrário, é uma falta de respeito e demonstra para a pessoa que estou mais interessado em outras coisas. Se estou com alguém, quero estar mentalmente presente, porque, do contrário, qual é o sentido de estarmos juntos?

— É, mas é um pouco diferente quando se está com alguém há

um bom tempo. Você nunca chegou a esse ponto com ninguém. Em um relacionamento longo, o frio na barriga e as fotos do pau ficam para trás.

— Bem, que pena. Talvez isso seja parte do problema. Se ficar na internet é mais interessante do que a pessoa sentada à sua frente, então o que isso diz? — Ele olhou novamente para o casal. — Aqueles dois não se olharam uma vez sequer. Se estar em um relacionamento é assim, fico feliz por não estar em um.

Era difícil discutir com aquilo.

Minha atenção virou-se para dois homens que estavam olhando em nossa direção.

— E aqueles caras?

— São gays — Channing respondeu sem hesitar.

— Ah, você tem um *gaydar* também?

— Bom, se eles estão olhando para mim e não para você, então, sim, fica muito fácil de descobrir. Nem é preciso ter um *gaydar*, nesse caso.

— Acho que tem razão. — Suspirei e examinei o ambiente mais um pouco. — O que acha que outra pessoa nos observando agora pensaria? Que impressão passaríamos?

— Achariam que somos velhos amigos ou estamos em um ótimo encontro, porque estamos confortáveis um com o outro e bem envolvidos em uma conversa. E achariam que eu sou divertido, porque você está sorrindo e rindo.

— Eles não saberiam que normalmente sou uma pessoa bem deprimente.

Sua expressão ficou séria.

— Eu não te vejo assim, Amber.

— *Como* você me vê? Qual a impressão sincera que tem de mim desde que chegou a Boston?

— Quer saber a verdade?

— Sim.

— Para mim, você ainda tem dezesseis anos. — Ele deu risada.

— Mentira! Sério? Acha mesmo? Bom, você com certeza parece bem mais velho para mim, mas não de um jeito ruim.

— Sinceramente, você ainda está praticamente igualzinha. Mas não me refiro somente à aparência. Quando te olho, vejo a amiga da minha irmã, a garota que ficava de bobeira no meu porão e que costumava me dar uma surra jogando aero hockey. É essa pessoa que vejo, mesmo que eu saiba que você não é mais ela. Talvez eu só *queira* que seja. Estou escolhendo ver aquela versão sua por motivos egoístas.

— Você prefere aquela versão à pessoa que sou agora...

Ele corrigiu-se rapidamente.

— Não foi o que eu quis dizer... de jeito nenhum. Você tem todos os motivos para estar em uma fase ruim agora. E, é claro, cresceu bastante. Eu estava me referindo mais à nostalgia de pensar na conexão que tínhamos naquela época. Perdemos contato quando fui para a UF. E, depois disso, as coisas entre nós nunca mais foram as mesmas. É isso que acontece quando somos jovens. Nós evoluímos. Mas a marca da amizade verdadeira é poder voltar ao ponto de partida, mesmo que as circunstâncias da vida mudem.

— Eu sempre soube que você estaria ao meu lado se algum dia eu precisasse, mas nunca imaginei que estaria sentada em um bar em Boston com você, e com certeza nunca sonhei que moraríamos juntos.

— É o destino. Era o momento certo. O trabalho me trouxe para cá, mas o Universo sabia que você precisava muito de alguém para te dar um empurrãozinho.

— Já começou a ler *A Lei da Atração*? Você mencionou o Universo...

Ele piscou para mim.

— Talvez eu tenha começado.

— Espero que não ache que sou uma maluca depois que terminar.

— Na verdade, estou surpreso com o quanto estou gostando. E acho que o que o livro ensina sobre manifestar o seu próprio destino pode te ajudar a superar aquele que começa com R, se aplicar esse conhecimento corretamente.

— Pode dizer o nome dele. Não vou surtar. Já cansei de chorar por isso.

Channing tocou meu pé com o seu sob a mesa.

— Que bom.

— Eu só preciso de um botão de reiniciar na minha vida.

Ele deu um tapa na mesa.

— Aí está, a nova palavra com R. Reiniciar.

— Adorei. — Com um suspiro, continuei: — Sabe, o meu problema é que... eu nunca saí para ficar com outras pessoas. Nunca tive que fazer isso, porque sempre estive com Rory. Eu sinto como se não soubesse como me comportar nessa situação. Sou como um peixe fora d'água.

— Então, vamos praticar.

— Como?

— Vamos fingir ser duas pessoas que acabaram de se conhecer aqui. Posso entrar no personagem, se você também puder. Vai ser tipo um improviso.

— Ai, ai. — Dei risada. Isso parecia loucura, mas até que era divertido. — Acho que eu deveria aproveitar a oportunidade de praticar com um verdadeiro especialista. — Quando ele se levantou de repente, perguntei: — Aonde você vai?

— Preciso entrar no bar, fingir que estou te conhecendo agora. — Ele piscou. — É só ir improvisando, ok?

— Ok. — Tomei um longo gole de bebida.

Channing saiu do bar e, em seguida, entrou novamente.

Ao que parecia, ele não estava brincando. Ele realmente foi até o bar e pediu uma cerveja antes de virar o rosto devagar na minha direção. Quando seu olhar encontrou o meu, sua boca curvou-se em um sorriso malicioso. Cobri minha boca para esconder a risada, e ele me lançou um olhar reprovador. Ele estava me repreendendo por não levar isso a sério. Foi naquele momento que me comprometi a me recompor e entrar na brincadeira.

O único problema era que eu não conseguia parar de rir e, pior: de soluçar. Sempre que eu gargalhava muito, tinha um ataque de soluços. Agora, Channing também estava rachando de rir, porque se lembrou do meu problema de soluços. Isso me acontecia o tempo todo quando éramos mais novos.

Quando as risadas cessaram, o sorriso sexy ressurgiu no rosto de Channing conforme ele, mais uma vez, voltava ao personagem, fazendo o papel do meu pretendente misterioso.

Retribuí seu sorriso, flertando de volta, enrolando uma mecha de cabelo no dedo indicador.

Quando ele começou a andar em minha direção, fiquei arrepiada. Minha reação física era a mesma que seria se isso estivesse acontecendo de verdade.

— Você está sozinha? — ele perguntou.

Meu coração acelerou.

— Sim.

— Posso me juntar a você?

— Claro.

Ele puxou uma cadeira e se sentou.

— Sou o Channing. — Ele estendeu a mão, e quando a segurei, senti uma eletricidade em seu toque. Meus mamilos endureceram. Talvez essa não tivesse sido uma boa ideia.

— Meu nome é Amber. — *Soluço.*

— Eita. Você está bem?

— Sim. É que fico com soluços quando dou muita risada. Você me fez rir mais cedo.

— Foi mesmo? — Seu tom era tão sedutor.

— Aham.

— Sabe, eu tinha uma amiga que soluçava sempre que ria muito. Sabe o que eu fazia com ela?

— O quê?

— Dava um susto do caramba nela quando menos esperava. Dizem que isso faz os soluços pararem.

— Por favor, não faça isso comigo — pedi, séria. Eu me irritava muito quando ele me assustava.

— Bom, o que uma garota linda e com soluços está fazendo sozinha em um bar, afinal?

— Estou apenas relaxando, tomando um drinque.

Durante os trinta minutos seguintes, Channing manteve-se no personagem, me fazendo pergunta atrás de pergunta sobre o meu trabalho e interesses pessoais, como se estivéssemos nos vendo pela primeira vez. Sinceramente, fiquei assustada com o quanto parecia real. Acabei ficando imersa demais na experiência, quase me esquecendo de quem éramos e do propósito daquela encenação. Era tão fácil conversar com ele, tão envolvente. Algo me dizia que não era exatamente assim com a maioria dos caras que eu encontraria em um bar. Eu não admitiria para ele, mas, se fosse real, eu estaria caidinha por ele.

Entretanto, meus soluços não tinham desaparecido ainda. Em determinado momento, no meio da conversa, Channing pegou meu copo de água e tomou um gole antes de jogar o restante na minha cara. A surpresa da água atingindo minha pele me causou uma onda de adrenalina.

Ensopada, gritei:

— Por que fez isso?

— Para ajudar nos seus soluços!

— Eu te disse para não me assustar — falei, enxugando o rosto com um guardanapo.

— Mas aposto que vai parar de soluçar agora.

— Claro... agora que estou parecendo um rato afogado.

— Não está, não. Você está linda.

Depois desse comentário, precisei me lembrar de que ele ainda estava no personagem.

Como esperado, meus soluços foram embora ao continuarmos nossa brincadeirinha. Channing foi empurrando sua cadeira para perto de mim aos poucos. Seu rosto ficava próximo do meu sempre que ele falava. Eu podia sentir o cheiro de cerveja em sua boca misturado ao aroma de sua colônia. Era provável que não existisse um cheiro mais sensual no mundo do que aquela combinação. Eu estava tentando ignorar o fato de que minha calcinha estava molhada somente pela proximidade de seu corpo e a sensação de seu hálito em meu rosto. Isso fez com que me desse conta do quão excitada eu estava.

Meu Deus.

Após vários minutos de conversa, ele se inclinou e falou bem ao pé do meu ouvido:

— Não moro longe desse bar. Que tal sairmos daqui e irmos para a minha casa?

Seus lábios roçaram minha pele, e senti como se seu hálito tivesse viajado pelo meu canal auditivo e descido até minha vagina. Quase acabou comigo. Esse joguinho estava começando a me pregar peças muito sérias. A vontade de me inclinar, agarrá-lo pela touca e puxá-lo para meus lábios estava imensa.

Meu coração começou a bater forte. O que aconteceria se eu dissesse sim? Eu iria mesmo para a casa dele? Ou, na verdade, minha casa?

O jogo continuaria além do bar?

Continuaríamos a encenação até irmos parar no quarto dele?

Doce ilusão, talvez.

Por fim, respondi:

— Eu adoraria.

Channing ficou apenas me fitando. Ele estava travado. Eu o tinha deixado totalmente perplexo.

De repente, ele saiu do personagem e me lançou uma expressão de alerta.

— Você não responderia assim de verdade, não é?

Se nós não fôssemos nós, e você fosse você? Provavelmente sim.

Sentindo-me idiota, balancei a cabeça.

— Não. Eu só estava seguindo o jogo.

— Ótimo. Porque nunca deve ir para casa com alguém que acabou de conhecer. Nunca. Não importa o quanto ele seja bom de lábia — repreendeu. Ele ficava ainda mais gostoso quando estava zangado.

Channing ficou encarando o vazio e parecia seriamente preocupado. Senti a culpa me invadir, pensando no Cavalheiro Número 9.

Se ele soubesse disso... me mataria.

Channing não voltou mais ao personagem, e para meu desgosto, parecia que a brincadeira tinha acabado.

— Obrigada pelo ensaio — eu disse.

Ele apenas assentiu.

Olhando em volta, suspirei.

— Não me parece que vai poder de fato testar suas habilidades de parceiro de n comigo esta noite, Lord.

Ele deu risada.

— Parece que escolhemos o bar mais tosco de Boston.

— Tudo bem. Eu não tinha expectativas. Na minha experiência, nada acontece quando você está procurando. Ou tem que fazer as coisas acontecerem, ou elas simplesmente caem no seu colo quando para de procurar. Mas quando se está sentado e passivamente esperando alguma coisa, não costuma acontecer nada. Às vezes, se realmente precisa de alguma coisa, tem que tomar as rédeas.

Seus olhos pareciam adagas.

— O que quer dizer com isso?

Eu sabia a que eu estava me referindo, mas não ia dizer a ele.

Quando hesitei, ele disse:

— Sabe, eu posso ser bem ousado, mas, com o passar do tempo, aprendi a pensar antes de agir. Quando as pessoas estão se sentindo vulneráveis, ficam mais suscetíveis a fazer algo idiota. Você pode acreditar que quer certas coisas que, no fim das contas, não quer de verdade. Pode se inclinar mais a agir por impulso sem pensar direito. Espontaneidade na vida pode ser tão bom quanto ruim, mas muitos dos erros dos quais nos arrependemos pelo resto da vida vêm de um momento de impulsividade. Às vezes, quando sabe que está vulnerável, pode ser uma boa ideia recuar um pouco e tomar cuidado.

Suas palavras eram aleatórias e estranhamente misteriosas, dado o que eu andava aprontando nos últimos tempos. Foi como se Deus estivesse se comunicando através dele. Assimilei as palavras, mas, infelizmente, quanto mais permanecíamos no bar e quanto mais drinques eu consumia, mais desinibida e impulsiva eu me sentia.

— Acho que preciso de mais uma bebida — eu disse. — E você?

— Quer outro Cosmopolitan?

— Eu adoraria.

Quando peguei a carteira, ele pousou a mão sobre a minha.

— Deixe comigo. — Seu toque fez meu corpo reagir novamente.

Enquanto Channing ia até o bar, admirei a curvatura de sua bunda no jeans escuro que ele usava. Ao chegar lá, começou a jogar charme para a bartender mais velha. Me senti sortuda por ter aquele homem lindo comprando uma bebida para mim e por ter toda sua atenção naquela noite, mesmo que não estivéssemos juntos romanticamente.

Senti uma vontade repentina de chocá-lo um pouco. Levei as mãos até as costas, abri meu sutiã e o puxei por baixo da blusa.

— Ei, Channing! Segure! — eu disse antes de atirar o sutiã nele.

O que não previ foi que meu sutiã pousaria bem em sua cabeça. Um sorriso largo espalhou-se em seu rosto. Claramente, ele estava acostumado com mulheres jogando roupas íntimas nele, já que pareceu entretido e inabalável com meu sutiã pendurado no rosto.

Ele subiu em uma cadeira e o prendeu na barra que reunia os sutiãs de outras mais de mil mulheres que enlouqueceram ali antes de mim.

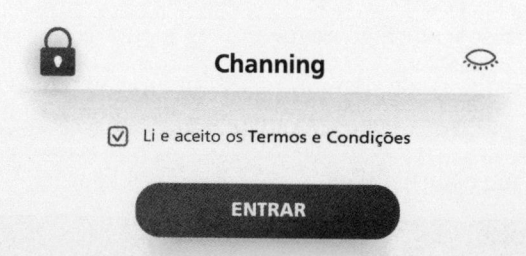

CAPÍTULO SETE

Channing

☑ Li e aceito os **Termos e Condições**

ENTRAR

Amber ter tirado seu sutiã foi definitivamente... interessante. Isso me fez perceber a situação perigosa na qual eu estava, porque precisei de todas as minhas forças para que não ficasse óbvio o quanto a estava comendo com os olhos durante o resto da noite. Ela era tão sexy, sem o menor esforço. Sempre achei isso, mas nunca cheguei a ver esse seu lado mais solto, até aquele dia. É claro que saber o que ela dissera ao Cavalheiro Número 9 sobre mim, saber que ela me queria, deixava meu conflito interno ainda pior.

Também acabei levando o joguinho de "faz de conta" longe demais. Pareceu muito real. Eu estava brincando com a nossa atração mútua e sentindo uma química verdadeira com ela. Minha reação intensa quando ela disse que iria para casa comigo foi um pouco exagerada. Já fiquei com inúmeras mulheres exatamente desse jeito. Mas não pude evitar me sentir protetor, porque sua resposta ingênua me lembrou de toda a situação com o Cavalheiro Número 9 e o quanto ela estava vulnerável.

Eu realmente tinha a intenção de arranjar uma pessoa decente para ela, se aparecesse uma oportunidade no bar naquela noite. Mas quanto mais tempo passávamos conversando, bebendo e relembrando os velhos tempos, mais eu torcia para que não surgisse nenhuma. Estava gostando de tê-la só para mim. Mas isso era errado, porque eu queria o que era melhor para ela. E isso não incluía a mim. E o Cavalheiro Número 9 com certeza não era o melhor para ela.

Fiquei aliviado por ela não o ter contatado de novo a semana toda. Isso me deixou com a esperança de que ela decidisse desistir da ideia de encontrá-lo e chegasse à correta conclusão de que não era o melhor a fazer.

Ao me sentar na cama, sem conseguir dormir, decidi checar a conta que criei para ver se havia algo novo.

Meu estômago gelou quando notei uma nova mensagem de Amber. Ela devia ter acabado de enviar de seu quarto.

Preparei-me e abri.

> Querido C9,
>
> Já faz alguns dias e, para ser sincera, não tinha certeza se entraria em contato novamente. Estava quase decidindo que não. Mas, por mais que eu tenha tentado me distrair, não consigo esquecer essa ideia, mesmo que seja literalmente a coisa mais louca que já fiz. Então, estou pensando que gostaria de ir em frente e marcar um encontro com você. Qual é o próximo passo?
>
> Amber

Meu pulso acelerou.

Merda.

Eu precisava nunca mais responder ou inventar alguma coisa que me tirasse da situação. Mas também sentia uma necessidade irresistível de saber o motivo por trás de sua decisão repentina de ir em frente. Achei que, no mínimo, o alerta sobre impulsividade que eu lhe dera mais cedo a tivesse ajudado a se afastar da ideia de pagar um cara qualquer para fodê-la. Claramente, não foi o caso.

Zangado e perplexo, levei vários minutos para decidir o que dizer e, no fim das contas, escrevi algo curto e doce, que devolveria a iniciativa às mãos dela.

> Oi, Amber,
>
> Achei que não receberia mais notícias suas. O que te fez mudar de ideia?
>
> C9

Torcendo para que ela não tivesse decidido dormir, esperei pela próxima mensagem.

> Oi, C9,
>
> Obrigada pela resposta rápida. Acabei de voltar de um rolê com o meu amigo, aquele de quem te falei. Ele queria ser meu parceiro de noitada, mas não encontramos ninguém que valesse seus esforços. Ainda assim, nos divertimos bastante. Bom, eu já te falei sobre minha atração por ele. Nós fizemos uma brincadeira na qual ele fingiu estar dando em cima de mim no bar para que eu pudesse praticar minhas habilidades de paquera. Ficamos flertando, ou fingindo fazer isso, e o corpo dele estava próximo ao meu. Enfim, voltei para casa muito excitada. E talvez também esteja um pouco bêbada. Não quero esperar meses ou anos para satisfazer o desejo sexual que estou sentindo agora. Então, estou tomando as rédeas da situação. Ou, talvez, entregando-as para você. (Essa foi péssima.)
>
> Me diga qual é o próximo passo.
>
> Amber

Meu sangue estava pulsando nas veias e descendo até meu pau. Então, escrevi a primeira coisa que me veio à mente. Dessa vez, as palavras vieram de um lugar diferente dentro de mim.

> Amber,
>
> Talvez não seja adequado perguntar isso, mas esse homem com quem mora... como sabe que ele não te quer da

> mesma maneira que você o quer? Como sabe que ele não é o homem mais apto para satisfazê-la? Já contou a ele como se sente?
>
> C9

De uma coisa, eu sabia. Eu podia não ser o melhor homem para resolver o probleminha de Amber, mas com certeza era uma opção muito melhor do que esse cara com quem ela achava que estava conversando.

Alguns minutos depois, ela respondeu.

> C9,
>
> Não, eu nunca disse nada e não pretendo. Gosto muito dele como amigo e não quero estragar isso. Acho que mencionei antes que ele foi melhor amigo do meu ex por vários anos. Nós três éramos amigos e temos uma longa história. Sim, me sinto muito atraída por ele, mas não quero complicar minha vida ainda mais agora. Foi por isso que te procurei. Só preciso satisfazer o desejo físico que estou sentindo. Só estive com uma pessoa minha vida toda, e faz um tempo desde que transei.
>
> Sei que o site disse que fotos não são fornecidas, mas você teria uma foto que pode me enviar?
>
> Amber

Porra!

Porra. Porra. Porra.

Eu precisava dar um fim naquilo. Precisava marcar um encontro com ela, decidir o que fazer a partir daí e, então, acabar com essa farsa.

> Amber,
>
> Não posso te enviar uma foto, mas podemos marcar um encontro no próximo sábado, antes de anoitecer, se

> quiser. Que tal às 16h? Posso reservar um quarto para nós no The Peabody Hotel. Podemos nos encontrar no lounge primeiro. Se chegar o momento e você ainda tiver dúvidas, pode ir embora. Entenderei completamente. Nenhuma taxa será cobrada.
>
> C9

Como eu ia sair dessa? Queria mesmo isso? Era melhor confessar tudo? Comparecer e confrontá-la? Ou deixá-la pensar que lhe dei um bolo? Eu não fazia ideia.

Uma nova mensagem apareceu na tela.

> C9,
>
> Obrigada por concordar em me encontrar em um lugar público. Fico muito grata mesmo por isso. A verdade é que não tenho como saber como vou me sentir até chegar o momento, até que eu veja você. Desculpe se isso soa muito superficial. Por favor, leve a comprovação médica que prometeu.
>
> O horário está bom para mim. Posso me planejar para encontrá-lo.
>
> Amber

Eu tinha uma semana para resolver isso. Digitei:

> Amber,
>
> Entendo perfeitamente. Vamos marcar às 16h no lounge. Estarei com uma camisa polo preta e provavelmente sentarei a uma mesa de canto. Se não, estarei no bar.
>
> Se precisar cancelar, basta me enviar uma mensagem nesse endereço de e-mail até 15h. Se eu não receber nada seu, deduzirei que o plano ainda estará de pé.
>
> C9

Recebi sua resposta final.

> C9,
>
> Obrigada. Nos veremos lá.
>
> Amber

Fechei meu notebook e soltei uma respiração profunda.

Amber... por quê?

Parte de mim queria muito poder ir em um rompante até seu quarto e perguntar em que porra ela estava pensando ao concordar em ir se encontrar com ele. A outra parte estava lutando com a reação do meu corpo por saber que ela estava com tesão naquela noite por minha causa. Não era justo eu ficar satisfeito com esse pensamento, já que havia basicamente roubado essa informação. Eu não deveria saber disso.

E então, um pensamento perturbador me atingiu. E se eu lhe contar a verdade e ela não entender que eu estava apenas tentando protegê-la? Eu podia perder sua amizade por isso.

O tic-tac do relógio em minha mente era praticamente ensurdecedor.

Minha boca estava seca, então decidi levantar para ir beber um copo d'água. Parei de repente, porque não esperava ver Amber na cozinha. Claramente, ela também não esperava me ver, porque estava usando somente um shortinho curto e uma blusa fina de alças.

Puta que pariu.

— Lá se foi o meu plano de vir beber água rapidinho — Amber disse.

Ela cobriu os seios com os braços, mas era tarde demais. Eu já tinha visto seus peitos por completo através do tecido branco fino, com seus mamilos durinhos e formato de gota.

Queria não ter visto.

Pela primeira vez na vida, pelo que podia me lembrar, fiquei sem palavras diante de uma mulher. Apontando com meu polegar, gaguejei:

— Eu posso... hã... posso voltar depois.

Retornei ao meu quarto, com a ereção enorme na calça. Limpei suor da minha testa. Ela estava mandando mensagens para mim— ou melhor, para o C9 — seminua. Meu pau estava tão duro que se esticava para cima. Eu era um caso perdido.

Então, me veio um pensamento engraçado. Por alguma razão, essa noite me lembrou de uma coisa do filme de animação *Pets: A Vida Secreta dos Animais*.

Eu sou o Tiberius.

Puta merda. Eu sou o Tiberius!

Comecei a rir sozinho.

Uma vez, uma garota com quem eu estava saindo me arrastou para irmos ver esse filme. Nele, havia uma pequena e fofa Lulu da Pomerânia chamada Gigi, que confiou na ajuda de um falcão de cauda vermelha, Tiberius, para ajudá-la a encontrar seu amigo, o Jack Russell Terrier que havia desaparecido. Enquanto tentava ajudá-la, o falcão ficava o tempo inteiro lutando contra a tentação de comê-la.

Aham. Eu era o Tiberius e Amber era a Gigi.

Na noite seguinte, após o trabalho, deparei-me com um choque de realidade bem brusco.

Assim que entrei, fiquei surpreso ao ver um homem sentado na sala de estar. Meu coração afundou, porque meu primeiro pensamento foi de que havia interrompido algum tipo de encontro.

Ele sequer me viu entrar, sequer pestanejou quando abri a porta. Seus olhos estavam vidrados na televisão.

Gatinha ficou serpenteando entre minhas pernas enquanto eu permanecia congelado, observando o homem que estava bem à vontade na sala de estar.

Eu estava prestes a interromper alguma coisa?

Amber trouxera um homem para cá?

Meu estômago se revirou, e achei que talvez ela estivesse se retocando e ficando pronta para fazer algo sórdido com o cara.

Como ele ainda não tinha notado minha presença, continuei ali parado, medindo-o com o olhar. Ele parecia ter vinte e poucos anos e era bem bonito, embora não soubesse se vestir. Estava usando uma camiseta antiga do *Gordo Albert*. Que porra é essa? Onde diabos ela tinha encontrado esse cara? E onde estava Amber?

Engolindo meu orgulho, dei alguns passos à frente antes de jogar minhas chaves sobre a mesa.

— Cadê a Amber?

Finalmente, ele desviou a atenção da TV e olhou para mim. Mas não disse nada, não me respondeu.

Que tipo de joguinho esse cara estava tentando fazer?

— Com licença — falei mais alto. — Quem é você?

Nada. Nem uma palavra. Estalei os dedos e comecei a me preparar para descer a porrada nele, se necessário.

— Ei, cara. Por que não responde à minha pergunta?

O babaca não somente continuou a me dar um gelo como voltou sua atenção para a televisão.

Meu queixo caiu. E ao que ele estava assistindo? *The Wiggles?* O grupo que canta músicas infantis?

Que porra é essa?

Me aproximei dele, deixando meu rosto bem perto do seu.

— Quem é você?

Quando dei por mim, ele pegou minha cabeça com as duas mãos, puxando-me para seu rosto tão rápido que não tive tempo de reagir. Ele enterrou o nariz em meu cabelo, agarrando algumas mechas. Era como se ele estivesse... me cheirando com todas as forças. *Sim. Ele estava cheirando o meu cabelo.*

Estava muito difícil me libertar daquele aperto que parecia sobre-humano, mas consegui me afastar assim que Amber chegou à sala.

— Vejo que conheceu o Milo — ela disse casualmente.

— Quem é ele?

Ela estava rindo, e então, no mesmo instante, a ficha caiu.

Ah.

Ahhh.

Agora, eu me sentia um idiota. Um grande panaca. Ela não estava ficando com esse cara. Ele era o adulto de quem ela tomava conta à noite. Ela nunca o trouxera para casa antes, então não suspeitei que se tratava dele. Agora, tudo fazia sentido.

Em vez de responder, Amber pareceu entender que eu havia deduzido. Ela parecia estar se divertindo bastante ao se sentar no sofá e passar um braço em volta dele.

— Milo, este é o Channing. Ele tem cabelos bonitos, não é? O cheiro é bom?

Ele sorriu e resmungou.

— É, aposto que sim. — Ela riu e olhou para mim. — Milo adora cheirar cabelos. É seu passatempo favorito. E carnes frescas no pedaço, como você, sempre recebem uma atenção extra especial.

Assenti e me dirigi a ele:

— Cara, desculpe por reagir mal. Eu não sabia. — Olhei para Amber. — Ele me entende?

Ela se levantou e acenou com a cabeça para que eu a seguisse antes de me conduzir para a cozinha.

— Desculpe — ela sussurrou. — Eu não queria falar sobre ele na frente dele.

— Claro, sem problemas.

— Na verdade, não sei até onde ele consegue entender algo como um pedido de desculpas. Geralmente, ele consegue entender coisas concretas. Pede coisas de maneira muito simples, mas não sustenta uma conversa ou fala sobre sentimentos, coisas desse tipo. Mas o fato de ele não conseguir verbalizar essas coisas não significa que não entende. Ainda tem muitas coisas que nem eu mesma compreendo.

— Então... o que ele tem?

— Ele é autista. Mora em uma casa de acolhimento com outros adultos neurotípicos. Mas, como você sabe, eu o levo para passear algumas noites por semana. Não costumo trazê-lo para cá, mas senti vontade de ir ao banheiro enquanto estávamos fora. Como não estávamos muito longe, pensei em vir para casa. Ele adora The Wiggles, então eu sabia que se colocasse isso na TV, eu teria um tempinho para fazer algumas coisas pela casa. Agora, acho que ele nunca mais vai querer ir embora.

— Meu Deus, e eu achando que estava interrompendo alguma coisa, que você tinha trazido um homem para cá. Ele parece tão... não quero dizer normal, mas... qual é a palavra certa... comum?

— Sim, comum é a palavra que eu usaria. Essa é a questão com o autismo. Não dá para saber que uma pessoa é atípica apenas olhando para ela. Você só se dá conta quando tenta interagir. No caso de Milo, o comportamental dele não condiz com sua faixa etária, mesmo que tenha idade próxima à nossa.

— Caramba. Isso é desconcertante e fascinante ao mesmo tempo.

Quando voltamos para a sala de estar, Milo não estava mais prestando atenção à televisão. Na verdade, ela estava desligada. Agora, ele estava brincando com um iPad.

— O que ele está assistindo? — perguntei.

— Ele gosta de ver vídeos no YouTube.

Sentei-me ao lado dele no sofá e me inclinei para espiar. Ele estava assistindo a clipes de *Archer*. Era algum tipo de montagem com cenas da série de animação.

— Essa série é maneira — eu disse.

Aparentemente, dar essa pequena atenção a ele serviu como deixa para que ele passasse o braço em volta do meu pescoço e puxasse minha cabeça para seu rosto novamente. Seu nariz parecia um aspirador de pó no topo da minha cabeça. Fechando os olhos, deixei-o fazer isso, por mais desconfortável que fosse permitir que um homem adulto agarrasse minha cabeça e cheirasse meu cabelo.

Amber deu risada.

— Ele me motiva bastante a manter meu cabelo limpinho e cheiroso, mas acho que não sou páreo para você nesse momento.

Quando ele enfim me soltou, notei que estava olhando para a tela de iPad e, em seguida, para mim. Ficou fazendo isso repetidamente.

— O que foi? — perguntei a ele.

Amber se manifestou:

— Acho que ele pensa que você é o *Archer*. Ele já fez isso comigo e com outras pessoas.

— É por isso que ele está assistindo a esses vídeos? Ele acha que sou o personagem?

— É possível. Já o vi fazer isso antes.

— Quem ele acha que você é?

— *Daria*, daquela série animada antiga da MTV.

Aquilo me fez rir.

— Deve ser a franja.

— Enfim, nós estávamos de saída para jantar — ela disse. — Você gostaria de ir com a gente?

Ver Amber com Milo era muito fascinante. Era um lado seu completamente diferente que nunca tive a chance de ver. Então, aceitei o convite.

Amber segurou a mão dele enquanto nós três andávamos pela rua.

— Você sempre segura a mão dele assim?

— Não preciso fazer isso, mas sinto mais segurança assim. Ele é conhecido por sair correndo de repente caso fique animado com alguma coisa. Não vale o risco. E ele não se importa de segurar minha mão.

As pessoas deviam estar pensando que eu estava de vela enquanto caminhávamos pelo Quincy Market, uma das maiores atrações turísticas de Boston. Milo tinha o dobro do tamanho de Amber. Ninguém poderia adivinhar, só de olhar para eles, que *ela* tinha como função número um protegê-lo, e não o contrário.

Após pararmos para jantar comida grega, a favorita de Milo, passeamos um pouco por alguns carrinhos de venda que ficavam ao redor de Faneuil Hall. Milo puxou Amber em direção a uma mulher que vendia chapéus e óculos de sol. Ela, por sua vez, tentou puxá-lo para outra direção.

— Milo, não. Não podemos ir.

— Por que não? — perguntei.

— Ele gosta de quebrar óculos escuros no meio. É por isso que só posso usar óculos baratos perto dele.

Parecia que, quando ele encasquetava com alguma coisa, era difícil distraí-lo com qualquer outra. Amber não conseguiu puxá-lo para longe do carrinho. Sinceramente, eu não sabia como ela o levava para sair sozinha, porque não tinha força suficiente para controlá-lo.

Intervi, segurando os ombros dele.

— O que você quer, Milo?

Ele pegou um par de óculos escuros e os colocou em meu rosto antes de pegar um dos chapéus cor-de-rosa enormes e encaixar na minha cabeça. Então, ele soltou uma de suas risadas altas e guturais.

— Desculpe — Amber disse à vendedora.

— Sem problemas. Ele me lembra o meu sobrinho.

Àquela altura, estávamos todos rindo.

Aparentemente, Milo ficou satisfeito em me deixar tímido e saiu andando. Amber foi atrás dele enquanto eu colocava os itens de volta no carrinho.

Quando os alcancei, ela parecia exausta e falou:

— Normalmente, eu não o levo a um lugar assim, cheio de quinquilharias, sem a ajuda de uma segunda pessoa. Que bom que você está aqui.

— Não sei como faz isso.

— Quer dizer... levá-lo para sair?

— Sim, sozinha.

— Bom, ele tem que aprender. Ele tem que aprender a viver nesse mundo. Se isso significa que terei que passar por alguns momentos constrangedores e o que, às vezes, parece uma luta livre entre um homem e uma mulher para quem está vendo de fora, então que seja. Se as pessoas não gostarem, o problema é delas, não meu.

Eu admirava muito essa atitude e, sinceramente, Milo era um filho da puta sortudo.

Acabamos indo comprar sorvete em uma Ben & Jerry's. Milo quis uma casquinha enorme com sorvete de morango, enquanto Amber e eu escolhemos copinhos de sorvete de menta com gotas de chocolate. Nos sentamos em alguns bancos que ficavam no mercado. O sol havia ido embora e já era noite naquela atração turística popular.

Amber e Milo estavam em um banco de frente para mim quando sua bola de sorvete quase inteira caiu da casquinha e pousou no peito de Amber. Antes que ela pudesse sequer reagir, ele enfiou o rosto no decote dela, capturando o sorvete inteiro com a boca em uma lambida só. Tudo aconteceu tão rápido que Amber ficou apenas ali, parada e aturdida. Havia sorvete pingando em sua blusa.

E, não, eu não me ofereci para terminar o serviço.

Eu estava ocupado demais caindo na gargalhada e, em seguida, ela acabou seguindo meu exemplo.

— Mandou bem, Milo — gritei do outro banco. — Acho que vou usar essa tática, algum dia.

Quando ele também começou a rir, fiquei pensando se talvez o sr. Milo fosse mais sagaz do que pensávamos.

Naquela noite, após deixarmos Milo em sua casa, Amber e eu ficamos na sala de estar. Ela estava bem distante de mim, na extremidade oposta do sofá.

— Não dá para acreditar que você faz isso várias noites por semana. Já tinha falado sobre isso, mas eu não fazia ideia do trabalho que dava.

— Eu dou conta.

— Estou muito orgulhoso. São poucas as pessoas que podem fazer o que você faz. É preciso uma certa personalidade e uma caralhada de paciência.

Ela ruborizou um pouco diante do elogio. Aquilo foi muito fofo.

— Bom, eu me sinto bem em poder ajudá-lo a ter uma vida tão normal quanto possível. Ele nunca terá independência como você e eu. Não vai dirigir ou poder viver por conta própria, mas posso ajudá-lo a fazer coisas individuais da melhor forma que ele puder aprender, seja mostrando-o como atravessar a rua ou treinando-o a como esperar em uma fila de loja.

— Caramba, mulher. Por isso você sempre chega tão exausta em casa.

— Verdade. Antes de você se mudar para cá, às vezes eu simplesmente caía na cama e ia direto dormir assim que chegava.

— Ah... então, eu tenho atrapalhado o seu descanso.

— Sim. Mas eu não queria que fosse diferente.

A noite havia sido uma ótima distração da minha preocupação com o dilema do sábado seguinte. Eu ainda não sabia o que ia fazer. Então, decidi testar as águas para ver se, por acaso, ela me daria uma pista sobre o que estava se passando em sua cabeça.

— Eu estava pensando em ir ver aquele novo filme sobre águas cheias de tubarões no cinema no sábado, em uma sessão de fim de tarde. Não estou muito a fim de ir sozinho. Gostaria de ir comigo?

Como esperado, ela pareceu agitada.

— Hã... não vou poder no sábado.

Engoli em seco.

— Você tem planos?

— Sim. Vou... encontrar uma amiga para beber alguma coisa.

— Tudo bem. Talvez outro dia, então.

— Sim.

Deus, meu estômago doeu. As bochechas dela estavam ficando vermelhas. Eu sabia que ela não gostava de ter que mentir para mim. Mas não estava pronto para confrontá-la. A noite tinha sido longa, e eu realmente precisava pensar em como ia lidar com aquilo.

Ficamos em silêncio por um tempo, fingindo estarmos prestando atenção a Jimmy Fallon apresentando seu programa na televisão. Ela parecia culpada, e odiei o fato de saber exatamente por quê.

— Vou me recolher — ela finalmente disse ao se levantar. — Obrigada mais uma vez por ter saído com a gente.

— O prazer foi meu. Eu adoraria fazer isso de novo. Se algum dia quiser levá-lo a algum lugar que exija uma ajuda extra, pode contar comigo.

— Valeu. Vou tentar planejar algo assim antes que você vá embora.

Antes que eu vá embora. Merda, é mesmo. Até o Natal, eu já teria ido embora. Por alguma razão, senti como se devesse ficar por mais tempo.

— Bons sonhos, Amber.

De volta ao meu quarto, estava mais uma vez completamente sem sono.

Gatinha estava amassando pãozinho em meu abdômen, pressionando suas garrinhas em mim. Por baixo da camiseta, eu parecia alguém que tinha certos fetiches durante o sexo, com todos aqueles arranhões na pele. O tipo errado de gatinha tinha feito a festa em mim, que também era do tipo que deixava pelos por toda a minha cama.

— Gatinha, o que vou fazer com você? — dirigi-me a ela, com a voz baixa e suave. — Vai voltar para Chicago comigo? E depois? Hein? Vou ter que te aturar? Por, tipo, vinte anos? Sabe, nós deveríamos ter conversado sobre isso antes de você ficar apegada. Compromisso não é a minha praia.

— *Miau.*

— Está me dizendo que não tenho escolha, não é? Ok, me convenceu. Acho que vou ficar com você.

Esse era o nosso ritual noturno. Ela me ouvia falar bem baixinho e eu observava seus olhinhos se fecharem lentamente conforme ela adormecia ao som da minha voz. Graças a Deus ninguém testemunhava isso, ou eu teria que abrir mão da minha carteirinha de homem.

Estava prestes a colocar meu celular no modo silencioso quando notei que havia uma notificação de mensagem.

A princípio, pensei que meus olhos estavam me pregando uma peça. Mas, não.

Era ela.

Emily: Vi no seu Instagram que estava no Quincy Market hoje e não consigo me concentrar em mais nada desde então. Não acredito que você está em Boston. Está aqui a trabalho? Faz um tempo que penso em te contatar. Só não tive coragem e estava com vergonha. Não estou mais com o Tim. Para resumir, nunca parei de pensar em você e, pouco tempo depois de voltar com ele, me dei conta de que tinha cometido um grande erro. Acha que poderia me encontrar no parque Boston Common amanhã? Tenho tantas coisas para te dizer. Entendo completamente se preferir não fazer isso. Imaginei que valia a pena arriscar e perguntar. Sinto muito sua falta e não quero perder a oportunidade de te ver enquanto estiver aqui.

CAPÍTULO OITO

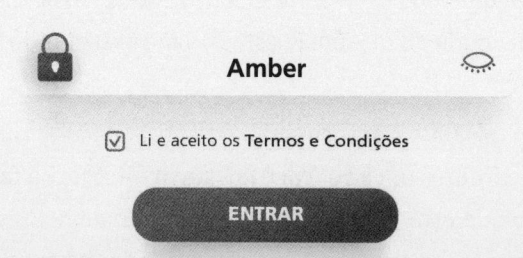

Amber

☑ Li e aceito os **Termos e Condições**

ENTRAR

Annabelle estava me ajudando a vasculhar a mesa de liquidação da *Victoria's Secret*.

— Então, tenho que procurar o tamanho extragrande, certo?

— Certo — respondi, distraída enquanto examinava a pilha de calcinhas de renda.

— Você nem está me ouvindo. O seu tamanho não é extragrande. Mal chega a pequeno. Está com a cabeça em outro lugar. — Ela pegou um pedaço minúsculo de tecido. — Que tal essa calcinha tipo tanga?

— Não uso calcinhas tipo tanga e não gosto de fio-dental. Fico com uma sensação esquisita na bunda.

— Acostume-se a dizer isso — ela gracejou.

— Está brincando comigo?

— Sim, claro que estou... mais ou menos. Mas, sério, você está nervosa?

Jogando uma calcinha com estampa de zebra por cima da pilha, eu disse:

— Sim. Estou. Pensei em cancelar, mas aí lembrei a mim mesma de que não tenho que ir em frente se não sentir vontade quando conhecê-lo.

— É um bom plano. E certifique-se de ter camisinhas. Várias.

— Tenho certeza de que ele tem.

— É, mas nunca se sabe. Compre da melhor marca e insista em usar as suas. Você não sabe onde ele vinha guardando as dele. E compre das lubrificadas.

— Para alguém que estava me incentivando a fazer isso, você parece estar mais preocupada do que eu. E isso está me assustando. — Joguei uma calcinha bege nela. — Pare.

— *Estou* um pouco preocupada. Para ser sincera, nunca achei que fosse mesmo em frente com isso. Você me surpreendeu. Eu falo muita coisa, mas acho que o que está fazendo exige muita coragem. E estou orgulhosa de você por tomar o controle das suas necessidades sexuais.

— Fale baixo — sussurrei.

— Vai dar tudo certo, Amber.

Deus, eu esperava mesmo estar fazendo a coisa certa para mim.

Após pagar duzentos dólares pela minha compra, saí da loja com uma sacola grande com listras rosas completamente cheia com uma variedade de calcinhas tipo tanga e outras lingeries.

Annabelle e eu nos despedimos em frente à loja e ela seguiu para a estação de trem.

Escolhi ir embora andando, já que minha casa não ficava muito longe da área de compras em Downtown Crossing. Uma caminhada longa e revigorante parecia uma ótima pedida. Enquanto andava, ouvia o barulho das folhas secas de outono sendo esmagadas por minhas botas Ugg.

Passando pelo parque Boston Common, olhei rapidamente para os barcos de passeio com grandes cisnes na traseira, tentando não lembrar que já andei neles com Rory.

E então, quase perdi o fôlego quando o vi.

Channing?

Era ele.

Ele estava sentado em um banco, conversando com uma morena alta e linda. Ela parecia o tipo de garota que mulheres adoravam odiar e o par perfeito de Channing em termos de aparência. Seu cabelo era comprido, as mechas voando com o vento que soprava enquanto os dois estavam imersos no que parecia ser uma conversa intensa. O cabelo castanho contrastava com a pele clara, o que acentuava seus lábios cheios e vermelhos. Usando uma calça jeans escura tão justa que parecia estar pintada em suas pernas e botas de salto alto, ela basicamente parecia uma supermodelo.

Eles estavam sentados bem próximos, seus corpos virados um para o outro e suas pernas se tocando. Pude sentir o calor aumentar em meu corpo. Isso não deveria ter me chateado. Eu sabia que Channing provavelmente ficava com mulheres em público o tempo todo. Mas essa era a primeira vez que eu testemunhava. E minha reação foi bem esclarecedora.

Sério, Amber? Você está segurando uma sacola cheia de lingeries para fazer sexo sórdido com um prostituto no sábado e está pensando em se esconder do Channing porque está chateada por ele estar conversando com uma garota? Vê se cresce.

Chutando minha bunda mentalmente, marchei até onde eles estavam sentados, mas parei de repente em seu campo de visão.

Channing não estava sorrindo e flertando, como fazia normalmente. O tom da conversa deles parecia sério.

De repente, ele ergueu o olhar e me viu antes que eu pudesse escapulir sem ser notada.

Instintivamente, Channing afastou seu corpo da mulher ao dizer:

— Amber...

Dando alguns passos adiante, abri meu melhor sorriso falso.

— Oi.

— O que está fazendo aqui? — ele perguntou.

Dando de ombros, respondi:

— Estava fazendo umas comprinhas. Agora, estou indo para casa.

Seus olhos se fixaram na minha sacola de compras. Ele devia estar se perguntando por que eu havia ido à Victoria's Secret quando minha vagina andava mais seca do que um deserto.

— Parece mais do que apenas umas comprinhas.

— É, bom, precisamos de roupas íntimas, certo?

— Certo. — Ele virou-se para sua amiga. — Hã... Amber, esta é a Emily. Emily, esta é a minha amiga Amber, com quem estou morando.

Emily?

AQUELA Emily?

Alternei olhares entre os dois, me questionando se tinha ouvido bem.

— Emily?

Channing estava me lançando um olhar que pedia que eu não mencionasse que ele havia me contado sobre ela. Então, é, com certeza, era *aquela* Emily.

— Sim — ele disse.

Emily sorriu. Obviamente, seus dentes eram tão perfeitos quanto todo o resto.

— Prazer em conhecê-la, Amber.

— O que trouxe vocês dois ao Common? — indaguei.

— Estamos apenas colocando o papo em dia.

Uau. Eu tinha tantas perguntas, mas elas teriam que esperar.

— Ótimo. Bom, vou deixar vocês continuarem a... colocar o papo em dia, então.

— Te vejo em casa mais tarde — ele disse.

— Aham. Até mais tarde. — Virei-me para ela. — Foi um prazer conhecê-la, Emily.

Só que não.

— Igualmente. — Ela sorriu.

Comecei a me afastar. Estava tão nervosa que não prestei atenção quando um homem que passeava com o cachorro esbarrou em mim. A coleira acabou se enrolando em minha perna enquanto o cachorro latia alucinadamente. E então, o animal começou a rasgar minha sacola de compras com os dentes.

Channing e Emily ainda estavam olhando na minha direção quando todas as minhas lingeries caíram da sacola que agora estava toda dilacerada. As calcinhas e outras peças estavam espalhadas pelo gramado.

Era tão constrangedor.

O dono do cachorro pediu desculpas, mas o estrago já estava feito.

Eles tinham visto a cena toda acontecer. Channing levantou-se e logo começou a me ajudar a recolher todas as minhas roupas íntimas.

Eu sequer consegui olhá-lo nos olhos quando ele me entregou.

— Posso colocar tudo na minha bolsa. Obrigada.

Quando tudo estava guardado em segurança na minha bolsa de couro, meu olhar finalmente encontrou o de Channing. Ele parecia preocupado.

— Você está bem?

— Estou, sim. Isso foi muito estranho. — Olhei de relance para Emily e sussurrei: — Isso é interessante, não é? Por que ela ressurgiu?

— Pois é. Ela me mandou mensagem do nada e perguntou se eu queria encontrá-la aqui.

— Nossa. Ela ainda está com aquele cara?

— Não. Eles terminaram.

Por que meu estômago estava se revirando?

— Entendi. Bom, não quero ficar te alugando. Aproveite o resto da sua tarde.

Ele parecia querer dizer mais alguma coisa, mas respondeu simplesmente com:

— Você também.

Assim que cheguei em casa, foi muito difícil me concentrar em qualquer coisa. Tudo que conseguia era ficar imaginando o que Channing e Emily estavam fazendo.

Naquela noite eu estava de folga do meu trabalho com Milo, mas quase desejei que não fosse o caso. Seria bom ter algo para me distrair dos pensamentos flutuando em minha mente.

Entre o meu encontro iminente no sábado e os ciúmes irracionais que estava sentindo, minha cabeça estava uma bagunça total.

Algumas horas depois, eu estava prestes a ir para a cama quando Channing chegou.

Endireitei-me no sofá.

— Oi.

— Oi. — Ele se sentou ao meu lado, cheirando a ar frio e colônia. Virou-se para mim e ficamos simplesmente nos olhando por um tempo, reconhecendo silenciosamente o encontro desconfortável de mais cedo.

Aproveitei a oportunidade de examiná-lo bem de perto e tentei descobrir se ele parecia diferente. Leia-se: se ele parecia ter transado. Seu cabelo estava bagunçado. Podia ser por causa do vento, ou porque ele havia passado as mãos pelos fios. Seus lábios estavam vermelhos. Isso podia ser por causa do frio ou porque ela o beijara. Imagens nas quais ele pairava sobre aquela morena sexy invadiram minha mente. Até mesmo pensar nele transando com ela estava me deixando excitada, e isso era um pouco perturbador.

Eu disse a mim mesma que não ia me intrometer, a menos que ele quisesse me dar as informações. Mas parte de mim precisava saber como ele havia reencontrado Emily, no que ele estava pensando... se ele havia transado com ela. Tudo. Eu precisava saber de tudo.

Bem, talvez eu pudesse me intrometer um pouquinho.

Meu coração acelerou quando puxei a conversa.

— Como foi o seu encontro?

— Não foi exatamente um encontro romântico. Só nos encontramos para conversar.

— Então, o que aconteceu? Pensei que ela estava fora de cena.

— Somos dois. — Ele deu risada e, em seguida, soltou um suspiro profundo antes de esfregar os olhos. Então, focou em mim. — Depois que você e eu voltamos para casa na noite em que saímos com Milo, percebi que tinha recebido uma mensagem dela. Ela me contatou porque viu pelo meu Instagram que eu estava em Boston. Eu raramente posto alguma coisa, mas postei uma foto no Quincy Market. Ela disse que fazia um tempo que estava pensando em mim, queria que eu soubesse que tinha terminado com o namorado e perguntou se poderíamos nos ver.

— Então, ela terminou com *ele*? O cara com quem ela voltou quando estava ficando com você?

— Aham. Ela falou que, dessa vez, é pra valer.

— O que mais ela te disse?

— Ela disse que o que sentia por mim a assustou naquela época, e que voltar com ele foi como uma rede de proteção. Que não confiava totalmente que eu estava pronto para um relacionamento, porque nunca tive um namoro sério. Mas que nunca conseguiu parar de pensar em mim e que se arrependia de não ter arriscado. Ela não pretendia me contatar, porque imaginava que eu não iria querer vê-la. Mas acabou encarando o fato de eu estar em Boston como um sinal de que deveria entrar em contato.

Meu nível de ciúmes já estava nas alturas. Eu não sabia o que dizer.

— Nossa.

— Pois é. Eu sinceramente esperava que nunca mais teria notícias dela.

— Como você se sente em relação a tudo isso?

Ele soltou o ar.

— Não sei. É tudo meio complicado. Ainda gosto dela e me sinto muito atraído, mas, ao mesmo tempo, eu vou voltar para Chicago, sabe? E ainda tem o fato de que não consigo realmente esquecer como ela terminou tudo tão de repente. Isso deixou um gosto amargo. Estou tentando não pensar demais. Acho que terei que ver como as coisas se desenrolam enquanto eu estiver aqui.

Uma pequena parte de mim estava feliz por Channing ter uma segunda chance com a garota com quem ele tivera uma conexão real. Parecia destino ele ter vindo parar em Boston e se deparar com a oportunidade de reavivar as coisas com ela. Mas estaria mentindo se dissesse que não estava me mordendo de ciúmes. Eu provavelmente sempre teria inveja de qualquer mulher que pudesse ter Channing assim.

Meu estômago estava inquieto, mas fiz o melhor que pude para oferecer um conselho sensato, apesar do meu desconforto tendencioso.

— Não te culpo por querer ter cautela. Só viva um dia de cada vez. — Eu precisava de água. Me levantei e fui em direção à cozinha, ainda falando com ele. — Aonde foram depois do Common?

Ele me seguiu.

— Você quer dizer depois que paramos de falar sobre a minha amiga esquisita com uma sacola mutilada de calcinhas?

Pegando um copo e enchendo-o, dei risada.

— Eu te envergonhei?

Ele encostou-se à bancada.

— Estou brincando. Mas nós rimos daquilo depois que você foi embora. Contei um pouco a ela sobre nossa amizade e nossa história. Depois, saímos do Common e fomos comer no Fuddruckers. Após o jantar, eu a levei até a estação onde ela pegou um trem metropolitano. Ela mora em Waltham.

— Você a beijou? — deixei escapar.

— Uma vez. Antes de ela entrar no trem.

Senti meu rosto esquentar, e me perguntei se o meu ciúme estava muito óbvio. Esperava que não. Fiquei apenas encarando-o por um instante.

— Entendi.

Isso o incentivou a indagar:

— Quer perguntar mais alguma coisa?

— Quando vai vê-la de novo?

— Planejamos nos encontrar amanhã à noite. Mas, para ser sincero, não sei se é uma boa ideia.

— Você não confia nela completamente?

— Não tenho certeza. Mas, sinceramente, não sei se quero algo sério com qualquer pessoa, até mesmo ela. Não estou no mesmo estado de espírito em que estava quando a conheci. Aconteceram algumas coisas desde então. Não sei mais o que quero.

Me perguntei a que coisas ele estava se referindo.

— Bom, ela é muito bonita. Dá para ver por que se sente atraído.

— Sim, ela é. — Ele sorriu, incapaz de negar isso. — Mais alguma pergunta?

— Não. Por hoje, é só.

Ele apoiou as costas na bancada e cruzou os braços.

— Então... existe alguma razão em particular para você ter comprado um estoque enorme de calcinhas, Walnut?

— Não podia desperdiçar uma boa liquidação.

Ele ergueu uma sobrancelha.

— Só isso?

Senti meu rosto esquentar.

— Sim.

Ele examinou meu olhar.

— Ok...

Engoli em seco, sentindo-me muito desconfortável. Não queria mentir para ele, mas contar o verdadeiro motivo pelo qual eu havia comprado aquelas lingeries não era uma opção.

— Ah, saca só — ele disse, pegando seu celular. — Encontramos o Steven Tyler do Aerosmith no centro. Ele estava de bobeira conversando com algumas pessoas, então tiramos algumas fotos.

— Que legal!

— Vou me trocar — ele avisou de repente antes de me deixar ali olhando as fotos.

Em uma das capturas, Emily e Channing estavam um em cada lado de Steven Tyler. Não dava para dizer qual dos dois tinha o sorriso mais deslumbrante.

Suspirei.

Ao tentar dar zoom, acabei esbarrando sem querer em um botão que me levou a um índice de álbuns de fotos categorizados por ano. Aleatoriamente, cliquei em 2015.

Grande erro.

Deparei-me com o que nunca deveria ter visto: uma série de fotos de pau.

AimeuDeusAimeuDeusAimeuDeus.

Ali estava, em toda a sua glória, o pau de Channing, tão grosso e esplêndido como talvez eu tenha, vez ou outra, imaginado que seria. A glande era perfeitamente arredondada e perfeitamente proporcional ao comprimento, e sua pele dourada era suave com algumas veias. E era grande. Bem grande e grosso.

Nas três fotos, era possível ver a base do V tatuado de seu abdômen esculpido, com a linha fina de pelos que formavam um caminho até sua virilha.

Passos!

Surtei ao ouvi-lo se aproximar e, sem querer, derrubei o celular no chão. O aparelho pousou bem diante de Channing, que o recolheu e o guardou em seu bolso.

— Eita, cuidado, mão furada.

Ai, não.

Congelei, porque não sabia se a tela abriria bem na foto de seu pau na próxima vez em que ele checasse o celular. Será que eu tinha saído dela, de alguma maneira? Achava que não.

— Que tal um jantar tardio? — ele perguntou.

— Você não comeu quando estava fora?

— Ainda estou com fome. Se eu fizer alguma coisa, você vai comer também?

— Claro.

Ele examinou meu rosto, parecendo notar que havia algo errado.

— Você está bem?

— Sim — menti.

Incapaz de olhar para ele naquele momento, fui para o sofá na sala de estar e rezei para que eu tivesse conseguido me livrar daquela enrascada enquanto Channing cozinhava algo para nós. Eu não queria estar na cozinha se ele, por acaso, olhasse a tela de seu celular.

Vários minutos depois, ele me chamou da cozinha:

— A comida está pronta!

Quando sentei-me à mesa, notei imediatamente que seu celular agora estava sobre a bancada. Isso significava que ele havia provavelmente checado algo nele, já que tinha retirado do bolso. Então, o estrago estava feito ou havia sido evitado.

Ele estava agindo normalmente, então soltei um pequeno suspiro de alívio ao começamos a comer.

Estava tudo bem.

Talvez ele não tivesse notado.

Talvez eu tivesse fechado a galeria de fotos.

Apenas coma e esqueça isso.

Aham, tá.

Olhei para a refeição diante de mim.

— Isso é... interessante.

— É algo que queria fazer há um tempo. Pizza de queijo com chocolate derretido.

— Matando dois coelhos com uma cajadada só. Jantar e sobremesa — eu disse, enquanto tentava me manter calma.

Acabei gostando muito da pizza. O picante do queijo com o doce do chocolate no topo da massa crocante formaram um contraste inesperadamente saboroso. Só Channing mesmo para descobrir um potencial culinário em uma combinação incomum como aquela.

Ele estava me fitando atentamente quando perguntou:

— O que achou?

— Estava uma delícia. Obrigada.

Ele cruzou os braços e inclinou-se para frente. Com a voz baixa, explicou:

— Eu estava me referindo ao meu pau.

A comida ficou presa na minha garganta.

— Como é?

— Você estava olhando uma foto do meu pau, não estava? Ficou aberta no meu celular.

Senti como se a pizza estivesse voltando.

— Hã... eu posso explicar...

Ele ergueu uma sobrancelha.

— É mesmo?

— Eu não estava procurando essas fotos. Juro. Estava olhando a foto do Steven Tyler e acabei esbarrando em um botão e, quando dei por mim, fui parar em um festival de paus de 2015.

Ele caiu na risada, esfregando os olhos.

— Festival de paus...

— Estou tão envergonhada.

Quando sua risada cessou, ele disse:

— Sou eu que deveria estar envergonhado, não você.

— Acredite, você não tem do que se envergonhar.

As palavras saíram da minha boca antes que eu pudesse pensar melhor.

Ótimo. Eu tinha basicamente elogiado seu pau.

— Bem, obrigado. — Ele deslizou o celular para mim. — E se estiver achando que só tenho fotos do meu pau no celular, sinta-se à vontade para rolar pela galeria inteira. Tenho quase certeza de que você encontrou a agulha no palheiro.

Parece que eu tinha acertado na loteria dos paus.

Deslizei seu celular de volta.

— Que sorte a minha. Enfim, acha que é possível nunca mais falarmos sobre isso?

— Mas você fica tão fofa quando está envergonhada. Entretanto, já que eu não fico muito fofo quando estou envergonhado... podemos concordar em esquecer que isso aconteceu.

O fato de que ele parecia realmente desconfortável com isso me pegou de surpresa.

— Valeu.

— Sem problemas. — Channing me surpreendeu com sua pergunta seguinte. — Então, o que acha que devo fazer em relação a Emily?

De novo esse assunto? Acho que eu preferiria continuar falando sobre as fotos do pau dele.

— Está perguntando para *mim*?

— Por que não? Eu provavelmente confio mais na sua opinião do que na de qualquer outra pessoa.

Ele tinha me deixado empacada. Eu queria dizer que ela não o merecia, que ela já tivera sua chance. Mas, então, tive que ponderar se essa resposta estava sendo influenciada pela minha necessidade egoísta de não ter que testemunhá-lo com ela pelas próximas semanas. As pessoas cometem erros. Calculam mal. Todo mundo merece uma segunda chance. Certo? Ainda assim, a resposta correta não estava clara para mim.

— Não sei bem o que te dizer. Acho que deveria fazer o que o seu coração mandar. Mas acredito que todo mundo merece ao menos uma segunda chance.

Ele manteve os olhos nos meus por um instante e, então, disse:

— Como a que você pretende dar ao Rory.

— Rory não está pedindo uma.

— Ainda.

— Eu não sei o que faria se ele pedisse, para ser sincera. Quero dizer, como você pode confiar em alguém que já te deixou uma vez?

Ele cruzou os braços.

— Eu sei qual seria o meu conselho para você se ele voltasse, algum dia.

— Me diria para não aceitá-lo de volta.

— Você merece coisa melhor do que alguém que já foi idiota o suficiente para te largar uma vez.

— Então, por que a mesma coisa não se aplicaria a você?

— Acho que não vejo minha situação com Emily da mesma forma. Nós mal tínhamos começado. E também não disse a ela nada que demonstrasse que eu estava pronto para um relacionamento, mesmo que estivesse me inclinando mais para essa direção. E, olhando para trás agora, não acho que ela tinha realmente terminado com o namorado. Então, considerando tudo isso... acho que essa situação é muito diferente da sua.

— Faz sentido. Você não teve uma longa história com ela, como eu tive com Rory. Ele foi o meu primeiro... em tudo. E achei que seria o último. É difícil desapegar do futuro que eu havia imaginado. Estou fazendo tudo que posso para tentar fazer isso. Mas, de modo geral, me sinto muito perdida.

Mandou bem mudando o assunto para o Rory, Amber.

Ele demorou alguns instantes antes de se inclinar para mim e responder.

— Você está dando valor à ideia distorcida de que a decisão que ele tomou se reflete em você, de alguma forma. Mas não é assim. Você ainda é você, e tem toda a sua vida pela frente. Ele que se foda.

Suas palavras me deram certo empoderamento, por um momento. Ele sempre sabia como me fazer sentir melhor, mesmo que fosse brevemente. Pousei uma mão em seu braço.

— Obrigada. Estava precisando disso.

Ele me encarou por um tempo antes de falar:

— Você disse que o Rory foi o seu primeiro... em tudo. — Channing estreitou os olhos, como se estivesse me desafiando. — Tem certeza disso?

Meu coração começou a palpitar. Ele estava se referindo ao que eu achava que ele estava se referindo?

— O seu primeiro beijo não foi com ele — ele disse.

Sim, ele estava se referindo a isso.

Eu. Não. Acredito. Que. Ele. Tocou. Nesse. Assunto.

Nunca foi algo sobre o qual Channing e eu falamos. Foi quase como um sonho. Na verdade, às vezes eu duvidava de que ele sequer se lembrava ou se havia realmente ocorrido. Estávamos tão entorpecidos naquela noite. Mas, ainda assim, aconteceu. E foi um momento que eu nunca conseguiria esquecer.

Por fim, respondi:

— Não. Meu primeiro beijo foi com *você*.

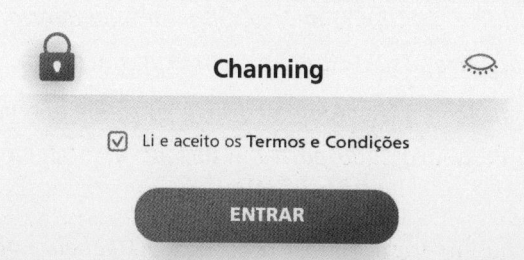

CAPÍTULO NOVE

Channing

☑ Li e aceito os **Termos e Condições**

ENTRAR

Era escroto da minha parte querer que ela reconhecesse que eu tinha vantagem sobre Rory em uma coisa?

Sempre suspeitei de que o primeiro beijo de Amber tivesse sido comigo. Mas nunca perguntei a ela, porque nunca mais falamos sobre aquele momento. Eu não aguentava falar sobre a morte de Lainey, e as circunstâncias daquele beijo estavam, de alguma forma, ligadas à tragédia do falecimento da minha irmã.

Nosso beijo não foi nada comum, nem ao menos sexual, eu diria. Foi eclipsado por nossas tristezas e desolações. Mas em meio a um dos dias mais sombrios da minha vida, aquele beijo foi como um colete salva-vidas... meu oxigênio. Aquele gesto me deu uma razão para respirar quando pensei que meus pulmões estavam prontos para desistir.

— Sempre imaginei que aquele foi o seu primeiro beijo — eu disse. — Mas nunca tive certeza, até você confirmar agora.

— Eu não sabia se você se lembrava, Channing. Me perguntei algumas vezes se você havia realmente bloqueado aquele dia inteiro da sua mente.

— Uma boa parte de toda aquela época é um borrão para mim, para ser sincero. Mas *aquele* momento... aquele beijo... não é algo que eu poderia esquecer.

Era a noite do velório de Lainey. De algum jeito, consegui me recompor para ficar naquela fila e apertar centenas de mãos que estavam presas a borrões vestidos de preto.

Por mais que eu soubesse que precisava chorar, não me permitiria isso. Já estava sendo difícil ver minha mãe desabando. Não queria que ela tivesse que me ver chorar, porque sabia que isso acabaria com ela. Então, me segurei.

O padre começou a ler alguma coisa, e eu soube que não aguentaria. Então, escapuli, desaparecendo para um gazebo que ficava nos fundos da casa funerária.

Para minha surpresa, Amber estava lá. O cabelo cobria seu rosto. Ela estava sozinha, chorando, e não me viu de imediato. Ela também havia passado a noite calma, mas ver que ela tinha parado de lutar contra isso me deu a permissão silenciosa para fazer o mesmo.

Incapaz de continuar segurando as lágrimas, desabei naquele momento. Meus olhos marejaram. Eu estava tão entorpecido que nem me dei conta de que estava chorando se não fosse pela vibração das minhas costelas sacudindo de dor. Juntando-me a ela no banco, puxei Amber para meus braços e deixei as primeiras lágrimas caírem em seu cabelo. Meu choro era silencioso de tão intenso.

Continuamos nos abraçando por um tempo indeterminado. Em algum momento, ela virou o rosto para mim, e pude sentir o sabor de seu hálito; foi como oxigênio. De repente, tudo que eu mais queria no mundo era prová-lo um pouco mais. Desesperado para sentir qualquer outra coisa além da dor, peguei o que precisava e a beijei.

Meus olhos estavam fechados; minha respiração, trêmula. Era intenso, apaixonado e desesperado, completamente diferente de qualquer outro beijo que já provara antes ou que ainda provaria na vida. Era uma expressão da nossa dor e, ainda assim, um lembrete de que estávamos vivos quando, se não fosse por aquele gesto, nos sentíamos mortos por dentro. Cada impulso da minha língua e cada gemido que emiti em sua boca entorpeciam aquela dor.

Era intenso, lindo, sagrado. Aquele beijo proporcionou uma paz momentânea que palavras não conseguiriam.

Interrompido pelo som dos passos do pai de Amber, desvencilhei-me dela quase no último segundo, mesmo que fosse a última coisa que eu queria fazer. Meu coração batia com força. Minhas palmas suavam. Amber parecia zonza ao se levantar e sair dali.

E nunca mais falamos sobre isso.

— Foi muita sorte ter te encontrado lá aquela noite — eu disse.

Lágrimas começaram a marejar seus olhos.

— Eu nunca contei a ninguém sobre aquele beijo. Nem mesmo ao Rory.

— Nem eu. Não foi o tipo de beijo sobre o qual você sai falando.

— Claramente, *nós* não falamos.

— Bom, você disse que o Rory foi o seu primeiro em tudo. Pensei em tomar a liberdade de te lembrar que, tecnicamente, essa primeira vez pertence a mim.

— Isso é verdade. — Sorri.

Sentindo a necessidade de deixar o clima mais leve, falei:

— Acho que vou fazer um chá. Você quer?

Era tarde, mas eu estava curtindo a companhia de Amber e queria prolongar nossa saideira.

Minha reação quando ela encontrou aquelas fotos no meu celular me surpreendeu. Aquilo me afetou, e não consegui entender exatamente por quê. Diante da quantidade de vezes em que exibi meu corpo para mulheres, qualquer um pensaria que isso não mexeria comigo. Mas daquela vez era diferente. Era Amber. Ela já tinha algumas noções pré-concebidas sobre mim, e mesmo que muitas delas tivessem sido verdadeiras um dia, eu havia mudado bastante nos últimos anos.

Após preparar duas xícaras de chá, entreguei uma para ela.

— Então, eu terminei de ler *A Lei Da Atração*. Está pronta para falarmos sobre os nossos livros?

Ela olhou para o líquido fumegante e encolheu-se.

— Não me mate, mas eu ainda não terminei *O Alquimista*.

— Vacilando no nosso acordo? — provoquei.

— Eu sei. Desculpe. Estou com dificuldades para me concentrar, ultimamente. Sei que disse que terminaria.

O que poderia estar te preocupando, Amber?

— Só estou brincando. É um livro. Sempre estará lá quando você estiver pronta para abri-lo novamente. Mas estou pronto para falar sobre *A Lei da Atração*.

Ela limpou a boca e, animada, me deu sua total atenção.

— O que achou?

— Bom, a maior lição que se tira dele é que se você quer alguma coisa na vida, não pode focar no problema. Tem que focar na solução, ou melhor, focar no que realmente quer. Quando nos estressamos, ficamos remoendo coisas que nos incomodam, e quanto mais damos atenção a essas coisas, mais atraímos essa energia negativa para nossas vidas. Independente de alguém acreditar ou não nesse aspecto de atração, o livro ao menos ensina o óbvio: remoer merdas negativas não te leva a lugar algum.

— Você acredita que é mesmo possível atrair alguma coisa focando nela?

Esfreguei meu queixo e pensei por um momento.

— Não tenho como saber com certeza. Esse é o mistério da vida. Mas agora que estou mais ciente dessa possibilidade, te aviso se alguma vez isso acontecer comigo.

Ela suspirou.

— Eu adoro o conceito do livro, mas, sinceramente, achei difícil de implementar. Até mesmo se esforçar muito para bloquear algo da sua mente ainda é, involuntariamente, focar naquilo. Me assusta pensar que se eu estiver me lamentando por Rory, ou dizendo a mim mesma de que nunca mais encontrarei outra pessoa... posso estar atraindo exatamente essa situação.

— Ok, então, apenas para o caso de isso ser verdade... tente pensar em algo que você realmente quer e pratique focar nisso.

Ela me fitou em silêncio e, então, perguntou:

— E se o que você quiser for algo que nunca poderá ter?

— Bem, isso é o que está dizendo a si mesma. Isso pode não ser verdade. Talvez deva tentar pensar mais positivamente.

Ela estava se referindo a mim, ou isso era apenas o meu ego falando?

De um jeito ou de outro, meu conselho teria sido o mesmo, mas agora o que me restava era ficar atordoado enquanto me perguntava o que realmente estava se passando em sua linda cabecinha.

Esse devia ter sido um dos dias mais confusos da minha vida. Eu não tinha dúvidas de que ainda sentia algo por Emily. Tinha sido tão bom vê-la, além de ter me lembrando imediatamente de todos os motivos que me fizeram gostar dela, no começo. Ela parecia arrependida de verdade da forma como as coisas haviam acabado entre nós e deixou claro que queria uma segunda chance.

Quando ela me convidou para ir a sua casa, quase cedi. Mas sabia o que ir para lá significaria. Parecia fazer uma eternidade desde que eu estivera dentro de uma mulher. Não tinha dormido com ninguém desde que me mudara para Boston. Esse foi o maior tempo que passei sem fazer sexo desde que era adolescente, e para ser sincero, estava chegando ao meu limite. Mas, de alguma forma, resisti e decidi não me aproveitar de sua oferta.

Enquanto parte de mim suspeitava de que não era exatamente o fim da minha história com Emily, não podia ignorar o fato de que passara o dia inteiro pensando em Amber. Quando ela apareceu no Common, algo mudou. Encontrá-la foi mais desconfortável do que normalmente seria.

Emily também sentiu isso. Ela me perguntou se tinha algo rolando entre mim e Amber. Eu lhe disse a verdade: Amber e eu éramos apenas amigos.

Então, por que as coisas não pareciam ser tão simples quanto aquela resposta?

Emily e eu decidimos jantar em Chinatown.

Girei o garfo no macarrão à moda Singapura, enquanto observava o lugar, a decoração em madeira com bambu e as cascatas do restaurante.

Foi quando vi a vitrine do outro lado da rua, vendendo patos dependurados, que Emily interrompeu o silêncio.

— Você parece estar distraído com algo.

— Só estou pensando no trabalho.

— Tem sido puxado?

— Sim. Tenho um tempo limitado aqui para conseguir fazer o que preciso, então a pressão é grande.

Obviamente, o trabalho não era o centro dos meus pensamentos obsessivos naquela noite. Eu ainda não sabia o que ia fazer no sábado. A verdade era que eu estava pensando seriamente em deixar esse lance de Cavalheiro Número 9 morrer de vez. Talvez enviar uma mensagem para Amber da conta de e-mail do C9 cancelando o encontro, ou talvez apenas não comparecer. Eu sinceramente não fazia ideia de como lidar com isso. E agora, com Emily em cena, as coisas se complicaram ainda mais.

Emily inclinou-se para frente e entrelaçou seus dedos aos meus.

— Podemos ir para o meu apartamento? Posso te ajudar a esquecer isso por um tempinho.

O sexo com Emily tinha sido o melhor da minha vida. Senti que precisava ir. Precisava descobrir em que pé estavam os meus sentimentos por ela, e um jeito de fazer isso seria enterrar-me nela, para ver se aquela química sexual incrível que tivemos ainda existia.

Eu estava há muito tempo sem sexo. E focar minha energia sexual em outra pessoa que não fosse Amber devia ser uma boa ideia, àquela altura.

Forcei as palavras a saírem.

— Claro. Vamos para o seu apartamento.

Assim que chegamos ao apartamento de Emily em Waltham, ela não perdeu tempo ao criar um clima romântico. As persianas foram fechadas e as luzes ficaram suaves. Ela colocou Coltrane para tocar e me serviu um pouco do meu gin favorito, que provavelmente havia comprado sabendo que eu acabaria indo para lá.

— Quero deixar logo uma coisa clara... — ela disse.

Bebi o gin todo de uma vez. O líquido queimou minha garganta.

— Tudo bem.

— Se decidirmos tentar novamente, eu estaria disposta a me mudar para Chicago. No passado, eu disse que estava presa a essa área aqui, mas sinto que um novo começo poderia ser muito bom para mim. Sei que não estamos nesse estágio ainda, mas queria que você soubesse disso... que eu estaria disposta a me mudar por você.

Não, nós com certeza não estamos nesse estágio ainda.

— Anotado — eu disse simplesmente.

Em determinado momento, ela me deixou na sala de estar enquanto ia para seu quarto. Olhei em volta, a esmo, pousando a atenção em sua estante de livros e, em seguida, em uma escultura de um elefante em um canto.

Ela voltou para a sala de estar e segurou minha mão, conduzindo-me para segui-la até seu quarto.

Por que estou nervoso?

Não era, nem de longe, a primeira vez que eu fazia aquilo.

Qual era a porra do meu problema?

Havia velas tremeluzindo ao nosso redor. Emily tirou seu vestido e revelou um sutiã vermelho de renda com uma calcinha combinando. Vermelho sempre foi a cor que mais combinava com ela, acentuando seu cabelo escuro e comprido. Meu pau se contorceu conforme assimilei seu corpo.

Ela me puxou para si e nos beijamos enquanto eu tentava me acalmar, acariciando suas costas. Emily esfregava sua pele nua contra mim. Eu sabia que poderia deslizar para dentro dela em questão de dois segundos e que ela estaria molhada e convidativa. Mas, por alguma razão, ao invés de relaxar e curtir tudo que estava acontecendo, meus músculos ficaram tensos. *Por quê?* Por que eu estava me desvencilhando disso, quando meu corpo estava excitado? Algo estava errado.

Enroscando meu dedo no fio traseiro de sua calcinha, eu o puxei e fechei os olhos, determinado a me perder nela. A calcinha estilo tanga me fez pensar nas lingeries de Amber. Imagens de suas roupas íntimas espalhadas pelo gramado do Boston Common surgiram em minha mente. Meu coração agora estava palpitando, porque, de repente, a bunda que eu estava agarrando era a de Amber. Pelo menos, na minha mente, era. E eu estava ficando ainda mais duro.

O que eu queria era me perder em Emily, mas não era do que eu *precisava*. De repente, a ficha começou a cair de uma vez: Amber iria a um hotel para supostamente trepar com um estranho amanhã. *Amanhã.* Mas não era ele que ela queria de verdade. Era a *mim* que ela queria. Por que não *podia* ser eu? Eu iria embora da cidade, de qualquer forma. Por que eu não podia ser a pessoa a dar o que ela precisava nesse meio-tempo? Ou eu estava perdendo o juízo, ou isso estava fazendo muito sentido. Não consegui decidir qual opção era a correta.

E então, eu estava dolorosamente duro pensando nisso. Merda. Não estava em condições de transar com Emily, não quando tudo em que eu conseguia pensar era sexo com Amber.

Afastando-me dela, eu disse:

— Não acho que posso fazer isso esta noite.

Ela pareceu chocada.

— O quê? Por quê?

— Estou pensando em coisas que não consigo tirar da cabeça. Eu sinto muito mesmo, mas acho que preciso ir embora.

O clima ficou compreensivelmente desconfortável durante os minutos seguintes enquanto Emily vestia a roupa.

— Você vai me ligar quando estiver se sentindo melhor, então?

— Claro. Eu só preciso de um tempinho para resolver algumas coisas.

De repente, tudo ficou claro para mim. Antes que pudesse focar em ter qualquer coisa com Emily ou outra pessoa, eu tinha que tirar Amber do meu coração.

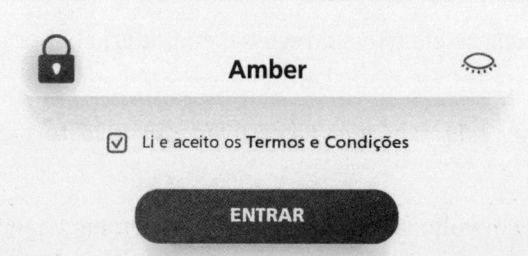

CAPÍTULO DEZ

Amber

Li e aceito os **Termos e Condições**

ENTRAR

— Oi. — Annabelle atendeu minha ligação. — Você já está a caminho?

Senti minhas pernas bambas enquanto andava pela Grove Street de salto alto.

— Sim. Pode me ajudar a lembrar no que eu estava pensando? Agora que esse dia realmente chegou, estou seriamente considerando voltar atrás.

— Você não pode voltar atrás. Acabou de pagar uma fortuna por uma depilação completa. Precisa mostrar isso a alguém.

— Tudo bem, então, se não der certo, vou até a sua casa usando somente um casaco comprido e mostrar para você antes de passar a noite inteira bebendo. — Suspirei. — Só preciso me lembrar de respirar.

— Onde você está agora?

— Estou chegando à entrada do Peabody.

— Não se esqueça de me ligar no instante em que acabar, ok? Pode ligar até antes disso, se precisar de mim.

Soltei uma respiração trêmula.

— Ok. Obrigada, Annabelle.

— Disponha, amiga. Tenha cuidado.

Com sua decoração em madeira escura e molduras elaboradas, o histórico Peabody Hotel era um lugar com uma beleza arquitetônica rica. Uma linda mulher asiática estava tocando harpa em um canto. O fato de o C9 ter escolhido aquele lugar significava que ele tinha bom gosto.

Minhas palmas estavam suadas quando entrei no lounge à meia-luz, que ficava diagonalmente em frente à opulenta recepção. As mesas eram cobertas por toalhas vermelhas, e um lustre enorme brilhava no teto.

Pelo menos, se ele não aparecesse, eu poderia beber alguma coisa e ir embora.

Lembre-se: não tem que fazer nada que não te deixe totalmente confortável.

Olhando em volta, ansiosa, procurei um homem usando uma camisa polo preta.

Meu coração martelava no peito e arrepios cobriam minha pele. O ambiente parecia estar congelando de tão frio.

Então, senti três dedos tocando meu ombro, gesto que me fez pular antes de me virar.

Foi o momento em que meu coração quase parou. Seu cheiro familiar flutuava no ar, excitante como sempre, apesar dos meus nervos.

— Channing!

Channing?

O que ele estava fazendo ali?

Isso não era nada bom. Eu não podia deixá-lo descobrir. O Cavalheiro Número 9 chegaria a qualquer momento.

— Você está linda, Amber. — Ele não parecia tão surpreso em me ver quanto eu estava em vê-lo.

O Cavalheiro Número 9 e o Channing *não* poderiam se encontrar!

À beira de um ataque de pânico, gaguejei:

— Hã... obrigada. O que... o que você está fazendo aqui?

Remexendo em seu relógio, Channing parecia nervoso, muito

diferente do homem relaxado e confiante que eu conhecia.

— É uma ótima pergunta. — Ele soltou uma única risada ao inclinar a cabeça para trás e fitar o teto. — Porra, uma *ótima* pergunta.

— Você vai encontrar a Emily?

— Não, não vou.

— Então, o que está fazendo aqui?

— Podemos nos sentar em algum lugar? Por favor?

O que eu deveria dizer?

Não, Channing, porque, na verdade, vim encontrar um garoto de programa para fazer sexo, então não tenho tempo para sentar e conversar.

— Hã... claro.

— Vou só pegar uma taça de vinho para você — ele disse antes de ir rapidamente até o bar.

Escolhi uma mesa e me sentei. Enticando o pescoço, fiquei olhando ao meu redor, procurando um homem de camisa polo preta. Não tinha ninguém com essa descrição. Àquela altura, eu estava aliviada por ele não estar ali, porque eu sequer podia imaginar ter que apresentá-lo a Channing. Seria totalmente desconfortável.

Channing voltou para a mesa e me entregou uma taça grande de vinho.

— Aqui está.

— Obrigada.

Eu ainda estava olhando em volta do ambiente quando ele me interrompeu:

— Amber, olhe para mim. — Sua voz soou mais profunda do que de costume.

Sua expressão me dizia que algo não estava certo.

— O que houve? Aconteceu alguma coisa? — Comecei a ficar paranoica, pensando que talvez ele tivesse me ouvido conversando com

Annabelle. *Ai, não!* — Você me seguiu até aqui?

— Não. Eu vim encontrar você. Sei por que está aqui e preciso explicar.

Senti como se meu coração tivesse descido para o estômago.

Ele sabe por que estou aqui?

Engoli em seco.

— Como é?

Seu rosto estava vermelho como um tomate. Nunca tinha visto o rosto de Channing daquela cor em todos os anos em que nos conhecemos. Eu *nunca* o vira daquele jeito.

— Eu sei que você está aqui para ver o Cavalheiro Número 9.

Meu estômago ficou cheio de nós. Ouvir aquele nome sair da boca dele me deixou muito nervosa.

Como isso era possível?

— O que... como soube disso?

— Eu preciso que entenda que achei que estava fazendo o que era melhor para você.

Senti como se o mundo estivesse balançando.

— O que era melhor para mim? Estou tão confusa agora.

— Eu sei que sim.

Ele fez uma pausa e ficou apenas olhando para mim pelo que pareceu um minuto inteiro.

— Sou eu, Amber. *Eu* sou o Cavalheiro Número 9.

A princípio, o que ele disse me fez tirar a conclusão errada.

— Você é um prostituto?

— Não. Porra, isso não saiu direito. Deixe-me explicar.

Minhas orelhas estavam pulsando.

— É melhor explicar *mesmo*.

Channing virou sua bebida de uma vez. Era algum tipo de líquido marrom-dourado.

Ele respirou fundo e começou a explicar.

— Eu voltei da viagem a Chicago enquanto você estava no banho. Fui pegar o seu notebook que estava na mesinha de centro para poder dar uma olhada no meu Facebook. Você deixou a mensagem que mandou para ele aberta, e eu a li, mesmo que isso tenha sido claramente muito errado da minha parte. Eu surtei, Amber. Senti que você estava cometendo um erro e que era meu dever te proteger. Então, enviei outra mensagem fingindo ser você e cancelei a sua solicitação original.

Ele o quê?

— O quê? Você não tinha o direito de fazer isso!

— Eu sei disso agora. Acredite, eu sei que passei dos limites.

Finalmente, a ficha estava caindo de verdade.

— Você cancelou a solicitação. Então, espere... com quem eu estava conversando?

— Comigo.

Ai, meu Deus.

— Você fingiu ser ele?

— Sim. Criei uma conta de e-mail nova para você achar que tinha recebido uma resposta.

— Por que faria isso?

— Foi um mecanismo para me ajudar a ganhar tempo, mas acabou abrindo uma caixa de Pandora que eu não esperava. Juro por Deus... nunca tive a intenção de te fazer mal. Acredite nisso, por favor. Eu só queria te manter segura. Mas acabei me afundando demais na situação e as coisas saíram do controle.

— Você queria me manter segura mentindo para mim, colocando-me em uma posição na qual me senti confortável em te contar certas coisas que, do contrário, *nunca* teria admitido para você? — A constatação do que isso realmente significava me atingiu em ondas. Cobri minha boca, em choque. — Ai, meu Deus... as coisas que eu disse sobre você para... ele... para você! Estou tão mortificada. Channing... sério?

Ele parecia aflito.

— Eu não esperava que você fosse dizer aquelas coisas sobre mim, falar sobre sua atração por mim. Aquilo me pegou completamente desprevenido... mas não de um jeito ruim, Amber. Porra... foi de um jeito muito bom.

— Não acredito nisso — sussurrei. Tomei um longo gole do vinho, batendo a taça na mesa em seguida, com força. Felizmente, não quebrou.

— Ouça-me, por favor. — Channing pousou a mão em meu antebraço. Apesar da raiva, meu corpo ainda reagiu ao seu toque. — Eu me arrependo de como lidei com isso — ele disse. — Foi uma decisão errada baseada em medo. Eu realmente achei que estava te protegendo e não pude aguentar a ideia de você se entregar a alguém que não te daria a mínima e só queria o seu dinheiro. Mas agora sei que não tinha o direito de tomar essa decisão por você. Só que, assim que dei aquele primeiro passo, não consegui voltar atrás. Foi como um efeito dominó. Porra, Amber, eu sinto muito.

Respirando fundo algumas vezes, tentei o melhor que pude para colocar aquilo em perspectiva. Channing não faria nada para me magoar intencionalmente. Ele tinha apenas tomado uma decisão errada. E não precisava ter confessado tudo. Ele escolheu esclarecer a coisa toda.

— Acho que você poderia nunca ter admitido isso. Teria sido bem mais fácil. Respeito o fato de ter me contado, mesmo que eu ainda não entenda realmente como pôde fazer isso.

— Nunca considerei a sério não te contar. Me passou pela cabeça rapidamente, mas, no fim, não pude fazer isso. Meu objetivo ao te mandar aquele e-mail foi ganhar mais tempo, na esperança de que talvez você mudasse de ideia e não quisesse ir em frente.

— Por que teve que vir aqui esta noite para me contar a verdade? Por que não fez isso em casa? Por que me fez passar por isso?

— Eu senti que precisava encarar você aqui, por algum motivo. Cheguei a uma conclusão ontem à noite quando estava com Emily. E esse horário e lugar me pareceram apropriados para admitir tudo para você.

— Por quê?

Ele ficou em silêncio por um instante e, então, declarou:

— Tenho mais coisas para te dizer.

— O que mais você pode ter para me dizer?

De repente, ele se levantou.

— Vou te trazer outra bebida. Você vai precisar.

Ainda incapaz de acreditar que aquilo estava acontecendo, fiquei observando Channing enquanto ele se atrapalhava com sua carteira no bar.

Ele retornou com uma taça de vinho branco para mim e um copo da bebida marrom-dourada para ele.

Meu instinto foi agradecê-lo pela bebida, mas me contive, porque, tecnicamente, me trazer álcool era o mínimo que ele podia fazer por me colocar naquela situação.

— O que mais precisa me contar? — questionei.

— Eu não esperava que você fosse dizer aquelas coisas. Você me disse... ou melhor, disse a ele, que me queria. Não consigo tirar isso da cabeça. Não é algo que eu possa simplesmente esquecer.

— Vai ter que tentar.

Ele inclinou-se para frente, parecendo ficar menos inseguro e mais direto, de repente.

— Eu não quero esquecer. O que talvez você ainda não saiba é que eu te quero da mesma maneira.

Dizer que fiquei surpresa por ouvi-lo confessar aquilo seria um eufemismo. Principalmente diante do ressurgimento da exuberante Emily. Nunca imaginei que ouviria Channing dizer aquelas palavras... dizer que me queria.

— Você *me* quer? E a Emily?

— Eu estava com ela ontem à noite. Estávamos prestes a... você sabe... e eu não consegui. Estava pensando em você, pensando nesse momento aqui. Então, foi bem esclarecedor. Parei e fui embora do apartamento dela. Passei a noite em claro, pensando.

— Sobre *esse momento*? O que é *esse momento*, exatamente? O que está tentando dizer?

— Eu sei que você não quer nada sério. Eu também não. Mas nós dois somos adultos que se respeitam e que são claramente atraídos um pelo outro. O tempo que me resta em Boston é limitado. Por que não deixar que eu te dê o que você precisa, enquanto eu estiver aqui?

Eu juro, aquilo parecia um sonho, como se não estivesse realmente acontecendo. Não havia um pingo de diversão em sua expressão. Channing estava seriamente me propondo sexo. Por mais que eu quisesse dispensá-lo, dizer que ele devia ter ficado louco, outra parte de mim foi ficando cada vez mais curiosa. Excitada. Mas isso não era tão simples quanto ele estava tentando fazer com que fosse.

— Está sugerindo que eu finja que você não é ninguém para mim? Como isso poderia funcionar, Channing?

— Teríamos que estabelecer algumas regras básicas. Manter o nosso relacionamento pessoal separado do nosso relacionamento sexual.

— E como faríamos isso morando juntos?

— Poderíamos nos encontrar aqui, digamos aos sábados, e não falaríamos sobre isso pelo resto da semana. Não teríamos que tocar no assunto em momento algum. Ninguém ficará sabendo, além de nós. E eu prometo nunca contar ao Rory. Imaginei que o que mais faria você hesitar seria a possibilidade de ele descobrir.

Fiquei apenas balançando a cabeça de um lado para o outro, tentando processar tudo.

— O que você ganha com isso?

— Poderei ficar com a garota sobre a qual fantasio desde que tinha dezesseis anos.

Desde que ele tinha dezesseis anos?

— Eu nunca soube que você se sentia assim.

— Escondi muito bem. Mas sempre me senti atraído por você.

Meu instinto estava me dizendo que eu era louca por considerar ir em frente com aquilo, mas meu corpo não se acalmava. Estava vibrando de cima a baixo diante da ideia de estar com Channing. De repente, tudo ficou ainda mais intenso: seu cheiro, a proximidade de seu corpo perfeito. Eu não sabia se tinha forças para dizer não, porque não existia algo que desse mais tesão do que ser desejada.

— Eu realmente não sei se isso é uma boa ideia. — Minha voz vacilou.

— Não precisa tomar uma decisão agora. Tire um tempo para pensar. Se decidir que não quer, tudo bem, sem ressentimentos. Vamos esquecer que essa noite aconteceu. Prometo que, se me disser não, podemos fingir que nunca tivemos essa conversa. E por mais que eu espere que não faça isso, se decidir contatar o verdadeiro Cavalheiro Número 9, prometo não te julgar ou interferir novamente.

Por mais que eu estivesse brava, ele ir ali foi um choque de realidade. Uma parte de mim estava aliviada por estar sentada com Channing, e não com um garoto de programa. Quanto mais tempo passávamos no bar, mais louca me parecia a ideia de que eu tinha ido ali para pagar por sexo. Pelo menos com Channing, eu me sentia segura.

A ideia de fazer sexo louco com ele era extremamente tentadora. Saber que ele também me queria me fez sentir sexy de uma maneira que não acontecia há muito tempo.

Mas eu ainda não conseguia acreditar. E ele com certeza não receberia uma resposta naquela noite. Isso mudaria toda a dinâmica do nosso relacionamento.

Mudaria a minha vida.

CAPÍTULO ONZE

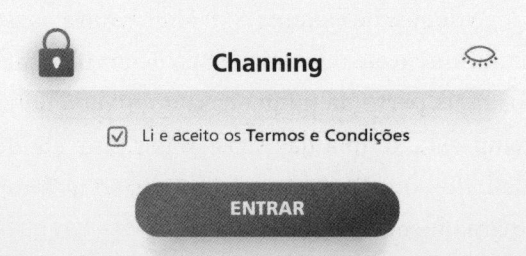

Aparentemente, uma das maneiras certeiras de fazer Amber evitar você é sugerir um relacionamento sexual. Anotado.

Os dias seguintes ao nosso encontro no Peabody Hotel foram tensos, embora o alívio imenso que eu sentia como resultado de ter finalmente contado a ela a verdade sobre o Cavalheiro Número 9 fosse o meu consolo. Foi a primeira e a última vez que eu mentiria para ela.

E ela não tinha me expulsado de sua casa, nem nada disso. Então, era mais uma indicação positiva. Amber também não tinha me dado um "não" alto e claro. Ela estava aberta a pensar sobre aceitar minha oferta. A última coisa que ela me disse antes de irmos embora do hotel foi que pensaria. Infelizmente, meu corpo escolheu focar nisso. Sempre que estávamos no mesmo cômodo, eu começava a ficar excitado só por pensar na possibilidade de transar com ela. O fato de que ela sentiu que, de certa forma, isso era errado me fazia querer ainda mais. Quanto mais proibida, mais doce é a fruta.

Na quarta-feira à noite, eu tinha acabado de chegar em casa do trabalho quando ela ligou para o meu celular.

— Ah, você está em casa. Graças a Deus — ela disse, parecendo estar sem fôlego.

— O que está acontecendo? Está tudo bem?

Ela estava em pânico.

— Preciso da sua ajuda.

Uma onda de adrenalina me percorreu.

— Me diga o que está acontecendo.

— Estou logo depois da esquina com Milo. Estava passeando com ele. Fomos a um restaurante e ele derramou sopa de ervilha por toda a camisa. Como estávamos mais perto da minha casa do que da dele, decidi levá-lo até aí e pegar emprestada uma das suas. Mas agora, ele decidiu se jogar no chão. Está deitado na calçada, e eu não consigo fazê-lo levantar. Ele é grande demais para que eu consiga erguê-lo.

Merda.

Já indo para a porta, falei:

— Chego já aí.

— Obrigada. Estamos na esquina da Stockton com a East Street.

Amber parecia agitada quando me aproximei deles. Estava ofegante, soprando ar em sua franja, coisa que ela costumava fazer quando estava estressada. Milo, por outro lado, estava apenas sentado na calçada, relaxado e brincando com seu iPad enquanto as pessoas passavam, alheias, praticamente por cima dele.

— Oi — eu disse.

— Oi. — Ela suspirou.

Ajoelhei-me.

— E aí, Milo? O que tá rolando? Não quer ir para casa com a gente?

Ele imediatamente agarrou minha cabeça e me puxou para seu nariz, dando uma longa fungada no meu cabelo.

Em seguida, sua atenção retornou para o iPad. Alguns segundos depois, notei que ele havia colocado um vídeo de *Archer*. Devia ter buscado rapidamente em seu histórico do YouTube.

— Ele assiste *Archer* quando não estou por perto?

— Nunca. — Ela sorriu.

Coloquei uma mão em seu ombro e comentei:

— Você é um cara bem complexo, sabia disso?

Obviamente, ele não respondeu.

Estendi a mão para pegar a sua.

— Vamos, Milo.

Amber riu da minha tentativa de fazê-lo se levantar.

— Se fosse fácil assim, eu não teria te ligado.

Cocei a cabeça.

— Tudo bem. — Fiquei atrás dele e enfiei meus braços sob os dele para forçá-lo a se levantar. Erguê-lo era uma tarefa hercúlea. O sujeito era pesado. E olha que eu era um cara grandão. Mas ele não estava me ajudando nem um pouco, deixando-o ainda mais pesado.

Assim que ficou de pé, ele passou um braço à minha volta ao sairmos andando. Tinha certeza de que as pessoas achavam que éramos um casal. Amber nos acompanhou com um sorriso enorme.

— Está gostando disso, Amber?

— Estou. — Ela riu. — Imensamente.

Bom, se servia de consolo, pelo menos Amber estava falando comigo.

Valeu, amigão, por quebrar o gelo entre mim e Amber. Te devo uma.

Quando chegamos em casa, levei Milo até meu quarto e abri o closet.

— De qual camisa você gosta?

Ele começou a tirar algumas camisas dos cabides e jogá-las no chão do closet antes de finalmente escolher uma polo — e a mais cara delas.

— Isso é Armani. Você tem muito bom gosto. Vamos ver como fica.

Após retirar sua camisa manchada, eu o ajudei a vestir a limpa. Serviu como uma luva.

— Bacana. Que tal um pouquinho de colônia?

Cometi o erro de entregar o frasco a ele, que começou a borrifar um monte de colônia pela camisa e os cabelo.

— Ok, já está bom. — Dei risada.

Quando voltamos para a sala de estar, Amber estava com um sorriso radiante.

— Olhe só para você! Que rapaz bonitão.

— Obrigado — brinquei. Quando ela olhou para mim, dei uma piscadela, e ela sorriu de volta.

Isso era bom. Ela não me odiava por ter feito a merda de mentir e, em seguida, lhe fazer uma proposta sexual.

Ela se aproximou e o cheirou.

— Ai, ai. Parece que alguém se apossou da colônia. Eu devia ter te avisado. Ele não sabe quando parar com certas coisas.

— Eu até que me identifico com isso — eu disse, torcendo para que ela tivesse entendido que eu estava me referindo à besteira que fiz com o lance do Cavalheiro Número 9.

Depois que ligamos a TV para Milo, virei-me para ela.

— Que tal eu fazer o jantar? Qual é a comida favorita dele?

— Todas. — Ela riu.

— Tudo bem, então.

— Mas talvez seja bom você se abster de cozinhar coisas estranhas. Ele gosta de comida normal.

— Pode deixar.

— Na verdade, ele gosta muito de macarrão com molho vermelho.

— Perfeito. Isso é fácil. Posso fazer um molho de tomate bem gostoso.

Amber recostou-se na bancada e ficou observando enquanto eu colocava o macarrão para cozinhar e preparava um molho simples com tomates enlatados, manjericão e uma mistura de temperos que ela tinha no armário. Milo permaneceu na sala de estar assistindo TV.

Quando nos sentamos para jantar, fiquei abismado ao ver Milo devorar um prato enorme de espaguete em tempo recorde. Ele parecia tão feliz por estar comendo, desfrutando de cada garfada. Levou somente cerca de cinco garfadas para engolir seu jantar inteiro. Após terminar, ele se levantou abruptamente.

Amber sorriu.

— Ele gosta de comer e dar no pé.

Meus olhos o seguiram de volta para seu lugar em frente à TV.

— Onde estão os pais dele? Como ele acabou indo parar naquela casa?

Ela limpou a boca com um guardanapo.

— Ele só tem a mãe. Ele é grande demais e ela não dá conta dele. Então, ela o colocou em uma residência inclusiva. A equipe trabalha 24 horas, então sempre tem alguém lá para ficar com ele, e estar naquele ambiente ajuda a ensiná-lo independência, porque, você sabe, a mãe dele não estará por perto para sempre.

Ainda observando-o, indaguei:

— Você acha que ele é feliz?

— Acho. Ele fica frustrado às vezes por causa da incapacidade de comunicar seus sentimentos, mas, no geral, tem um tipo de vida diferente da nossa. Ele não tem um ego, nem se preocupa com o que as pessoas pensam sobre ele, então, de várias formas, isso é uma bênção. Tudo que ele precisa é de comida e seus desenhos e vídeos favoritos do YouTube para que fique satisfeito com prazeres básicos.

— Interessante. Ah, se todos nós pudéssemos aprender a viver assim, colocando nossas necessidades em primeiro lugar, sem nos preocuparmos com o resto ou com o que as pessoas pensam.

Seu rosto ficou vermelho. Ela definitivamente sabia a que eu estava me referindo. Eu nem tinha certeza se relacionei aquilo à nossa situação de forma intencional, mas, de alguma forma, foi o que aconteceu.

Após Amber e eu terminarmos nossos espaguetes, nos juntamos a Milo no sofá, um de cada lado dele.

Ele estava assistindo a uma série animada bizarra com um monte de garotinhas cantando.

— Que série é essa? — perguntei.

— Se chama *Kuu Kuu Harajaku*. É um programa infantil. Mas ele adora.

— Do que se trata?

— Bom, está vendo aquelas garotas? Elas se chamam Harajaku Girls porque moram em Harajaku.

— Fascinante. — Olhei para ele e dei risada. — Por que acha que ele gosta?

— Suspeito de que ele goste das confusões. Essas garotas são musicistas e sempre acontece alguma coisa para atrapalhar suas apresentações. Às vezes, ele dá risada quando elas se metem em encrenca. Acho que gosta das vozes delas e do caos. É isso, ou talvez ele goste de todas as luzes piscando.

— É a maior viagem. Me lembra alguma coisa que eu teria assistido depois de fumar um baseado no meu porão durante o ensino médio.

— É. Você era uma má influência, Channing.

Abri um sorriso malicioso.

— Algumas coisas nunca mudam.

Ela fez questão de manter seus olhos grudados na TV depois que eu disse isso.

Aproveitei o momento para admirar suas pernas, que estavam apoiadas na mesinha de centro. Eram tão suaves e torneadas. Acho que ela nem precisava depilá-las, porque tinha uma camada fininha de pelos loiros cobrindo-as. Eu queria passar a mão por sua pele para descobrir como era sentir aquela suavidade. Visões daquelas pernas envolvendo meu corpo flutuaram em minha mente. As unhas de seus dedos dos pés perfeitos estavam pintadas de vermelho-sangue. Eu não era um cara que curtia pés normalmente, mas os dedos dos pés de Amber pareciam deliciosos. Fiquei com água na boca.

Merda. Se ela acabasse dizendo não para mim, talvez eu nunca conseguisse tirá-la da cabeça. Meus olhos continuaram a devorar as pernas de Amber.

De repente, senti um tapa.

E então, ele começou a rir.

Milo tinha me dado um tapa na cabeça.

Eu não fazia ideia se ele estava bravo porque eu estava olhando para Amber ou o quê, mas tinha definitivamente me arrancado do transe.

Passava da meia-noite quando decidi ir ao banheiro antes de dormir. Amber já estava dormindo. Ou, pelo menos, foi o que pensei. Ela acabou esbarrando em mim quando estava saindo do banheiro e eu, entrando.

— Você está bem? — Minhas mãos foram para seus ombros. Era raro eu sequer tocá-la.

Sua respiração acelerou. Meu pau respondeu imediatamente à sua reação a mim.

— Sim, estou bem. — Ela ergueu o olhar para mim no escuro. — Estive pensando sobre o que conversamos no Peabody.

Meu coração acelerou um pouco, e relutei em retirar minhas mãos dela.

— É mesmo?

— Ainda estou brava com você.

— Amb...

— Me escute — ela insistiu.

— Tudo bem.

— Estou brava... mas estou tão feliz por ter sido você que apareceu lá, e não ele. Você tinha razão. Eu teria me arrependido. Obrigada por interceptar o que teria sido uma decisão errada da minha parte. Obrigada por cuidar de mim.

— Estou aliviado por você pensar assim.

— Como disse, temos que estabelecer regras básicas, se vamos fazer isso.

Meu coração acelerou pra valer. Ela estava aceitando minha oferta? Meu pau se contorceu. Eu tinha que mantê-lo sob controle, principalmente por ele ser um filho da puta desonesto. Esteve mentindo para mim esse tempo todo só para conseguir o que queria, tentando me convencer de que essa situação era simples quando eu sabia muito bem que não era.

— Concordo que temos que estabelecer regras — falei. — Me diga as suas.

— Preciso ver alguma prova de que você não tem nenhuma IST, algum laudo médico.

— Já cuidei disso. Não é problema algum.

— Não quero que durma com mais ninguém enquanto estivermos fazendo isso.

— Isso é uma certeza. O que mais?

— Você tem que usar camisinha.

Me aproximando dela, falei:

— Usarei até duas, se você quiser.

— Não é necessário.

Meu pau estava oficialmente ficando rígido.

— Ok. Me diga mais.

— Não vamos dizer uma única palavra sobre isso para ninguém. Não é só com Rory que me preocupo. Também não ia querer que, digamos, sua mãe soubesse.

Aquilo me fez rir.

— Por que eu contaria à minha mãe?

— Sei lá. — Ela sorriu. — Só não conte.

— Feito. Ninguém vai saber. Vamos, me dê mais regras. — Eu queria que tudo ficasse bem claro entre nós para que ela não tivesse dúvidas depois ou quisesse desistir.

— Acho que isso é tudo. Sinto que deveria ter mais alguma coisa, mas não consigo pensar em mais nada nesse momento.

— Que tal eu ajudar? — sugeri. — Tenho algumas.

— Ok...

— Eu mencionei isso antes, mas uma das regras principais é nos encontrarmos somente aos sábados. E não trazermos isso para casa conosco. Acho que é importante não falarmos sobre isso durante a semana. Por mais que fiquemos tentados, só faremos sexo em nosso quarto de hotel aos sábados, e qualquer conversa sobre o que estamos fazendo também fica lá. Assim, esse arranjo não irá interferir no nosso dia a dia.

Ela assentiu.

— Esperto.

— Você também concorda em confiar em mim e em me dizer se eu estiver fazendo algo de que você não goste. Precisamos nos comunicar bem, pelo menos durante o tempo em que estivermos lá.

— Farei isso.

— Vou cuidar de todas as providências.

— Podemos alternar o custo do quarto por semana — ela disse.

Ergui uma das mãos.

— Não. De jeito nenhum. Deixe comigo.

— Eu quero pagar.

— Você pode me retribuir de outras formas. — Pisquei para ela. — Brincadeira. Talvez.

Ela esfregou os braços.

— Isso tudo é tão estranho, Channing. Parece que a última semana foi um sonho.

— Mais uma regra. Não há pressão. Se tiver dúvidas, pode mudar de ideia a qualquer momento. Sem ressentimentos.

Por mais que eu tivesse dito aquilo sinceramente, esperava mesmo que ela não desistisse, que quisesse tanto quanto eu queria.

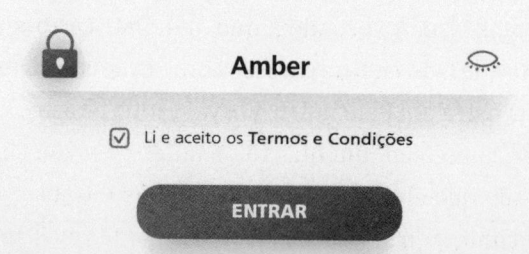

CAPÍTULO DOZE

Amber

☑ Li e aceito os **Termos e Condições**

ENTRAR

— Ainda não consigo acreditar que era Channing o tempo todo.

— Somos duas, Annabelle. Somos duas.

Equilibrando o telefone sem fio no ombro, escolhi roupas para o sábado, colocando-as em uma bolsa de viagem pequena.

A roupa escolhida consistia em uma pequena saia preta e uma blusa nude com uma sobreposição de renda preta que sempre realçava bastante meus peitos. O fato de que essa era a blusa favorita de Rory era o meu "vá se foder" secreto para o meu ex.

— Juro — ela disse. — Eu poderia escrever um livro sobre a sua vida no último mês, e venderia como água. E olha que ainda nem chegamos à parte boa.

Colocando um short de dormir na bolsa, falei:

— Não sei se estou fazendo a coisa certa. Eu sempre disse que não queria me envolver com Channing, mas, tecnicamente, isso não é se envolver. É apenas sexo.

— Acho que isso tudo é sexy pra caramba. Além de estar tentando te proteger, ele ainda se ofereceu para fazer o serviço. Minha única pergunta é... você acha que será capaz de separar as coisas? Eu sei que se importa com ele. Vai mesmo conseguir lidar com isso?

Lá no fundo, eu estava, *sim*, preocupada. Mas, mesmo assim, não queria me negar essa oportunidade. Simplesmente fazia muito tempo desde que estivera com um homem, e estava muito fraca para resistir.

— Ele também se importa comigo, mas devemos deixar esse fato de lado. O que acontecer naquele quarto de hotel ficará lá. Em teoria, parece simples, mas eu sinceramente não sei como vou me sentir depois que realmente fizermos isso. A verdade é que, para dar certo, preciso colocar meus sentimentos de lado e enxergar isso como é: dois amigos satisfazendo uma necessidade física um pelo outro. Ele vai sentir prazer em realizar essa fantasia de estar comigo em um quarto de hotel, e eu vou conseguir o que sempre quis desde que ele se mudou para cá, que é transar com ele. Toda essa história de contatar o serviço de acompanhantes masculinos começou mesmo por causa da minha atração por ele, que foi o que me colocou nesse frenesi sexual, para começo de conversa. Eu só nunca esperava que ele também sentisse algo parecido.

— Apenas dance conforme a música. Você teve um ano difícil. Ainda é jovem. Não precisa entrar em outro relacionamento. Deixe o Channing te dar exatamente o que você precisa antes de voltar para Chicago. E não deixe que suas preocupações arruínem uma coisa boa.

Marcamos de nos encontrar no Peabody às três da tarde. Ele havia deixado um bilhete na minha cômoda enquanto eu estava no banho.

> *Vou para o hotel primeiro, para reservar um quarto. Te mando o número por mensagem. Use a tanga cor-de-rosa que comprou. Tenho pensado em você usando-a desde que a peguei do gramado no Common.*

Os músculos entre minhas pernas se contraíram. Eu ainda não conseguia acreditar no fato de que Channing me desejava quando podia basicamente ter qualquer pessoa que quisesse, incluindo Emily. Eu ainda não fazia ideia do que estava rolando entre eles.

O café da manhã de sábado com ele na cozinha havia sido diferente do habitual, para dizer o mínimo. Ficamos em silêncio, tomando o café, enquanto o peso de mil palavras não ditas pairava no ar.

O cabelo de Channing estava úmido. Sua camiseta branca justa se esticava sobre seus músculos. Meus olhos ficavam vidrados em seus antebraços fortes toda vez que ele levava a caneca de café à boca. Sua boca tão sexy. Eu ainda não conseguia acreditar que aquele corpo ficaria por cima do meu mais tarde, que ele estaria dentro de mim. Parecia completamente surreal.

E então, eu o flagrei me encarando e suspeitei de que ele devia estar pensando a mesma coisa. A luxúria em seus olhos era palpável, e eu tinha certeza de que eu devia estar enviando o mesmo recado a ele, porque meu desejo estava mais óbvio do que nunca naquele momento. Querer uma pessoa era uma coisa. Querer uma pessoa sabendo que poderia, de fato, tê-la era outra.

Ele saiu depois do café da manhã, e não o vi pelo resto do dia.

Quando o relógio marcou 14h45, chequei meu celular, ansiosa para ver a mensagem dele. Alguns minutos depois, ela chegou.

> **Channing:** Estou no quarto 248. Sem pressa. Estarei aqui esperando, quando estiver pronta.

Apesar da sensação de que eu estava esquecendo alguma coisa, peguei minha bolsa e me forcei a sair pela porta.

Ao me aproximar do Peabody, as borboletas em meu estômago estavam frenéticas.

Arrepios cobriram meus braços conforme segui para o elevador e subi para o segundo andar.

O elevador fez *ding* e se abriu. Meu coração estava acelerado conforme eu percorria o corredor comprido com a mente enevoada. Eu sabia que ficaria nervosa, mas minha ansiedade estava muito mais intensa do que eu previra conforme me aproximava do quarto.

Após bater levemente, respirei fundo e aguardei.

Quando abriu a porta, Channing exibiu seu lindo sorriso e deu um passo para o lado para me dar espaço para entrar. De imediato, o cheiro de sua colônia se infiltrou em meus sentidos, enquanto eu sentia a temperatura do meu corpo subir.

Minhas pernas estavam bambas. Acho que não tinha como saber como você se sentiria em relação a determinada coisa até estar prestes a acontecer. De repente, todas as minhas inseguranças começaram a me invadir naquele momento inoportuno.

E se eu for péssima e ele não quiser fazer de novo?

E se ele não gostar do meu corpo?

E se eu gozar rápido demais ou não conseguir gozar por estar nervosa?

Fui direto até a janela. Enquanto parte de mim se sentia tentada a pular nele, fiquei encarando o trânsito de Boston. Os sons fracos da vida do lado de fora do quarto estavam abafados pelo pulsar dos meus tímpanos.

— Você está bem? — ele perguntou atrás de mim.

Virei-me e esfreguei as palmas em minha saia.

— Sim, acho que só preciso de um pouco de água.

— Que tal um pouco de água e depois um vinho?

— Melhor ainda.

Álcool parecia uma ótima ideia.

Ele abriu uma garrafa de água e serviu um pouco em um copo para mim. Minhas axilas estavam suando, e isso se tornou mais uma preocupação. Eu tinha colocado desodorante suficiente?

Tomei um gole da água e fiquei observando-o abrir uma garrafa de cabernet que eu sabia que tinha um preço salgado.

— É uma garrafa de vinho cara, Lord.

— Bem, não é todo dia que tenho Amber Walton em um quarto de hotel comigo. É uma ocasião especial. — Ele sorriu, e isso me acalmou um pouco.

Channing me entregou a taça e, em seguida, sentou-se na beira da cama de frente para mim, observando-me atentamente beber o vinho todo de uma vez. Seu olhar me fez estremecer.

Ele estava tão lindo. Tudo estava na medida certa. Seu cabelo estava levemente úmido. Ele devia ter tomado banho no quarto antes de eu chegar. Estava usando uma camisa com os primeiros botões abertos, exibindo alguns centímetros de seu peito bronzeado. Sua calça jeans escura lhe servia como uma luva, delineando um volume proeminente. Será que era possível ele já estar duro?

Quando meus olhos tornaram a subir e encontraram seu rosto, pude ver que ele ainda me observava.

— Você está muito linda. — Seu sorriso foi quase suficiente para derreter meus nervos. Quase.

— Obrigada. Tentei escolher algo sexy para você.

— Passei a manhã inteira duro, então você poderia ter entrado aqui usando um saco de papel e eu ainda precisaria de uma bolsa de gelo.

Apesar do meu nervosismo, a confirmação de que Channing estava com tesão fez meu corpo vibrar de excitação.

Pousando a taça agora vazia, indaguei:

— Como isso vai funcionar, exatamente? Vamos partir para a ação de cara, ou...

Sua boca se curvou em um sorriso.

— Não.

— Não?

— Não.

— Então, o que vamos fazer?

— O que vier naturalmente. Você não está pronta para transar nesse exato segundo. Prefiro que a mulher com quem estou não fique tensa ou se sinta forçada.

— Dá para ver que estou nervosa?

— Sim. E, para ser sincero, se você não estivesse, eu acharia um pouco estranho. É normal. Na verdade, o seu nervosismo é adorável.

— Eu queria te dizer o quanto estava nervosa durante o café da manhã, mas não quis quebrar as regras. Sabe, não falar sobre isso em casa.

— Bem, adivinhe só? — Ele se inclinou para frente, e sentir seu hálito em minha pele deixou meu corpo em alerta. — Eu também estou nervoso, Amber. E você pode me dizer o que está sentindo agora. Não há regras neste quarto. Absolutamente nenhuma. Me diga o que está pensando.

— Uma parte de mim quer sair correndo daqui. Mas outra parte acha que você está cheiroso pra caramba e quer ficar. Então, sim, estou nervosa, mas ainda quero muito fazer isso.

Ele pousou uma mão em meu joelho, e seu toque enviou uma sensação de ondas de choque por minha espinha.

— Sabe o que eu acho?

— O quê?

— Acho que deveríamos assistir TV.

— Assistir TV? Tenho certeza de que você não acabou de pagar quinhentos dólares por um quarto de hotel para podermos assistir televisão.

— Temos a tarde e a noite toda. E se até o fim da noite, tudo o que você quiser for apenas dormir ao meu lado sem sexo envolvido, tudo bem também — ele disse, subindo na cama e afofando os travesseiros de maneira exagerada. Ele apoiou os pés, colocou as mãos atrás da cabeça e soltou uma respiração profunda. — Ahh. Isso é tão relaxante. Você deveria tentar.

Ele fechou os olhos. Lá se vai nosso encontro devasso. Dei risada e, por fim, subi na cama e juntei-me a ele debaixo das cobertas. O colchão era firme e os travesseiros, macios. Meu corpo afundou ali.

Ele me entregou o controle remoto.

— Escolha o que vamos assistir. Dá para alugar alguma coisa.

— Vai se arrepender dessa decisão, porque vou colocar em algum reality show no canal Bravo.

— Vou sobreviver.

Foi ele que pediu. Imediatamente, coloquei em um dos episódios do programa *The Real Housewives*. Fazia um tempo que eu não assistia.

Channing e eu nos acomodamos em nossos respectivos travesseiros. Ele estava mesmo se esforçando para entender o que estava assistindo. Suas perguntas estavam me fazendo rir.

— Mulheres realmente agem assim?

— Não as mulheres que conheço.

— Então, deixe-me ver se entendi. Por que todas elas odeiam só aquela garota?

— Porque sim.

— Não consegui entender uma palavra nos últimos cinco minutos. Como consegue entender o que estão dizendo, se elas ficam falando uma por cima da outra?

Aquilo me fez cair na risada.

— Não precisa entender. Basta assistir.

Ao fingir que estava interessado pelo meu programa, Channing tinha conseguido me fazer esquecer todo o meu nervosismo. Quase tinha esquecido por que estávamos ali, se não fosse pelo fato de que nossos corpos estavam, aos poucos, ficando mais próximos e se encaixando de uma maneira natural. A lateral da minha perna estava pressionada na dele, e o calor de seu corpo estava mais presente do que nunca, mas não me sentia mais nervosa ou estressada. Seu pé enorme acariciava o meu delicadamente enquanto assistíamos, o tecido macio de sua meia roçando em meu pé descalço. Ele estava me ajudando a ficar calma à sua própria maneira. E estava funcionando.

Após quase uma hora, quis que ele soubesse que eu não tinha me esquecido por que estávamos ali. Em uma ação ousada, tirei minha blusa, ficando apenas de sutiã.

Ele aproximou a boca da minha orelha e sussurrou:

— Estamos jogando strip pôquer e eu não tinha percebido?

Deus, somente sentir seu hálito em minha orelha fazia cada coisa com meu corpo.

— Eu queria ficar mais confortável — expliquei.

Seus olhos desceram para meus seios, que estavam quase saltando do sutiã cor-de-rosa de renda. Meus mamilos eretos formigaram, ansiando por sua boca.

Quando seu olhar encontrou o meu novamente, questionei:

— Posso te perguntar uma coisa?

— Qualquer coisa.

Ele, então, pousou sua mão firme em meu quadril, e cada centímetro do meu corpo reagiu àquele simples toque.

Olhei para baixo e pude ver que sua ereção estava esticando a calça jeans. Saber que ele estava duro por mim assim era o maior tesão.

— Na noite em que me contou sobre o Cavalheiro Número 9, você disse que fantasiava sobre mim desde que tinha dezesseis anos. Eu nunca imaginaria isso. Acho que... não entendo.

Sua mão ainda estava em meu quadril. Apertando ali levemente, ele quis saber:

— O que não entende?

— Você nunca disse nada, nem me deu pistas. Eu não fazia ideia *mesmo*.

— Isso é porque eu era muito bom em esconder.

— Eu sei. Mas por quê? Por que não me disse nada?

— Bom, para começar, você era a melhor amiga da minha irmã. Se eu tivesse te chamado para sair e pisado na bola de alguma maneira, eu nunca me perdoaria, fosse antes ou depois que ela... — Ele hesitou.

Eu não queria que ele tivesse que terminar aquela frase.

— É, entendo — eu disse, pousando a mão em seu cabelo.

Channing fechou os olhos por um momento, enquanto eu infiltrava os dedos nos fios cheios e sedosos. Ele era tão... belo. Era estranho chamar um homem de belo, eu acho. Mas essa era a melhor palavra para descrevê-lo. Ele era tão belo para mim, e eu ainda não acreditava que estava tocando-o assim, tão livremente.

— Então... por que não tem problema fazermos isso agora, Channing? Esse nosso arranjo? Eu ainda sou a mesma pessoa. Por que não há problema em brincarmos assim agora? Eu ainda sou eu e você ainda é você.

— Porque temos um entendimento mútuo do que ganharemos com isso. Então, não sairemos magoados. Nenhum de nós está procurando um relacionamento e já deixamos isso bem claro. Quando somos adolescentes, somos muito imaturos para tomar esse tipo de decisão.

— Faz sentido, eu acho. — Já que estávamos sendo sinceros, eu disse: — Eu sempre tive uma queda enorme por você, não somente pela sua aparência, mas pela sua personalidade também. É meio constrangedor admitir isso, mas já que estou seminua em uma cama com você agora, acho que já deixei claro como me sinto, de qualquer forma.

Ele me surpreendeu ao perguntar:

— Por que não me disse nada naquela época?

— Teria importado? Tudo que acabou de dizer já sugere que você não teria tentado nada comigo.

— Talvez as coisas fossem diferentes se eu soubesse o que você sentia. Eu sei por que nunca disse nada para você. Tive meus motivos. Mas por que nunca *me* disse nada? Nós passávamos muito tempo juntos.

— Acho que eu era meio antiquada e achava que a garota não deveria tomar a iniciativa. Eu até contei ao Rory que tinha uma queda por você, uma vez. — Dei uma pequena risada, me lembrando do momento em que admiti minha paixonite por Channing para o cara que acabou se tornando meu namorado.

De repente, Channing tirou a mão do meu quadril.

— Você o quê?

— Antes de ficarmos juntos, contei ao Rory uma vez que gostava de você. É engraçado pensar nisso agora, considerando como as coisas acabaram acontecendo.

— O que exatamente ele te disse quando você contou isso?

Hesitei antes de admitir.

— Ele me disse para tomar cuidado. Que você me magoaria.

— Foi mesmo? — Seus olhos se estreitaram. — Quando foi isso? Essa conversa?

Ele ficou chateado.

Cocei a cabeça, tentando me lembrar.

— Acho que pouco tempo antes de você ir para a Universidade da Flórida.

Channing sentou-se contra a cabeceira da cama de repente. Minha revelação parecia tê-lo deixado muito puto. Eu podia entender por que ele ficaria bravo. Mas imaginei que ele entenderia por que Rory havia me alertado sobre ele. Channing não escondia sua promiscuidade naquele tempo. Rory era amigo dele, mas, na época, Channing era, sim, um pegador. Isso era inegável. Rory achou que estava apenas me fazendo enxergar o que era melhor para mim.

Quando ele continuou sem dizer nada, perguntei:

— Você está bem?

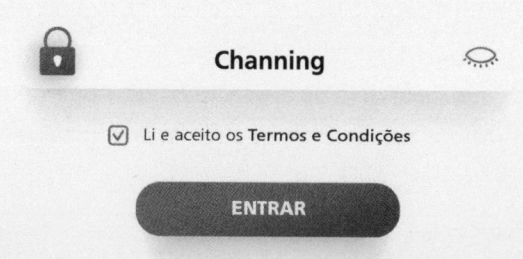

CAPÍTULO TREZE

Channing

☑ Li e aceito os **Termos e Condições**

ENTRAR

— Channing?

Agora não era o momento de perder a cabeça. Mas, de repente, senti-me com dezoito anos novamente. Nunca tive a intenção de admitir para Amber que Rory e eu fizemos um pacto. Mas ouvir o que ele dissera a ela foi completamente chocante. Senti como se tivesse fumaça saindo das minhas orelhas. Estava prestes a explodir.

Ele sabia como eu me sentia por ela naquela época.

Ele sabia que, apesar das minhas ações quando se tratava de outras garotas, Amber era diferente.

E então fiquei sabendo que ele *sabia* que ela tinha sentimentos por *mim* antes de conquistá-la.

Ela percebeu que eu não estava bem.

— Channing, qual é o problema?

— Não importa agora. São águas passadas.

— O que não importa?

— O fato de que o seu ex é um panaca mentiroso.

— Por causa do que ele disse sobre você?

Virei meu rosto para encontrar seu olhar.

— Ele sabia como eu me sentia por você.

Ela piscou várias vezes, parecendo totalmente confusa.

— Como assim?

Lá vamos nós.

— Rory e eu gostávamos de você, Amber. Cerca de um ano antes de eu ir embora para a faculdade, ele me disse que queria te chamar para sair. Me senti compelido a contar a ele que eu também gostava de você. Na época, decidimos que, pelo bem da nossa amizade, nenhum de nós tentaria algo com você. Fizemos um acordo, que ele quebrou assim que fui para a Universidade da Flórida.

Ela cobriu a boca.

— Ai, meu Deus. Eu não fazia a menor ideia.

— Não, claro que não fazia. Não era para você saber, mas pode apostar que se você tivesse me dito que sentia algo por *ele*, eu teria contado isso a ele. Eu teria destruído a porra daquele pacto, se isso ia te fazer feliz. Em vez disso, quando você foi dizer a ele como se sentia por mim, ele não fez nada além de te alertar negativamente sobre *mim* para poder tentar algo com você quando fui embora.

Ela ficou encarando o nada, como se estivesse tentando encontrar sentido na minha revelação.

— Então, quando você voltou da Flórida, Rory e eu estávamos juntos... e você ficou diferente com a gente. E isso foi porque...

— Eu fiquei devastado, sim. Fiquei arrasado por ver vocês dois juntos.

— Ai, meu Deus, Channing. Eu não sabia de nada disso.

— Eu sei disso. *Por que* você saberia?

— Minha opinião sobre você foi amplamente baseada naqueles anos depois de você voltar da Flórida. Você sempre foi pegador, mas pareceu ficar fora de controle depois que voltou. Observei as suas ações e te julguei com base nelas. Nunca imaginei que a raiz de tudo isso fosse ressentimento.

Soltando uma risada irritada, eu disse:

— Eu peguei todas as suas amigas para me vingar de você, mesmo que você não tivesse feito nada de errado. Muito maduro da minha parte, não é?

— Eu meio que te odiava na faculdade.

— O sentimento era mútuo, Amber. Eu meio que te odiei por um tempo também, até que abri os olhos e me dei conta de que, se você estava feliz, feliz de verdade com ele, então era tudo que importava.

— Uau.

Eu não acreditava que tinha deixado as emoções tomarem conta de mim.

Porra, Channing, acalme-se.

Dei risada.

— Bem, que clima bom pra transar esta noite, hein?

Eu tinha praticamente arruinado a nossa noite ao falar sobre o passado e dar um showzinho de raiva. Foi somente naquele momento que percebi quanta amargura eu ainda guardava depois de todos esses anos.

Ela pousou a mão em minha bochecha, e fechei os olhos para deleitar-me em seu toque.

— Estou feliz por você ter me contado, Channing. Quero dizer, eu sei que isso não muda nada entre nós agora. Mas foi uma parte do passado que fui incapaz de enxergar.

Colocando a mão sobre a dela, falei:

— Olha, eu nem posso dizer que culpo o Rory pelo que ele fez. Vale tudo no amor e na guerra, não é? No fim, ele conquistou a garota. Ele jogou melhor do que eu. E você se apaixonou por ele. Ele venceu.

Ela me fitou com um olhar penetrante antes de dizer:

— Não. Tenho que discordar. Porque, agora, estou na cama com *você*. Então, diria que *eu* venci o jogo, no fim das contas.

Meu coração quase saltou do peito. Porra, aquela foi a coisa mais doce que ela poderia ter me dito. Foi como se ela tivesse curado uma década inteira de raiva e ressentimento com duas frases. Ela tinha razão. No fim das contas, apesar de tudo que havia acontecido, aqui estávamos. E, aquela noite, aquele momento, não tinha nada a ver com qualquer merda que acontecera no passado. Tinha a ver conosco. Eu poderia beijá-la por ter dito aquelas palavras.

E foi, de fato, o que fiz.

Envolvendo seu rosto entre as mãos, puxei-a para meus lábios e soltei um suspiro de alívio ao prová-la. Ela gemeu na minha boca e meu pau reagiu, agora pronto para explodir. Por mais que tivesse passado tanto tempo desde aquele nosso único beijo, reconheci seu sabor imediatamente. Só que, dessa vez, não pararíamos somente nos beijos.

A cada momento que se passava e eu movimentava minha língua em sua boca, ficava mais perdido nela. A cada gemido seu que descia por minha garganta, eu queria dominá-la mais.

— Você está usando a calcinha que pedi? — perguntei contra seus lábios.

— Sim.

— Me mostre.

Ela se afastou para tirar a saia e, então, virou de costas para mim, expondo sua bunda firme e gostosa. Passei a mão por sua pele e enganchei um dedo no fio que ficava entre suas nádegas. Incapaz de me conter, puxei o tecido com força.

— Quero que você sempre as use quando estiver comigo. Quero ver todas as cores. Adoro a sua bunda nelas.

— Ok.

Sua calcinha estava molhada desde o primeiro instante em que a toquei.

— Está ensopada. Há quanto tempo você está molhada assim?

Ela virou-se para mim e abriu um sorriso travesso.

— Desde que você foi morar comigo.

Abri um sorriso perverso.

— Bem, então me parece que criei um problema que preciso resolver. — Deslizei sua mão para baixo até meu pau, pressionando-a contra mim. — Sinta isto. É isso que você faz comigo. Mas agora não preciso mais esconder.

Amber fechou os olhos e começou a me massagear com a palma enquanto estávamos frente a frente. Desci a mão e comecei a esfregar seu clitóris antes de deslizar os dedos dentro de sua boceta quente.

— Caralho, Amber. — Fechei os olhos e fiquei ouvindo o som de sua umidade conforme meus dedos entravam e saíam. — Meus dedos estão encharcados.

Retirei os dedos de dentro dela e pairei sobre seu corpo, enquanto ela se contorcia sob mim.

— Observe-me — eu disse, abrindo o zíper da calça e colocando meu pau rígido para fora.

Ela ficou me olhando fixamente usar sua excitação, que ainda cobria meus dedos, como lubrificante para me acariciar. Seus olhos pareciam hipnotizados por minha mão se movimentando para cima e para baixo. Não me lembrava de ter ficado tão duro assim alguma vez antes do sexo. Eu adorei assisti-la me assistindo. Amber mordeu o lábio inferior ao descer a mão e começar a estimular seu clitóris.

Ah, porra, isso.

Os únicos sons ao nosso redor eram os de nossas excitações e peles se esfregando. Eu não conseguia parar de olhar para seus dedos se movendo pelas dobras de sua boceta linda e rosada. Eu poderia ter gozado na cama em cinco segundos, se me permitisse. De jeito nenhum eu perderia aquela oportunidade. Eu precisava me controlar. O único lugar onde eu queria gozar era dentro dela.

Ela parou de se esfregar para abrir o sutiã, libertando seus lindos seios. Quando ergueu o olhar para mim, havia certa inocência em seus olhos. Eu tinha que me lembrar de que ela estivera com apenas um homem antes de mim.

Puta merda. Eu preciso ir mais devagar.

Meus olhos desceram por seu rosto, percorrendo seu pescoço até pousar novamente nos seios. Fiquei admirando sem pressa seus peitos cremosos e mamilos eretos, enquanto meu pau excitado aguardava, pulsando e pronto para a ação.

Por mais que eu quisesse me esfregar em sua entrada, estava coberto de líquido pré-gozo, então seria muito arriscado. Para meu desânimo, eu havia deixado a caixa de camisinhas na mochila, que estava do outro lado do quarto. Relutando um pouco, afastei-me de seu corpo quente e fui buscar uma.

Amber sentou-se na cama e ficou olhando embasbacada meu corpo nu, e eu amei pra caralho isso. Eu adorava o quanto ela me queria. Seus olhos ficaram grudados à tatuagem na base do meu abdômen enquanto eu rasgava a embalagem da camisinha com os dentes e deslizava o látex em meu pau inchado.

Eu não podia esperar um segundo a mais. Subi na cama e pairei meu corpo sobre o seu antes de afastar suas pernas e me enfiar dentro dela. Amber emitiu um som que, para mim, foi como acionar um foguete. Mas ela era muito mais apertada do que eu previra. Eu precisava suavizar meu ritmo, ou acabaria gozando em questão de segundos.

Ela manteve as pernas abertas ao máximo enquanto sua boceta apertada envolvia meu pau. A sensação era incrível. Estava tão molhada que não me preocupei com a possibilidade de machucá-la. Seus quadris se moviam sob mim, encorajando-me a ir mais rápido enquanto ela enterrava as unhas em minha bunda.

Eu queria que a nossa primeira vez fosse mais lenta, mas não consegui fazer isso. Estava gostoso demais para não fodê-la com força. E era isso que ela queria, coisa que ficou evidente diante das reações de seu corpo conforme eu metia nela de forma bruta.

Então, eu a fodi com força, como se fosse minha única chance. Parte de mim temia que ela pudesse se arrepender no dia seguinte, então estava aproveitando a oportunidade.

Amber puxou minha cabeça em direção aos seus seios, guiando minha boca para seu mamilo.

Parece que alguém aqui gosta que chupem seus peitos.

E eu adorei chupá-los. E mordê-los. Adorei o fato de ela estar me mostrando o que desejava. Também adorei saber que ela ficaria com marcas por todo o corpo ao fim do dia.

Não havia uma parte minha sequer que não estivesse conectada a ela. Nossas mãos estavam entrelaçadas. Minha boca estava preenchida por seu seio perfeito. Meu pau se movia dentro dela.

— Nem acredito que estou te fodendo. Você é incrível, Amber. Sentir você é mais gostoso do que qualquer coisa. Me diga quando devo gozar. Estou esperando para explodir dentro dessa sua boceta deliciosa.

Minhas palavras a incentivaram. Senti sua boceta quente se contrair ao meu redor. Pude literalmente sentir seu orgasmo apertando meu pau. Foi naquele momento que enfim me deixei levar, estocando nela com força enquanto meu gozo quente preenchia a camisinha.

Diminuindo o ritmo, relutei um pouco antes de sair dela, por querer continuar ali. A camisinha estava tão cheia que mal podia conter meu gozo.

Levantei-me para descartá-la e voltei para a cama rápido. Juntei meus lábios aos de Amber e nos beijamos intensamente, tanto que, dentro de alguns minutos, pude sentir meu pau começando a endurecer de novo. Eu queria mais.

Amber suspirou. Um sorriso se espalhou por seu rosto. Ela parecia calma, saciada e um pouco perplexa com o que tínhamos acabado de fazer.

Nossos rostos estavam bem próximos quando ela passou uma das mãos por meus cabelos e disse:

— Bom, estou oficialmente ferrada, porque não sei como qualquer outra coisa poderá ser melhor do que isso.

Com a respiração ainda irregular, respondi:

— Ah, acredite, eu pretendo te mostrar. Ainda quero fazer muitas coisas com você esta noite.

Pousei a cabeça entre seus peitos e fiquei ouvindo o som de sua respiração.

Após um tempo, ela perguntou:

— Vamos comer?

— Ah, quer dizer que você quer fazer outras coisas além de trepar comigo a noite toda?

Ela mordeu o lábio inferior.

— A comida me dará energia para a segunda rodada.

— Acho que podemos fazer um intervalo para comer, mas vamos tomar um banho primeiro.

— Juntos? — Ela pareceu um pouco apreensiva.

— Não fique tímida. Vou cuidar de você direitinho.

Amber se levantou da cama. Constatei que meu pau já estava mesmo prontinho para brincar de novo ao fitar seu corpo completamente nu.

Seguindo-a até o banheiro, certifiquei-me de pegar uma camisinha no caminho, só por via das dúvidas.

Depois que entramos no chuveiro, Amber ficou de costas para mim enquanto a água quente caía sobre nós. Meu pau estava acomodado entre suas nádegas enquanto eu alternava entre lavar suas costas e beijar sua pele.

— Eu preciso te comer de novo, mas, dessa vez, quero assistir ao meu pau entrando e saindo de você por trás.

— Me fode — ela suspirou, com os braços tremendo contra o azulejo da parede.

Ouvir aquelas palavras saírem de sua boca me deixou louco. Estendi a mão para pegar a camisinha na pia e coloquei-a o mais rápido que pude. Graças a Deus eu havia tido o senso de trazer uma para o banheiro.

Deslizei para dentro dela, pousando as mãos nas laterais de sua bunda para guiá-la no meu pau. Ver meu membro entrando e saindo de seu corpo por aquele ângulo foi a coisa mais sensual que eu já vivenciara.

— Merda — gemi. — Você é gostosa demais. — Dessa vez, perdi o controle mais rápido do que imaginei. — Eu vou gozar.

— Eu também — ela ofegou.

Meu orgasmo me atingiu de repente, fazendo-me desabar meu corpo contra o dela.

Dando as últimas estocadas lentas, mordisquei o lóbulo de sua orelha delicadamente e, com a voz áspera, disse:

— Não quero que você se esqueça dessa sensação, Amber. Eu sei que nunca esquecerei.

— É disso que tenho medo. De *nunca* conseguir esquecer — ela sussurrou.

Fomos a uma churrascaria que ficava na mesma rua. Apesar das luzes fracas, o rosto de Amber refletia um brilho visível, e não pude evitar tomar crédito por isso.

Ela estava olhando o cardápio, mas meus olhos estavam focados firmemente nela.

— O que está a fim de comer? — perguntei.

Ela deu de ombros.

— Não estou com tanta fome assim. Só sinto que *deveria* comer.

Meu celular apitou. Recusei-me a ver quem era.

— Pode dar uma olhada no seu celular. Sei que acha que vou ficar insultada, mas não vou.

— Não. Não preciso fazer isso. Não há nada mais importante do que curtir esse momento com você. O que quer que seja, pode esperar.

— Você é mais forte do que eu. Eu precisaria ao menos ver quem tinha mandado mensagem, mesmo que não respondesse.

— Não me interessa quem tenha mandado mensagem. — Inclinei-me para que somente ela ouvisse o que eu estava prestes a dizer. — Só o que me interessa agora é que você coma logo alguma coisa para que eu possa voltar para o quarto de hotel e comer *você*.

Ela ficou vermelha. Meus olhos permaneceram vidrados em seu pescoço. Eu estava orgulhoso demais das marcas que tinha deixado ali.

— O que foi? — ela perguntou.

— Nada.

— Você está me olhando esquisito.

— Estou? Desculpe. Não foi de propósito. Acho que não consigo evitar.

— No que está pensando? — ela indagou. — Me dê a resposta sincera.

— Quer mesmo saber?

— Sim.

Apoiando o queixo na mão, fitei-a por um instante antes de falar:

— Há muitas coisas passando pela minha cabeça agora. Estou te olhando e pensando que não consigo acreditar que acabei de transar com você. Duas vezes. Estou pensando em como foi ainda melhor do que imaginei e que talvez eu esteja fodido por achar que conseguirei manter as mãos longe de você pelo resto da semana. E já estou pensando no que quero fazer quando voltarmos para o hotel... por exemplo, descobrir como é chupar a sua boceta. Estou curtindo cada segundo desse dia e me sinto o homem mais sortudo do mundo. Também estou me perguntando o que está se passando na sua cabeça. — Toquei sua mão. — Sua vez.

O rosto de Amber ficou em um tom ainda mais vermelho, espalhando manchas até mesmo por seu pescoço pálido.

— Também não consigo acreditar no quanto foi bom. Na verdade, ainda consigo te sentir entre as minhas pernas. Não quero que esse dia acabe. É basicamente isso. Não vou permitir que minha mente se perca em pensamentos demais, porque não quero complicar as coisas.

— Ótimo. Apenas fique comigo no presente. É só o que importa.

O garçom serviu nossos bifes, e algum tempo depois, tive muita vontade de ir ao banheiro. Eu não urinava desde antes de transarmos.

— Volto já, ok?

Quando retornei do banheiro, notei que o humor de Amber parecia um pouco estranho, comparado a como estava antes de eu me retirar da mesa.

— O que foi?

— O seu celular apitou de novo. Acabei dando uma espiada. Desculpe.

— Tudo bem.

— Era a Emily. Você está bravo?

Merda. Isso que é estragar o clima.

— Se estou bravo por você ter olhado meu celular? Não. E depois da merda que armei para você com o lance do Cavalheiro Número 9, não seria justo eu ficar bravo, seria?

— Enfim, ela quer saber se você está livre esta noite.

— Bom, eu não estou, não é? Na verdade, estou muito ocupado.

Seus lábios se curvaram em um sorriso pequeno, mas pude perceber que Amber ainda estava preocupada pensando em Emily. Eu não podia culpá-la. Não tinha exatamente deixado claro o que ia fazer em relação à minha situação com ela. Tinha meio que abandonado temporariamente essa decisão. O que eu sabia mesmo era que não tinha energia mental suficiente para explorar a questão naquela noite. Tudo que eu queria fazer era voltar para o quarto com Amber e esquecer todo o resto.

Meu pau estava impossível de ser domado. Olhei novamente para as marcas que havia deixado em seu pescoço e peito e, de repente, senti uma vontade insana de sair dali e marcá-la um pouco mais.

Prendendo suas pernas entre as minhas sob a mesa, eu disse:

— O que acha de levarmos a comida para o hotel? Me bateu uma fome gigantesca de outra coisa.

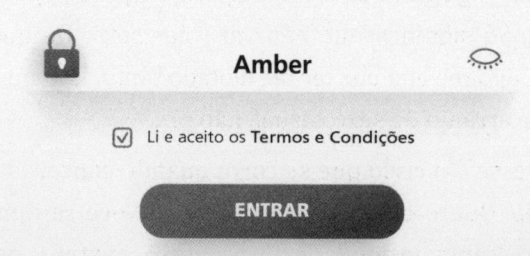

CAPÍTULO CATORZE

Amber

☑ Li e aceito os **Termos e Condições**

ENTRAR

Channing disse que trabalharia até mais tarde na noite de segunda-feira, então era a oportunidade perfeita para receber Annabelle e passarmos um tempo juntas.

Não me pareceu certo contar a ela tudo que Channing e eu havíamos feito. Mesmo que eu compartilhasse coisas com minha amiga abertamente, ele e eu concordamos em não falar com outras pessoas sobre o que estávamos fazendo. Annabelle sabia a essência do que estava acontecendo entre mim e Channing, mas escolhi não discutir detalhes explícitos com ela, que respeitou minha decisão, em partes. Isso não significava que ela não ia tentar arrancar informações.

Ela serviu vinho para cada uma de nós.

— Tem certeza de que não quer falar sobre o sábado?

— Tenho.

— Ok. Mas você está bem? Tudo correu bem? — Ela veio até mim, entregando-me uma taça.

— Sim. Tudo correu maravilhosamente bem. Até demais. A única parte ruim da noite foi quando o celular dele vibrou com uma notificação durante o jantar. Ele tinha ido ao banheiro. Não resisti e virei o aparelho para dar uma espiada. Era uma mensagem da Emily. Comecei a sentir ciúmes. E isso me fez pensar que eu estava mesmo me enganando ao achar que poderíamos continuar sendo apenas amigos.

— Tá, mas você disse que concordaram em não dormir com outras pessoas enquanto estivessem se envolvendo, não foi? Então, com o que está preocupada?

— Isso não significa que ele não possa sentir algo por outra pessoa, ou encontrá-la. Só significa que não vai rolar sexo. De qualquer forma, estou brava comigo mesma por ter me afetado tanto. Isso meio que anula o propósito desse arranjo de sexo casual, não é?

— Bom, esse é o risco que se corre quando concorda em fazer uma coisa desse tipo. Quero dizer, ele é seu amigo. Você se importa com ele. Quando se acrescenta intimidade física nessa mistura, os sentimentos acabam ficando uma bagunça mesmo. Você é apenas um ser humano.

Remexendo meu vinho na taça, fiquei encarando o líquido, distraída.

— Não quero me sentir assim. Quero poder desfrutar do prazer que estar com ele me traz sem deixar que os pensamentos complicados tomem conta, mas é difícil.

Annabelle tomou um gole de vinho e pousou a taça.

— Você vai dar um jeito de fazer isso. Mas não queria estar no seu lugar, e a possibilidade de você acabar se magoando me preocupa. Porém, não vou te dizer para parar, porque acho que eu não conseguiria, se estivesse no seu lugar. Você precisa disso. Só imagino o quanto o sexo deve ser alucinante.

Nossa, sim, foi mesmo. Não consigo pensar em outra coisa.

— Estou basicamente entrando nessa pela experiência, sabendo que é provável que vou sair magoada, mas correndo o risco mesmo assim.

— Tem tantas coisas na vida que fazemos dessa forma.

A porta da frente se abriu, nos assustando. Channing tinha chegado do trabalho. Ele só deveria chegar muito mais tarde. Meu coração começou a palpitar. Eu não estava pronta para isso.

Annabelle abriu um sorriso radiante ao vê-lo. Era a primeira oportunidade que ela tinha de conhecê-lo pessoalmente.

— Oi — ele disse ao entrar na sala de estar. Seu olhar pousou na garrafa de vinho e no prato de enroladinhos de queijo que estavam sobre a mesa de centro.

— Channing, esta é...

— Annabelle. — Ele assentiu, oferecendo-lhe a mão e um sorriso largo. — Eu sei quem você é. Que prazer conhecê-la.

— Parece que ouviu falar sobre mim, hein? — Annabelle sorriu. Dava para ver que ela estava muito impressionada por ele saber seu nome.

— Bom, a Amber falou sobre você várias vezes. Sei que é uma amiga muito próxima dela.

— É um prazer conhecê-lo também. Ouvi muito sobre você.

— Tenho certeza de que sim — Channing disse ao sentar-se no sofá. — Se importam se eu me juntar a vocês?

Hesitei.

— Hã... não.

Ele serviu uma taça de vinho para si antes de apoiar a cabeça para trás.

— Foi um dia longo pra caralho. Estou tão feliz por estar em casa.

— Achei que você ia trabalhar até mais tarde.

— Minha reunião foi cancelada. Fiquei animadíssimo com isso. Passei o dia inteiro querendo mais que tudo chegar em casa, comer alguma coisa gostosa e relaxar.

Gatinha entrou correndo no cômodo e pulou no colo de Channing. Ele afagou a cabeça da gata delicadamente enquanto bebia seu cabernet. Arrepios me percorreram quando pensei que aquelas mãos estiveram em mim havia poucos dias. Não era mais possível estar perto de Channing sem ter as sensações fantasmas de seus toques, de quando estava dentro de mim. Eu o sentia por todo o meu corpo mesmo quando ele não estava por perto, mas as sensações eram ainda mais fortes quando ele estava presente. Desde o sábado, ele vinha mantendo sua palavra e mal havia encostado em mim. Ficar sem seu toque após um dia inteiro me afogando nele estava sendo mais difícil de que pude prever.

Annabelle não conseguia parar de olhar para ele, com um sorriso bobo no rosto. Queria poder desfazê-lo no tapa.

Ele me deixou completamente chocada quando virou-se para ela.

— Então, presumo que Amber te contou que estamos transando.

O vinho praticamente saiu pelo meu nariz. Peguei um guardanapo.

Ele disse mesmo o que acho que ele disse?

Ficamos em silêncio. Annabelle parecia um cervo diante de faróis. Então, seu sorriso pateta reapareceu com força total. A culpa estava estampada em seu rosto. Ela estava deixando muito claro sem dizer uma palavra que, é claro, eu tinha lhe contado.

Ela olhou para mim.

— Hã...

Ele dirigiu-se a ela.

— Bom, nós podemos ficar aqui e fingir que você não sabe, mas todos sabemos que esse não é o caso. — Ele me lançou um olhar rápido e disse: — Olha, eu sei que Amber te conta tudo. Ela mencionou isso uma vez. Então, não sou burro. Assim que entrei, vocês pareciam dois ratinhos assustados. Tenho certeza de que estavam falando sobre mim, e tudo bem. Amber precisa de uma boa amiga com quem possa conversar. Fico feliz por ela ter você.

Annabelle parecia estar corando.

— Bem, obrigada. É muito gentil da sua parte dizer isso.

— Por nada. — Ele apoiou os pés. — Amber me disse que você tem dois filhos, não é?

Ela olhou para mim, parecendo muito impressionada por Channing se lembrar daquilo.

— Sim. Jenna e Alex, de onze e sete anos.

— Eles devem te manter bem ocupada.

— Sim. Mas eu amo isso. Entre eles e o trabalho, não tenho muito tempo para descontrair. Nem preciso dizer que muitas vezes vivo de forma indireta através da vida de solteira de Amber. Uma noite de folga como essa é uma raridade. Meu marido está cuidando da casa.

Ele alternou olhares entre nós duas.

— Vocês já comeram?

— Não. Nós íamos pedir comida — eu disse.

— Eu ia cozinhar alguma coisa para mim. Que tal eu fazer para todos nós?

Annabelle parecia ter acabado de ouvi-lo oferecer-lhe um carro novo.

— Isso seria óti...

— Tudo bem — interrompi. — Podemos ficar com o nosso plano.

Por alguma razão, ter os dois sentados juntos me deixava nervosa, e eu estava fazendo o melhor que podia para evitar esse cenário.

Channing pareceu um pouco desapontado.

— Entendo. Não era minha intenção atrapalhar a noite de vocês.

— Bobagem — Annabelle disse. — Nós adoraríamos jantar com você, Channing, e obrigada pela oferta. Não é todo dia que tenho um homem lindo cozinhando para mim.

— Bom, não sei sobre a parte do lindo, mas sei cozinhar muito bem.

Ela sussurrou para mim:

— Tão fofo!

Ele é.

E agora eu não tinha mais como escapar daquele jantar.

Channing acabou preparando uma refeição que incluía salmão defumado, tâmaras fritas enroladas em bacon com queijo de cabra e almôndegas com molho picante.

Após comermos, permanecemos à mesa.

— Então, Amber me contou que vocês dois têm uma baita história — Annabelle comentou.

— É, Walnut e eu nos conhecemos há muito tempo. — Ele olhou para mim e sorriu.

Senti arrepios me percorrerem, porque cada expressão sua e cada sorriso agora carregavam uma mensagem subliminar que dizia "me fode".

— Me conte sobre Amber quando era mais nova.

O sorriso de Channing cresceu quando ele pensou na resposta.

— A Amber mais nova era incrível. Ela fazia parte da turma, sempre topava qualquer coisa, não se preocupava com coisas de menininha, não era obcecada com sua aparência nem nada desse tipo. Ela era a voz da razão, mas sempre dava para puxá-la um pouco para o lado mais obscuro da vida. Não mudou quase nada, na verdade. Exceto pelo fato de que agora ela é um pouco mais menininha. — Ele piscou para mim. — Mas isso me parece perfeito.

Os olhos de Annabelle se moviam de um lado para outro, observando-nos. Ela parecia estar sacando que ele estava flertando comigo.

Voltei o assunto da conversa para a nossa infância.

— Nunca fazíamos nada de ruim naquele tempo. Acho que invadimos algumas casas abandonadas, mas só coisas assim. Nos anos em que fomos inseparáveis, pode apostar que, se eu tiver feito algo ruim, Channing devia estar por trás disso.

— Verdade. — Ele sorriu. — Éramos somente minha mãe, minha irmã e eu. Amber estava sempre na minha casa. Ela era como um membro da família.

Annabelle brincou com o restante de sua comida e perguntou:

— Você não cresceu com o seu pai por perto?

A expressão de Channing ficou mais sombria.

— Meu pai nos abandonou quando éramos pequenos. Ele se mudou para Nevada e se casou de novo. Não tenho contato com ele.

— Sinto muito por isso.

A única vez em que eu vira o pai de Channing havia sido no funeral de Lainey. Ele apareceu com sua nova esposa e praticamente não falou com ninguém. Eu soube na hora quem ele era, porque parecia uma versão mais velha do filho. A situação que envolvia seu pai abandonando-os sempre me deixou tão triste por Channing e Lainey. Mas fiquei muito brava ao vê-lo no velório dela depois de tê-la deixado para trás.

— Tudo bem — Channing disse. — Eu não soube como era tê-lo por perto desde os meus seis anos, então nunca tive uma sensação muito grande de perda. Vazio, talvez, mas sobrevivi muito bem sem ele.

Não sabia se acreditava que ele realmente se sentia assim.

Resolvi me manifestar, sentindo-me triste por ele ter tido que pensar em seu pai e querendo mudar de assunto.

— Eu sou filha única, como você sabe. Tive pais muito bem-casados, a criação perfeita. Mas ficava muito entediada. Eu preferia o caos da casa de Lainey e Channing.

— Anarquia. — Channing deu risada. — E todos os doces que aguentasse comer.

— Verdade. — Eu ri.

Torci para que Annabelle não falasse sobre a morte de Lainey. Felizmente, ela pareceu se lembrar de que eu contara a ela que Channing tinha dificuldades em falar sobre isso.

Conversamos por cerca de uma hora. Fiquei muito feliz por Annabelle e Channing estarem se dando tão bem. Ele acabou chamando um Uber para ela e insistiu em pagar.

Depois que ela foi embora, ficamos na cozinha limpando tudo. Por alguma razão, eu tinha dificuldade de olhar para ele quando estávamos sozinhos. Sem outra pessoa para servir de distração, eu tinha medo de que ele pudesse sentir o desejo em meu olhar.

Com a voz baixa e sensual, ele disse:

— Você pode olhar para mim, sabia?

De costas para ele, respondi:

— Eu nunca mais vou conseguir te olhar da mesma forma.

Ele se aproximou mais um pouco e pude sentir seu hálito.

— Espero mesmo que não consiga.

Pigarreei e falei:

— Fiquei muito feliz por você e Annabelle se darem tão bem.

— Não pretendia me apresentar a ela, não é?

Dei de ombros, incapaz de explicar devidamente por que estava hesitando em deixá-lo conhecê-la.

— Só para você saber, não dei detalhes sobre o que fizemos, nem nada disso. Algumas coisas não são da conta de mais ninguém. Ela só sabe que concordamos em... você sabe... — hesitei.

— Trepar feito animais aos sábados...

Pude sentir meu rosto esquentar.

— Sim.

— Por mim, pode falar a ela o que quiser. Como eu disse, significa muito para mim que você tenha alguém para confiar e desabafar. Claramente, eu não posso ser esse tipo de amigo para você, já que não dá para confiar que não vou ferrar com a parte da amizade em nome do prazer físico.

Ficamos nos encarando por um momento e, secretamente, desejei que ele quebrasse as regras. Eu não ia ser a primeira a fazer isso. Minha fraqueza era esclarecedora, um indicativo claro de que eu com certeza não conseguiria desistir dele muito facilmente. Sem contar que perdê-lo de vez estava se tornando um medo cada vez maior, com o passar dos dias.

— Espero que sempre sejamos amigos, Channing. Não importa o que aconteça.

— Eu também, Amber. De coração mesmo.

— Já estamos quebrando as regras por falar sobre isso.

— Vou deixar essa passar. — Ele piscou para mim e se aproximou um pouco mais. O calor do seu corpo era palpável. — Só para constar, mal posso esperar até sábado.

Ele estava tão perto e, ainda assim, tão longe. Meu corpo estava em completa agonia.

Fui para a cama completamente excitada naquela noite. Era perto da meia-noite e eu não conseguia dormir, então decidi ir beber um copo d'água.

Pude ouvir que Channing estava falando com alguém ao celular em seu quarto.

Com quem ele podia estar ao celular àquela hora?

Sua voz estava abafada, mas me esforcei para ouvir o que ele estava dizendo.

— Falta pouco menos de dois meses, e então voltarei para Chicago de vez. Eu sei que parece que estou fora há uma eternidade, mas você não vai mais ter que esperar muito tempo. Só preciso desse tempo. Então, serei todo seu, ok?

Voltei para o quarto e não pude evitar a sensação inquieta em meu estômago. Mas tinha que lembrar a mim mesma de que essa situação era temporária. Eu sabia disso. Então, nada do que ele disse ao telefone deveria importar.

Eu era boa demais em tentar me enganar.

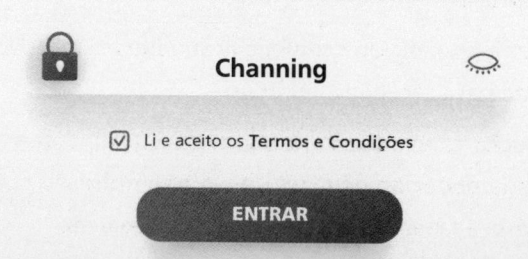

CAPÍTULO QUINZE

Channing

☑ Li e aceito os Termos e Condições

ENTRAR

Fazia apenas uma semana, mas pareciam anos. Sozinho em nosso quarto de hotel, com um folheto de atrações locais, eu mal podia esperar que ela chegasse.

Ter que olhar para ela a semana inteira e não tocá-la foi um inferno total. Aquela foi com certeza a semana mais longa da minha vida. Mas fui eu que estabeleci aquela regra e estava determinado a não quebrá-la.

Finalmente, ouvi a batida na porta. Quando abri, tive que me conter para não atacá-la de imediato quando ela entrou.

Ela estava deliciosa usando uma blusa florida caída no ombro. Minha boca se encheu de água com o desejo de devorar seu pescoço. Foi somente quando ergui o olhar para seu rosto que me dei conta de que algo estava errado.

— O que houve, Amber?

Seus olhos estavam transbordando de tristeza.

— Estou menstruada.

Merda.

Minhas bolas estavam doendo. A ideia de não poder satisfazer o desejo acumulado da semana inteira era insuportável.

— Venha cá — eu disse, puxando-a para meus braços e enterrando o nariz em seus cabelos. Em seguida, conduzi-a para a cama e aconcheguei-a contra mim. — Tudo bem. Não se atormente com isso. — Dei um beijo em sua testa. — Tirando isso, como você está se sentindo?

— Estou bem. A semana foi longa demais.

— Nem me fale.

Sem poder evitar, me aproximei e juntei meus lábios aos seus. Ela os abriu avidamente para receber meu beijo.

Minha ereção estava tão dura que doía. Eu sabia que tinham outras coisas sexuais que poderíamos fazer se ela não quisesse penetração, mas não ia pressioná-la a fazer nada, se não se sentisse bem.

Ficamos deitados em silêncio por um tempo, até que ela me surpreendeu ao perguntar:

— Está tudo bem em Chicago?

Meu peito se comprimiu.

— Por que pergunta?

— Só queria saber mesmo.

Era uma pergunta estranha, que parecia ter surgido do nada. Havia muita coisa acontecendo em Chicago, mas era a última coisa sobre a qual eu queria pensar naquele momento.

— Está tudo bem.

Eu só queria pensar nela. Em seus lábios, que estavam inchados do meu beijo. Em sua pele, que estava corando diante da maneira como eu a olhava. No quanto eu queria estar dentro dela. Sinceramente não podia lidar com mais nada além disso.

Incapaz de resistir à necessidade de tocá-la, passei o polegar por sua clavícula.

— Por que você tem que estar tão linda agora?

Ela suspirou.

— Não me sinto nem um pouco linda.

— O que posso fazer para que você se sinta melhor?

— Continue aqui deitado comigo. Vamos conversar um pouco.

Beijando seu pescoço, respondi contra sua pele:

— Posso fazer isso.

Ela olhou para mim.

— Estou sendo carente demais? Eu sei que deveria ser apenas sexo.

— Eu gosto de conversar com você. *Muito*. Gosto de fazer muitas coisas com você, como já sabe, mas só conversar também é bom.

— Como foi o trabalho essa semana? — ela perguntou.

— Vou ficar feliz quando terminar esse contrato. Tem sido bem estressante, mas vale a pena por poder passar esse tempo em Boston com você.

— Queria que não tivesse que ir embora.

Doeu ouvi-la dizer aquilo.

— Acha que vai voltar a morar em Illinois, algum dia?

— Não sei. Adoro morar aqui. E nem consigo imaginar deixar as pessoas com quem trabalho agora, principalmente Milo.

— Verdade. Seria difícil mesmo.

— Meus pais querem que eu volte para lá. Sinto falta deles, mas tem sido libertador morar longe e viver por conta própria. É claro que eu não tinha a intenção de ficar sozinha. Só vim para cá por causa do emprego de Rory.

— Em que lugar da cidade ele mora? Nunca perguntei.

— Em Reading. Fica a uns trinta minutos de onde moramos. É no norte da cidade. Quando terminamos, ele se mudou para ficar mais próximo do trabalho. Antes disso, morávamos juntos em outro apartamento perto do Fenway Park. Depois do término, meu pai veio e comprou a casa no condomínio onde moro agora como um investimento.

— O seu pai é *dono* do seu apartamento?

— Sim. Então, pago a hipoteca com o valor do meu aluguel e o que ganho com os hóspedes do Airbnb.

— Nossa. Eu não fazia ideia.

— Acha que sou uma pirralha mimada porque o papai é dono da casa?

— Você dá mais duro no trabalho do que qualquer pessoa que conheço, então, não, claro que não acho. Você nunca se aproveitou do dinheiro dos seus pais.

Amber nunca ostentou sua riqueza enquanto crescia. Ela começou a trabalhar na primeira oportunidade que teve e nunca saía gastando dinheiro à toa.

Nunca vou me esquecer da primeira vez em que fui à casa de Amber em Illinois. Foi depois da morte de Lainey. Ela sempre ia à nossa casa, então eu nunca tivera um motivo para ir à sua. Lembro que, naquele tempo, eu não conseguia acreditar que ela morava no que parecia uma mansão para mim, porque nunca dera indício algum de que era rica.

— Bom, eu insisti em pagar toda a hipoteca. Alugar o quarto ajuda bastante com isso. Do contrário, eu não conseguiria pagar.

— Você aluga somente para mulheres?

— Já aluguei para alguns homens.

Aquilo não tinha me passado pela cabeça até então. Não suportei imaginá-la morando com homens estranhos. Somente pensar naquilo fez minha pressão arterial subir. *Porra*. Isso me deixaria preocupado depois que eu fosse embora.

— Como você investiga as pessoas?

— Verificação de antecedentes.

— Ainda assim não dá para saber que é seguro.

— Nada na vida é cem por cento.

— Não vou mentir, isso me deixa um pouco nervoso.

— Então, fique aqui. Assim, não terá que se preocupar.

O sorriso que ela abriu foi tão adorável.

— Eu queria poder, Amber. Acredite em mim.

Seus olhos pareciam estar me perguntando por que eu não podia. Eu queria desesperadamente contar a ela, mas não estava pronto para o preço emocional que isso me cobraria. Em vez de ficar pensando naquilo, aproximei a boca de seu pescoço.

— Porra, eu te quero tanto — falei contra sua pele.

Ela soltou uma respiração trêmula.

— Eu daria qualquer coisa para te sentir dentro de mim agora.

Surpreso, recuei um pouco.

— Você *quer* transar? Então, o que estamos esperando, porra?

— Não achei que *você* fosse... querer. Porque estou menstruada.

— Está brincando? Estou prestes a explodir aqui, Amber. Só estava me contendo porque achei que *você* não quisesse.

— Não. Eu fico com ainda mais tesão quando estou menstruada. Só achei que isso te daria nojo.

— Você nunca me daria nojo, nunca mesmo. — Suspirei na sua boca ao beijá-la. Meu pau ficou completamente ereto, animado por enfim ter algum alívio. — Nós precisamos mesmo nos comunicar melhor. — Me levantei. — Vou pegar uma toalha para colocar embaixo de você.

Ela só podia ser louca se achava que existia alguma circunstância sob a qual eu não iria querê-la. Se fosse outra pessoa, talvez eu tivesse que pensar duas vezes quanto a ir em frente. Mas, com Amber, eu não estava nem aí; eu a queria de qualquer forma que pudesse tê-la.

Nunca coloquei uma camisinha tão rápido em toda a minha vida. Meus joelhos mal pousaram no colchão e ela já estava me puxando para ficar sobre seu corpo.

Meu pau latejou conforme a penetrei. Amber envolveu meu corpo com as pernas. Senti como se nunca a tivesse penetrado tão fundo. Naquele ângulo, foi muito difícil não gozar rápido demais.

— Preciso ir mais devagar.

Ela assentiu, mordendo o lábio inferior.

Ao desacelerar meu ritmo, ficamos olhando nos olhos enquanto transávamos. O quarto estava tão quieto. Não havia outro som além do resultante dos movimentos de nossos corpos e do ruído ocasional do ar-condicionado. Eu nunca tinha olhado nos olhos de uma garota durante o sexo. Com Amber, eu queria capturar cada reação, cada emoção conforme ela me recebia em seu corpo e, então, gravar aquelas imagens em minha mente para poder pensar nelas quando não estivéssemos mais juntos. Porém, isso também doía, porque uma das coisas que eu podia ver refletida em seus olhos era confiança. E eu não tinha certeza se merecia, embora quisesse acreditar que sim.

Merda. O que estava acontecendo comigo?

Conforme acelerei o ritmo, movendo os quadris em movimentos circulares, ela arranhou minhas costas, cada vez mais forte. E então, disse uma coisa que quase foi o meu fim.

— Eu quero que você goze em mim. Quero sentir na minha pele.

Quase perdi o controle naquele instante, saindo dela e removendo a camisinha antes de bater uma e gozar em sua barriga, enquanto ela também chegava ao orgasmo com seus dedos.

Logo em seguida, abaixei meu corpo e a beijei até dizer chega, sem me importar com o líquido viscoso no meu abdômen.

Mordi seu pescoço delicadamente e disse:

— Me lembre de agradecer ao Rory por te deixar pronta para mim.

Ela deu um tapa em minha bunda.

— Que safado.

Após nos limparmos, ficamos deitados na cama, fitando um ao

outro. Às vezes, aquilo que não dizíamos podia ser muito mais alto do que palavras. Eu sabia que estávamos nos dando conta de que estávamos nos enganando com aquele arranjo. Mas eu não estava disposto a parar. Eu *não conseguia* parar.

De repente, ela segurou meu rosto e me deu um beijo longo e intenso, interrompendo-o apenas para falar:

— Você é viciante.

— Você é linda — sussurrei em sua boca.

— Sabe... Eu não sabia se acreditava mesmo que você me achava bonita. Mas, agora, diante de como me olha e como o seu corpo reage a mim, sei que é verdade, coisa que me surpreende devido a toda a... experiência... que você tem.

Lutei para encontrar as palavras certas para explicar o quanto eu me sentia atraído por ela.

— Não existe ninguém como você. Ninguém que tenha o seu cheiro, o seu sabor. Ninguém com os mesmos olhos grandes, o mesmo nariz empinado, as mesmas sardas clarinhas, os mesmos lábios cheios, a mesma bunda, as mesmas pernas curtas e lindas, os mesmos dedos dos pés que me dão vontade de morder. Não importa com quantas mulheres eu já estive. Você é *única*, e eu te quero cada vez mais.

Minhas palavras colocaram um sorriso enorme em seu rosto.

— Você ainda me vê da mesma forma que via quando eu tinha dezesseis anos? Eu sei que você disse isso antes, mas as coisas mudaram agora que... está me conhecendo melhor?

— Quer dizer agora que possuí cada centímetro do seu corpo? — Acariciei seu pescoço com o nariz. — Está tudo embaralhado agora. Ainda vejo a pessoa que você era antes. Mas também vejo uma mulher adulta e independente da qual me orgulho muito. A cada dia, vejo mais e mais dela.

— Tanto figurativa quanto literalmente. — Ela deu risadinhas.

— Graças a Deus por isso.

O sorriso de Amber diminuiu, como se ela estivesse ponderando alguma coisa.

— E se eu te vir no futuro e não conseguir ignorar isso?

— Como assim?

— Não consigo imaginar estar perto de você e não sentir o que estou sentindo agora. Um dia, talvez, você estará casado, ou eu estarei casada. Não sei. Não importa em ponto de nossas vidas estivermos, não consigo me imaginar no mesmo ambiente que você sem me lembrar de como é estar com você, sem querer isso. Meu corpo vai se lembrar, mesmo que eu tente dizer a ele que não faça isso. Não consigo imaginar uma versão minha que não te queira dessa forma.

Ouvi-la dizer aquilo me dilacerou por dentro, porque foi um lembrete cruel de qual era a realidade da situação em que nos coloquei. Eu aguentaria ver Amber com outro homem? Naquele exato momento, eu sabia, em meu coração, que a resposta era não.

Tentei levar seu comentário na brincadeira.

— Bem, então teremos que escapulir para nos familiarizarmos de novo.

Ela examinou meu olhar.

— Está falando sério?

— Estou brincando... talvez. — Colocando uma mecha de seu cabelo atrás da orelha, eu disse: — De qualquer forma, você está pensando demais. Não precisa se preocupar com isso agora.

— Eu sei. Não consigo evitar. Me desculpe.

Por mais que eu tivesse dito que ela não precisava se preocupar, senti na alma tudo que ela falou. Ela estava articulando exatamente o que eu estava sentindo. Só estava com medo de aceitar.

Em meu coração, eu sabia que nossa história não teria um final simples.

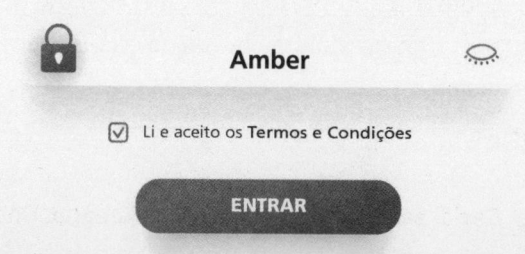

CAPÍTULO DEZESSEIS

Amber

☑ Li e aceito os Termos e Condições

ENTRAR

— Que surpresa. Você não costuma me ligar a essa hora. Está tudo bem? — ele perguntou.

Eu estava passeando à tarde com Milo quando decidi ligar para Channing, que estava no trabalho.

— Acha que poderia escapulir do trabalho mais cedo para passear comigo e Milo? Está fazendo um calorzinho hoje e eu estava pensando em levá-lo para andar pela cidade. Uma ajudinha seria legal.

É claro que isso era apenas uma desculpa. Estava sentindo muita falta de Channing naquela semana e queria passar tempo com ele. Milo parecia realmente gostar dele, então todos sairiam ganhando.

— A que horas? — ele perguntou.

— Quando você pode?

— *Fode?* — Ele deu uma risadinha. — Aos sábados.

— Engraçadinho. Você pode sair do trabalho às cinco?

— Sim, esse horário não é tão cedo. Posso dar um jeito.

— Ótimo. Pode nos encontrar no Aquário de New England. Vou levá-lo para passarmos uma hora lá antes de encontrarmos com você. É só pegar o trem para a estação do Aquário, em vez da sua parada habitual.

— Tudo bem. Até logo.

De pé em frente a um tanque oceânico imenso, olhei para Milo. Ele estava com as mãos apoiadas no vidro, enquanto seus olhos seguiam os peixes nadando. Uma luz azul-esverdeada brilhava em sua pele.

Era possível ouvir aplausos ao longe de um show de golfinhos em outra parte do aquário, enquanto uma horda de crianças em uma excursão faziam fila atrás de nós.

Meu celular vibrou.

> Channing: Decidi sair mais cedo. Estou no Aquário. Onde você estão?
>
> Amber: Perto do tanque gigantesco, não muito longe da entrada.

Um peixe-espada enorme passou nadando pelo aquário.

— Milo, olhe só o tamanho da espada dele — apontei.

— Já ouvi isso antes — Channing brincou ao chegar de fininho por trás de mim. Senti arrepios descerem por minha coluna com o calor de seu corpo emanando em minhas costas.

— Oi. — Sorri.

Ele bagunçou os cabelos de Milo.

— Oi, cara.

Milo, então, seguiu com seu ataque de fungadas na cabeça de Channing, segurando-a com as duas mãos.

Channing riu.

— Isso aí. Dê uma boa fungada. Muito bem.

Em seguida, Milo colocou o braço em torno de Channing e voltou sua atenção para o tanque. Eles ficaram assim, abraçados, observando os peixes passarem. Era tão, tão fofo.

Olhei para Channing e vi que, ao invés de estar olhando para os peixes, ele estava olhando para mim. Seus olhos cintilavam diante das luzes fluorescentes. Eram quase da cor exata da água do mar à sua frente.

Ele sorriu, e eu retribuí. Esse foi um dos vários momentos de admiração silenciosa que havíamos compartilhado durante a semana.

E então, ele fez algo que nunca tinha feito antes: quebrou as regras. Channing estendeu a mão e segurou a minha. Com meus dedos entrelaçados aos seus, fui inundada por uma sensação quentinha. Depois de tudo que tínhamos feito, seria fácil achar que aquele gesto simples não me afetaria como afetou. Mas tinha algo tão íntimo nele que senti uma alteração em mim. Uma alteração de expectativas. E isso, provavelmente, era muito perigoso.

Até então, tínhamos nos encontrado no hotel três vezes. A última vez tinha sido a mais intensa. Eu o deixara fazer coisas com meu corpo que Rory sequer tentara. A cada encontro, eu ficava mais e mais apegada, tanto física quanto mentalmente. Os pensamentos cheios de esperança em minha mente precisavam sumir.

Por que ele não podia ficar?

Por que não podíamos ser mais do que amigos que transam?

De repente, Milo impulsionou seu corpo para trás antes de sair correndo pelo pátio. Aparentemente, ele já tinha se cansado do tanque de peixes. Channing e eu corremos atrás dele.

Assim que o alcançamos, nós três fomos embora. O aquário ficava localizado próximo ao porto, então estava muito frio ali perto do mar. O ar tinha um cheiro leve de peixe. Eu não estava vestida adequadamente para aquele tempo, então Channing comprou, em uma barraca ali perto, um moletom com capuz rosa com a palavra *Boston* na frente em letras azul-marinho para mim.

— Aonde quer ir agora? — Channing perguntou, com seu cabelo castanho balançando ao vento.

— Vamos jantar.

— Ouvi falar de um restaurante italiano em North End — ele disse.

— Um restaurante italiano em North End? Não me diga. — Tendo em vista que o bairro era a parte italiana de Boston, eu estava brincando.

— Sim, espertinha. — Channing me olhou como se quisesse me dar um tapa forte na bunda. — Se chama Fantano's. Conhece?

— Não, mas Milo adora comida italiana, e topo experimentar qualquer coisa.

— Eu sei que sim — ele disse, diminuindo o tom de sua voz. — Descobri isso no fim de semana passado.

Eu devia estar corando como uma idiota quando começamos nossa caminhada. A noite estava linda, e como não estávamos muito longe de North End, decidimos ir andando até o restaurante.

No caminho, luzes brilhavam em um campo ao longe e foi nesse momento que a vi: uma roda-gigante. Então, outros brinquedos começaram a surgir em meu campo de visão. Havia um parque de diversões na cidade.

Um parque de diversões.

Ah, não.

Desde quando colocavam parques de diversões no meio da cidade e durante os meses mais frios?

Milo começou a apressar o passo, puxando-me em direção à ação. Quando ele cismava com alguma coisa, era difícil convencê-lo do contrário.

Channing nos acompanhou ao seguirmos em direção às luzes do parque, mas eu estava surtando legal.

Quando chegamos à entrada, notei imediatamente o quanto Channing parecia pálido.

Isso não era nada bom.

— Vá para casa, Channing. Vou ficar com ele.

Ele balançou a cabeça.

— Não posso te deixar sozinha com ele aqui. É caótico demais.

— Vai dar tudo certo.

— Não, não posso ir embora. É demais para você. Eu vou ficar bem.

Mas estava claro que ele não se sentia bem. Estava estampado em seu rosto.

Meu coração doeu.

Deixamos Milo nos guiar. O que ele queria mesmo era perambular no meio das pessoas.

Os sons de crianças gritando, música ambiente e os toques ocasionais de sinos vindos de barracas de jogos se misturavam conforme eu tentava manter o foco na direção em que Milo estava me conduzindo.

Ele apontou para a roda-gigante, então comprei ingressos e fiquei na fila com ele enquanto Channing esperava por nós.

O passeio de cinco minutos no brinquedo foi excruciante, porque tudo que eu queria fazer era estar no chão com Channing.

Após descermos da roda-gigante, eu disse:

— Milo, vamos comer alguma coisa, ok? O passeio no parque de diversões já foi suficiente. Acabou.

Por algum milagre, ele decidiu me dar ouvidos e me deixou levá-lo para a saída.

Channing não olhou para mim enquanto andávamos pela rua. Eu sabia que era porque ele não queria que eu visse a tristeza em seus olhos.

Quando chegamos à primeira esquina, ele se virou para mim.

— Tudo bem você ir jantar com ele sozinha? Acho que vou mesmo para casa.

Não precisei perguntar por quê.

— Sem problemas.

Illinois Sentinel

2 de setembro de 2006

Agentes que estão investigando um acidente fatal na Feira Briar Park semana passada disseram que a corrosão foi a causa provável dos danos ao metal do brinquedo que quebrou, matando duas pessoas e deixando várias outras feridas. O brinquedo chamado Devil's Whip havia sido aprovado para uso apenas horas antes do acidente mortal.

Lainey Lord, de catorze anos, e Brandy Minor, de quinze, morreram quando o carrinho em que estavam no brinquedo se soltou e atingiu outro carrinho antes de despencar no chão. Cinco outras pessoas a bordo ficaram feridas.

Todos os brinquedos do parque foram fechados após o acidente.

O fabricante do brinquedo, Kelton Inc., sediado no Oregon, ordenou que todos os proprietários de brinquedos similares cessem as operações até que a investigação do acidente em Illinois seja finalizada.

Voltei para ele o mais rápido que pude.

Não me senti bem em deixar Channing ir para casa sozinho depois do parque de diversões, mas eu tinha que alimentar Milo antes de deixá-lo na casa de acolhimento. Acabei fazendo isso mais cedo que o normal.

Channing estava sentado sozinho na sala de estar quando cheguei. A TV nem estava ligada. Ele estava apenas sentado no silêncio com uma bebida na mão.

Soltei a bolsa no chão e me aproximei. Ignorando as regras, pousei a cabeça em seu ombro. Pude sentir o pulso acelerando em seu pescoço.

Ficamos em silêncio até ele finalmente quebrá-lo.

— De algum jeito, eu vinha conseguindo evitar parques de diversões todos esses anos. Já passei em frente a alguns de carro, mas nunca entrei. Pensei que, depois de tanto tempo, eu ficaria bem, mas não fiquei.

— Você enterrou muitas coisas em relação a isso por muito tempo. É difícil pensar nisso, mesmo sem o gatilho de estar naquele ambiente.

Na noite do acidente de Lainey, Channing havia levado ela e sua amiga, Brandy, ao parque de diversões. Eu tinha sido convidada, mas recusei porque era aniversário do meu pai e íamos sair para jantar com ele. Sempre me senti culpada por isso, porque, talvez, se eu estivesse lá, o curso da noite tivesse sido diferente, de alguma forma. Talvez ela não tivesse subido naquele brinquedo.

Channing ficou no local e estava lá quando o acidente aconteceu. Nunca fiquei sabendo até que ponto ele tinha visto, porque ele nunca quis falar sobre isso. Mas sempre suspeitei de que tinha visto tudo acontecer.

Naquele momento, ele parecia tão triste. Perguntava-me se ele já tinha falado sobre detalhes daquela noite com alguém ou se havia simplesmente guardado tudo para si durante todos esses anos. Nas poucas vezes em que tentei fazê-lo se abrir, ele nunca o fez.

Finalmente, ele falou.

— Fiquei apavorado durante cada segundo em que você esteve naquela roda-gigante. Loucura, não é?

— Não, não é. — Passei um braço ao seu redor, pouco me fodendo para as regras. — Eu sei que nunca quis falar sobre isso. Mas, talvez, você devesse.

Ele fechou os olhos com força, apoiando a cabeça em meu peito.

— Não consigo.

Uma lágrima desceu por minha bochecha.

— Tudo bem — sussurrei.

Ele ergueu o olhar para mim.

— Ficou tudo bem com Milo durante o restante do tempo em que ficaram fora?

— Sim. Tudo correu bem. Você ao menos comeu?

Ele balançou a cabeça.

— Não estou com fome. Acho que vou direto para a cama.

Não era do feitio de Channing ficar sem apetite.

— Tem certeza?

— Sim.

Ele se inclinou e me deu um beijo na testa antes de ir para seu quarto.

Não consegui dormir naquela noite, com pensamentos sobre Lainey e o estresse pós-traumático de Channing me assombrando.

Por volta das duas da manhã, o rangido da minha porta me sobressaltou. Channing apareceu no vão, como uma sombra sem camisa.

Sem pedir permissão, ele deitou na minha cama e aninhou meu corpo ao seu.

Fechando os olhos, deleitei-me na sensação de sua pele quente contra a minha.

Fiquei surpresa quando ouvi sua voz.

— Eu vi a cena toda acontecer, Amber. Vi tudo.

Meu coração apertou. Virei-me para ficar de frente para ele no escuro e pousei a mão em sua bochecha.

— Não sei bem por que estava olhando para cima naquele momento — ele prosseguiu. — Eu nem deveria estar lá. O combinado era apenas deixá-las e ir embora. Mas, então, encontrei algumas pessoas do colégio e acabei ficando. Vi Lainey e Brandy subirem naquele brinquedo. Por alguma razão, mantive meu olhar nele quando começou a se mover.

Ele fez uma pausa e respirou fundo.

Passando os dedos por seus cabelos, sussurrei:

— Está tudo bem. — Pude sentir uma lágrima cair de seu olho em minha mão.

— Quando o carrinho saiu voando... a princípio, eu não sabia se era o delas. Tudo aconteceu tão rápido. Senti como se o mundo tivesse simplesmente parado. Sinceramente, não me lembro de muita coisa com clareza depois disso. De algum jeito, corri até o brinquedo, mas as pessoas me empurraram. Fiquei dizendo "Minha irmã está naquele brinquedo. Minha irmã". — Sua voz tremeu. — Minha irmã.

As lágrimas estavam me cegando.

— Após um tempo, começaram a tirar as pessoas de lá, e toda vez que alguém que não era a minha irmã saía, meu coração parava. Quando deduzi que foi o carrinho dela que saiu voando, já tinham isolado a área. Não me deixaram passar. Fiquei me debatendo e gritando, socando as pessoas. Não me lembro de muita coisa depois disso. É tudo um borrão. — Sua respiração acelerou conforme continuou a contar o restante. — Alguém ligou para minha mãe. Ela apareceu. E então, alguém nos levou ao necrotério para identificar Lainey. Foi minha mãe quem teve que fazer isso. Não entrei. Foi tudo... um pesadelo. — Sua voz estava quase inaudível quando disse: — Minha irmãzinha. Ela *era* a minha família. Era tudo para mim.

Senti meu coração se despedaçar.

— Eu sei. Eu também a considerava assim. Ela era minha melhor amiga no mundo inteiro. Sou filha única, nunca tive uma irmã. Era como se ela fosse uma para mim.

— Nem consigo explicar o que ter você por perto naquele tempo significou para mim, Amber. Foi uma época tão sombria e surreal, mas ter você fez tudo ser mais tolerável. Ajudou a diminuir o vazio. Além da minha mãe, você era a única pessoa com quem eu podia me identificar quanto ao que sentia. E eu sequer precisava me explicar para você, porque você simplesmente *sabia*. Nós dois sabíamos o que tínhamos perdido.

— Isso é verdade. — Funguei.

Channing me abraçou com mais firmeza.

— Preciso te contar uma coisa.

Meu estômago gelou.

— Está acontecendo alguma coisa em Chicago, não está?

Seu corpo enrijeceu.

— Sim. Mas o que te fez perguntar isso?

— Eu ouvi você ao telefone outra noite. Estava falando com alguém, e parecia ser sério. Você estava garantindo que voltaria logo. Não perguntei para não ser intrometida, mas fiquei com muita vontade.

Ele assentiu, compreendendo.

— Era o namorado da minha mãe. Ele tem feito um trabalho extra enquanto estou aqui.

— Por quê?

— Minha mãe foi diagnosticada com Transtorno Neurocognitivo Maior, conhecida popularmente como Demência há cerca de seis meses.

Meu coração afundou.

— Oh, meu Deus.

— É... e é grave. O sintoma já se manifestava há bastante tempo. Percebíamos que ela se esquecia de pequenas coisas aqui e ali, ou me ligava e esquecia do que tínhamos acabado de conversar, coisas assim. Mas tem ficado cada vez pior, e a verdade é que sinto que minha vida está prestes a ficar muito mais complicada. Também acho que o namorado dela, Fred, não continuará por perto por muito tempo. Isso soa péssimo, mas eu queria me afastar um pouco enquanto podia, enquanto ele ainda está lá para cuidar dela. Então, aproveitei essa oportunidade.

— Espere um pouco. Você pediu esse trabalho fora da cidade?

— Eu podia escolher entre alguns projetos externos. Não era obrigado a fazê-los. Sinceramente, escolhi Boston porque você está aqui.

— Nossa. Eu não fazia ideia.

— Eu não pretendia admitir para você que tinha escolhido Boston de propósito. Mas a verdade é que absolutamente nada aconteceu da forma que planejei. E isso está meio que me apavorando pra cacete. — Channing aninhou sua cabeça na curva do meu pescoço.

Não transamos naquela noite; apenas nos abraçamos.

Meus olhos se fecharam conforme eu caía no sono ao som de sua respiração, com uma infinidade de pensamentos girando em minha mente.

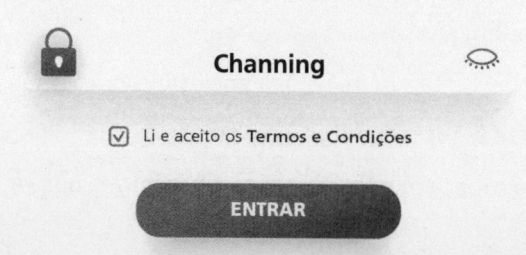

CAPÍTULO DEZESSETE

Channing

☑ Li e aceito os Termos e Condições

ENTRAR

Era sexta-feira à noite, marcando o fim de uma das semanas mais exaustivas que eu já tivera.

Mesmo que eu devesse ter me sentido melhor após admitir para Amber a situação da minha mãe, isso agora estava em primeiro plano na minha mente e me deixando muito estressado.

Antes daquela noite, eu vinha conseguindo muito bem viver em negação sobre essa situação. Fred me dava atualizações diárias, mas, por alguma razão, agora eu estava pensando na minha mãe constantemente.

Tudo que eu queria era ir para casa à noite e passá-la com Amber. Esse era meu outro problema. Com o tempo acabando, eu estava começando a duvidar da minha capacidade de conseguir deixá-la.

Tentei me convencer de que o nosso arranjo seria temporário e que, assim que eu voltasse para Chicago, nossas vidas simplesmente voltariam a ser como eram antes de eu vir para Boston. Mas quando cheguei em casa do trabalho e senti meu corpo doer ao ver o sorriso de Amber, eu soube que não seria bem assim.

— Como foi o seu dia? — ela perguntou.

— Está melhor agora.

Naquele momento, não havia consequências. Tudo que eu queria era beijá-la. Quebrei minhas próprias regras quando segurei seu rosto e puxei sua boca para a minha.

— E as regras? — ela questionou contra meus lábios.

— Foda-se as regras. Eu as fiz, então posso aboli-las. — Descendo os beijos por seu pescoço, gemi: — Pensei em você o dia todo, Amber. Estou faminto pra caralho.

— Oh, Deus. Eu também. Estava ansiosa para você chegar em casa.

— Quero te foder com força agora mesmo.

Jogando a cabeça para trás para receber minha boca em seu pescoço, ela implorou:

— Por favor.

Porra, eu não fazia a menor ideia de como impedir isso, de como não ir contra o meu bom senso. Amber era minha kryptonita.

Ela deu um gritinho de surpresa quando a ergui em meus braços, joguei-a por cima do ombro e a carreguei para seu quarto. Acho que nunca tinha carregado uma garota assim antes. Isso me fez sentir um bárbaro. Ela era leve como uma pluma em meus braços. Com cuidado, deitei-a na cama.

Rasgando a embalagem da camisinha o mais rápido que pude, senti meu corpo tremer com a vontade insana de estar dentro dela.

Pairando sobre seu corpo, encarei seu rosto por um momento. O desejo em seus olhos brilhantes era a melhor preliminar do mundo, na minha opinião. E então, ver seus olhos se revirarem quando finalmente enterrei-me nela foi a coisa mais maravilhosa que já testemunhara.

A sensação de sua boceta apertada ao meu redor era incrível. Eu não queria machucá-la, mas sabia que não ia conseguir pegar leve naquela noite.

Como se Amber pudesse sentir minha apreensão, ela sussurrou:

— Tudo bem. Eu aguento.

Essa foi a confirmação de que eu precisava para me movimentar livremente no ritmo que queria. Amber gritou de prazer enquanto eu metia com força. Ela impulsionou os quadris, agarrando minha bunda para que eu a penetrasse ainda mais fundo. A cabeceira da cama batia contra a parede.

— Nunca vou me esquecer do que você me faz sentir, Channing.

— É bom mesmo — rosnei.

Ela estava chupando e mordendo meu lábio inferior enquanto eu continuava a estocar nela.

Esse... era o melhor sexo que eu já fizera na vida. Foi diferente de qualquer outra experiência: mais molhado, mais apertado, mais intenso.

Ao estocar nela enquanto gozava, ela se contorceu sob mim e estremeceu. Os sons do nosso prazer mútuo ecoaram pelo quarto.

Desabando em cima dela, pensei o quão rápido eu poderia fazer o jantar para podermos voltar para a segunda rodada. Minhas regras haviam sido oficialmente atiradas pela janela.

Quando enfim nos recuperamos de nossos ápices, perguntei:

— Você está bem? Acho que fui um pouco bruto.

— Esse foi o orgasmo mais intenso que já tive — ela admitiu.

— Engraçado você dizer isso... porque eu estava pensando em como esse também foi o melhor sexo da minha vida.

Saí de dentro dela com cuidado. Quando fui descartar a camisinha, senti meu coração parar. O látex não parecia normal; na verdade, meu pau inteiro estava para fora do preservativo. Meu gozo não estava dentro da camisinha, estava dentro de Amber.

Congelei.

Isso nunca tinha acontecido antes, e olha que tive muitas oportunidades. Nunca, nem uma vez sequer, uma camisinha havia rompido durante o sexo.

Amber notou que eu não tinha me movido de onde estava, diante do cesto de lixo.

— Está tudo bem?

Fitando inexpressivamente o cesto de lixo, respondi:

— Não.

— Channing...

Diga de uma vez.

— A camisinha estourou.

— O quê?

— Não tem látex envolvendo meu pau. Rompeu. Eu sinto muito.

Ela saltou da cama mais rápido que um relâmpago e correu para o banheiro, fechando a porta atrás de si.

— Você não está tomando pílula, não é? — perguntei do quarto.

— Não... parei de tomar há um tempo porque estava tendo péssimos efeitos colaterais.

— Merda. Ok.

Pense.

Pense.

Pense.

Reze.

Pense.

Por isso tinha sido tão gostoso; eu estava fodendo-a sem barreiras e sequer sabia disso. Sem saber o que fazer, fiquei diante da porta do banheiro esperando até ela abrir.

Segurando seu rosto entre as mãos, perguntei:

— Você está bem?

— Espero que sim.

— Eu sinto muito mesmo por isso. É a primeira vez que isso me acontece.

Amber ficou apenas assentindo.

— Vai ficar tudo bem. As chances são... — Ela olhou para cima, parecendo ter dificuldades para encontrar o que dizer. Simplesmente não tínhamos como saber ainda se estávamos enrascados.

Fiz as contas em minha cabeça. Fazia algumas semanas desde a última menstruação de Amber.

— Você sabe quando é o seu... período fértil?

Ela pegou seu celular e pareceu estar calculando alguma coisa.

— Diz aqui que existe uma janela de tempo, e hoje é um dos dias bem no meio do período de ovulação.

Porra.

Só pode ser brincadeira.

Ela suspirou.

— Está dizendo que tenho que esperar de sete a dez dias após a ovulação para fazer um teste preciso.

Sem saber o que mais dizer, puxei-a para mim.

— Vai ficar tudo bem.

Eu pediria muito a Deus para que eu estivesse certo.

CAPÍTULO DEZOITO

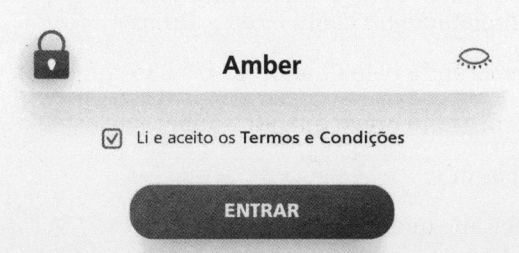

Amber

☑ Li e aceito os **Termos e Condições**

ENTRAR

Annabelle estava ouvindo minhas aflições em relação ao medo de uma gravidez enquanto eu andava para casa do trabalho. De tão preocupada, quase esbarrei em três pessoas.

— Tem certeza de que não pode fazer o teste agora? — Annabelle perguntou.

— Tenho. É cedo demais, e não quero ter que passar por isso duas vezes.

— Ok. Mas acho que vai dar negativo. Foi só uma vez. Tente não se preocupar com isso até ser realmente necessário.

— Fácil falar, mas tudo bem.

Ao me aproximar de casa, parei de repente quando vi uma mulher sentada nos degraus, como se estivesse esperando por alguém.

— Annabelle, depois eu te ligo — eu disse antes de encerrar a ligação.

Não era qualquer mulher. Era Christine Lord, mãe de Channing.

O que ela estava fazendo em Boston? Ela ao menos tinha condições de estar ali?

Meu coração acelerou enquanto fiquei observando-a por um tempo. Ela estava olhando em volta e não tinha notado minha presença ainda.

Onde está o namorado dela?

Forçando meus pés a se moverem, finalmente consegui sua atenção.

— Christine?

Ela se levantou de repente.

— Amber?

Ainda completamente confusa, eu a abracei.

— Está esperando pelo Channing? Ele não comentou que você viria.

— Ele vai ficar tão bravo quando souber que estou aqui.

Arregalei os olhos.

— Ele não sabe que você está aqui?

— Não. Ele não me deixaria vir, se eu pedisse primeiro.

— O que a fez vir para Boston?

Seus olhos marejaram.

— Fred me deixou. Ele disse que não aguentava mais lidar com essa situação. Eu não sabia aonde mais ir. Então, peguei um voo. Não queria ficar sozinha. No aeroporto, dei ao taxista o seu endereço que Channing havia me dado antes de vir, e aqui estou.

Engolindo minha preocupação, tentei me manter animada para o bem dela ao gesticular em direção à porta.

— Bem, vamos entrar. Está frio. Entre, por favor.

Meus nervos estavam atordoados. Channing não ia ficar feliz.

Fiz um chá para Christine e nos sentamos juntas por um tempo, colocando o papo em dia. Ela me pediu para não ligar para Channing enquanto ele ainda estava no trabalho, porque não queria que ele sentisse que tinha que vir para casa. Fiquei feliz e aliviada em ver que, pelo que estava vendo, ela não parecia estar surtando. Isso me deu esperanças de que talvez as coisas não estivessem tão ruins quanto eu imaginei.

Contei a ela sobre meu emprego de professora assistente, como era trabalhar com Milo, e ela me perguntou como meus pais estavam. As coisas pareciam estar bem normais. Na verdade, foi muito bom vê-la; ela me fazia lembrar da minha infância.

Um pouco mais tarde, Christine me seguiu para a cozinha, olhou em meus olhos e questionou:

— O que você faz?

— Hã?

— Com o que você trabalha?

Congelei. Uma hora antes, tínhamos passado vários minutos falando sobre o meu trabalho. Foi aí que vi em primeira mão a que Channing tinha se referido.

Senti meu coração doer ao começar a explicar para ela com o que eu trabalhava como se fosse a primeira vez. Ela ouviu com muito entusiasmo enquanto eu lhe contava a mesma história de novo.

Ainda estávamos na cozinha quando ouvi a porta da frente abrir. Preparei-me para a reação de Channing quando visse sua mãe ali. Pude ouvi-lo falando com Gatinha.

Quando ele entrou na cozinha, seus olhos quase saltaram das órbitas.

— Mãe? O que está fazendo aqui?

— Surpresa? — Ela abriu um sorriso desconfortável.

— É, sim, e uma não muito boa. Você não deveria estar aqui. Cadê o Fred?

— Fred terminou comigo.

As orelhas de Channing estavam ficando vermelhas.

— Ele fez o quê? — Uma veia saltou em seu pescoço.

— Ele me largou. Disse que não aguentava mais viver nessa situação. Ele chamou a sua tia Laura para que ela ficasse comigo por alguns dias. Ela saiu para ir comprar comida no mercado, eu aproveitei para escapulir e fui parar no aeroporto. — Ela deu de ombros. — E aqui estou.

Ele parecia irado.

— Como o Fred teve a coragem de não me dizer que tinha te largado? Eu teria ido para casa imediatamente.

— Ele disse que ia te ligar.

— Bem, ele com certeza não fez isso, porra. — Channing saiu do cômodo com pressa.

Comecei a segui-lo.

— Aonde você vai?

— Vou ligar para o Fred e acabar com a raça dele. — Ele olhou para mim. — Você pode ficar com a minha mãe, por favor? Não a deixe vir enquanto eu estiver falando com ele.

— Claro.

Dez minutos depois, ele retornou à cozinha. Suas orelhas ainda estavam vermelhas e ele não parecia nem um pouco feliz.

— O que ele disse? — indaguei.

— Aparentemente, ele me enviou um e-mail longo e cheio de balela que nunca recebi porque ele digitou a porra do meu endereço de e-mail errado. Ele acabou de me encaminhar. Nem ligo para o que tem a dizer. O resultado é o mesmo.

Channing se aproximou de Christine e a puxou para um abraço, o que aqueceu meu coração e me deixou muito triste ao mesmo tempo.

— Você está bem, mãe? Desculpe não ter perguntado isso primeiro.

— Não muito. Mas estou melhor agora que você está aqui.

Ele a olhou de cima a baixo.

— Você parece estar precisando de um banho.

— Estou mesmo. — Ela deu risada.

— Vou preparar um para você.

Channing levou Christine para o banheiro. Dei a ele uma das minhas bombas de banho. Assim que ela estava dentro da banheira lendo uma revista, ele voltou para a sala de estar.

Passando uma mão pelo cabelo, ele olhou para mim e disse:

— Isso é ruim, Amber. Isso é muito, muito ruim.

— Você não achou que isso poderia acontecer agora? Ele deixá-la?

— Eu sabia que isso aconteceria. Só tive esperança de que ele ficasse um pouco mais. E a minha tia só vai poder ficar lá em casa até amanhã. Acabei de falar ao telefone com ela, que me disse que fará uma cirurgia em dois dias. Ela mora a duas horas de distância. Tenho que pensar em alguma coisa.

— Ela pode ficar sozinha durante o dia?

— Ela estava ficando. Fred trabalhava, então, sim. Mas ele sempre chegava às quatro, e às vezes trabalhava em casa. A vizinha também ajudava um pouco, vendo como ela estava de vez em quando. — Ele segurou minha mão e entrelaçou nossos dedos. Sua voz estava trêmula. — Eu não quero mesmo ir embora, mas acho que é isso que terei que fazer.

Senti um pânico se instalar. Eu não estava pronta para que ele fosse embora. E, em minha mente, ele não tinha por que ir. As engrenagens estavam girando.

Nem precisei pensar duas vezes quando perguntei:

— Por que ela não pode ficar aqui com a gente? Seu contrato está perto de acabar.

— Não posso colocar esse fardo em você, Amber.

— O fardo ficaria em você, na verdade. Ela teria que ficar com o seu quarto. Não seria fardo algum para mim.

Ele balançou a cabeça.

— Seria demais.

— Para quem? Não para mim. — Apertei sua mão. — Além disso, não quero que você vá embora.

— Eu também não quero ir. — Sua voz saiu rouca.

— Está decidido, então. Fique. Eu chego em casa cedo para ficar de olho nela a partir do fim da tarde. Posso trocar minhas horas com Milo para ir buscá-lo um pouco mais tarde, por um tempo. Assim, não terá intervalo de tempo entre os horários em que chegamos em casa.

Seus olhos se encheram de esperança.

— Tem certeza disso?

— É questão de somente algumas semanas. Claro que tenho.

Channing me puxou para um beijo muito intenso. Senti como se meus lábios fossem cair.

— Você é incrível. Nem sei como te agradecer por isso.

— Vai ficar tudo bem. Você também vai encontrar um jeito de cuidar dela que funcione a longo prazo. De alguma forma, tudo vai dar certo.

Ficamos sentados em silêncio por um tempo, minha cabeça apoiada em seu peito, sentindo como se tivesse evitado uma pequena batalha somente para ter que encarar outra quando seu contrato inevitavelmente acabasse. Isso era tão agridoce.

Ele acariciou meu cabelo delicadamente.

— Como está se sentindo?

— Estou bem.

Ele pareceu hesitante ao perguntar:

— Ainda está preocupada com... você sabe...

Na verdade, aquelas últimas horas foram os primeiros momentos que eu não tinha passado remoendo meu medo de estar grávida.

— Estou tentando não pensar demais nisso até poder fazer o teste.

— Boa ideia. Eu sinto muito por isso ter acontecido.

— Tudo bem. Não foi culpa sua. Vai ficar tudo bem. Eu sei disso.

— É. — Ele sorriu, embora parecesse nervoso.

Christine voltou do banheiro usando um roupão. Era a primeira vez que eu me dava conta de que ela não estava com uma mala. Ela não tinha trazido roupas.

— Mãe, o que você acha de ficar aqui por algumas semanas, até o meu contrato acabar? Não posso abandonar meu trabalho agora. Gostaria de ficar e concluir minhas responsabilidades. Você pode ficar no meu quarto.

— Onde você vai dormir?

— No sofá. Sem problema.

Ela virou-se para mim.

— Tem certeza, Amber?

— Eu adoraria tê-la aqui. Sinceramente, fico solitária sem alguém por perto.

— Eu também. Foi por isso que tive que vir — ela disse.

— Entendo completamente, Christine.

Depois que Channing fez o jantar para nós três, sua mãe disse:

— Sabe, o pai de Channing costumava adorar fazer umas comidas bizarras. Ele fazia isso para entreter as crianças quando eram mais novas. "Adivinhem o que o papai vai fazer?" Era tipo um joguinho. Obviamente, não foi possível termos muito tempo com ele antes que nos deixasse. Mas acho que Channing puxou a ele nesse aspecto.

Ele não respondeu, mas pude ver pela sua expressão que ficou surpreso e chateado ao descobrir aquela correlação. Me deu dor no coração. Percebendo ou não, de uma maneira estranha, talvez ele estivesse tentando se conectar com seu pai ou com a memória dele através da comida. Quanto mais tempo eu passava com Channing, mas aprendia o quanto ele era complexo.

Christine se levantou da mesa de repente.

— Channing, você pode me mostrar onde fica o meu quarto?

— Sim, mãe. Claro.

Limpei a cozinha enquanto Channing acomodava a mãe em seu quarto.

Ao senti-lo me abraçar pela cintura por trás, parei de secar o prato que segurava. Ele beijou meu pescoço. Quando virei para ficar de frente para ele, a preocupação em seu olhar estava nítida.

— Ela ficou me fazendo perguntas sobre o que aconteceu com Fred, como se não soubesse. Está confusa. E eu estou apavorado.

Não sabia se seria uma boa ideia falar sobre a minha experiência com ela, mas, no fim das contas, decidi contar a ele.

— Mais cedo, ela me perguntou com o que eu trabalhava depois de conversarmos sobre isso por um tempo. Então, pude ver em primeira mão a que você se referia.

— É. É exatamente esse tipo de coisa que acontece. O tempo todo. — Ele fechou os olhos por um momento e enterrou as mãos no cabelo. — O pior é quando ela percebe o quanto está confusa, olha para mim e me diz que está com medo. Não há nada pior do que isso, sinceramente. Nada, Amber. Chego a quase desejar que ela nunca perceba.

— Queria poder fazer algo para ajudar.

— Você já está fazendo... só por estar ao meu lado.

Eu queria muito dormir com ele naquela noite, então disse:

— Me sinto meio estranha por fazer você dormir no sofá.

— Tudo bem.

— Gostaria de dormir comigo na minha cama?

Um sorriso se espalhou por seu rosto lentamente. Ele arqueou uma sobrancelha.

— Precisa perguntar?

— Bom, eu não tinha certeza se ainda estávamos seguindo as regras.

— Minha mãe está morando conosco e há uma pequena chance de você estar grávida. Eu diria que as regras já desceram pelo ralo há muito tempo.

Talvez aquilo devesse ter me dado vontade de chorar, mas acabei dando risada.

Ele me seguiu de pertinho ao irmos para o meu quarto.

Mais tarde naquela noite, na cama, ele falou contra minhas costas:

— Posso te contar um segredo?

— Sim.

Channing me puxou para mais perto.

— A ideia de você estar grávida me dá tesão.

— Sério?

— Não me entenda mal... sei que isso seria um pesadelo para nós nesse momento, mas... a ideia de que eu posso ter te engravidado me enlouquece um pouco... em um bom sentido.

— O que nós faríamos se eu estivesse?

— Daríamos um jeito.

— Você não ficaria chateado?

— Chateado não é a palavra certa. Assustado, sim. Mas chateado? Não. Talvez seja porque é você. — Ele fez uma pausa e me apertou mais um pouco. — Você me faz feliz, Amber.

Suas palavras me deixaram perplexa. A ideia de que ele realmente aceitaria a possibilidade de eu estar grávida não era algo que eu teria considerado.

Virando-me e encostando minha testa à sua, eu disse:

— Você também me faz feliz.

Sim, eu estava feliz. Pela primeira vez em muito tempo.

CAPÍTULO DEZENOVE

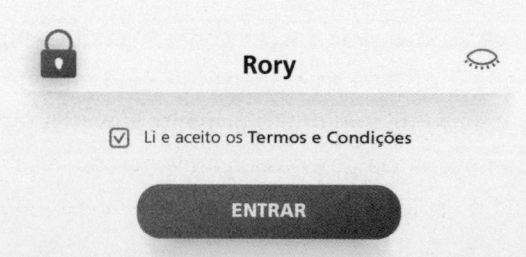

Rory

☑ Li e aceito os **Termos e Condições**

ENTRAR

Boris abastecia suas prateleiras muito lentamente enquanto eu estava sentado com os pés apoiados em uma cadeira. Sua mão tremia conforme ele colocava uma lata de sopa de cogumelos Campbell's Cream no armário de madeira de sua cozinha antiga. Com uma pia de porcelana, bancadas de fórmica e piso de linóleo, a cozinha de Boris tinha uma *vibe* dos anos 1950. Me senti em um túnel do tempo.

Eu fazia compras no mercado para o meu vizinho idoso uma vez por semana após o trabalho. Ele me retribuía me servindo copos do melhor conhaque. E eu enchia a cara. Era a melhor parte da semana.

— Qualquer noite dessas, Rory, você vai ficar bêbado como um gambá e finalmente me contar o que aconteceu.

Soltei uma risada.

— Não sei do que está falando, Boris.

— Ela morreu?

— Quem? — fingi não saber a que ele estava se referindo.

— A garota bonita da foto no seu celular. Aquela que tem um sorriso que ilumina todo o rosto. Aquela que nunca vi por aqui, porque está morta ou foi embora.

Nunca tive coragem de tirar a foto de Amber do papel de parede do meu celular. Era a minha foto favorita dela. Ela estava sentada em uma pilha de folhas secas e rindo. Meu coração literalmente doía ao olhar para a imagem, mas, ao mesmo tempo, não conseguia me livrar dela.

Embora eu nunca tivesse mostrado intencionalmente essa foto a Boris, ele aparentemente havia percebido.

Eu vinha evitando me abrir com o coroa há muito tempo. Mas aquela noite era diferente. Era meu aniversário de namoro com Amber. Bem, *seria* nosso aniversário de namoro, o primeiro desde o término. Sempre dávamos muita importância aos nossos aniversários. Aquele deveria ser épico, porque eu tinha planejado pedi-la em casamento.

Senti que não conseguia mais guardar isso. Precisava contar a alguém o que acontecera. Boris era seguro. A quem diabos ele contaria minha história? Ao carteiro? Boris sequer saía de casa.

Foda-se.

— O nome dela é Amber. — Eu mal podia acreditar que aquelas palavras haviam saído da minha boca. O simples ato de dizer o nome dela era doloroso.

— Amber! Amber. Gostei. — Ele ergueu seu copo. — Como a cor desse suco mágico aqui. *Âmbar.*

— Pode crer. Amber... assim como o conhaque.

Ele sentou.

— Conte-me sobre ela.

Por onde começar?

— Bem, eu tenho certeza de que a amo desde o instante em que a conheci. Mas ficamos juntos por mais de nove anos.

— Nove anos. Puxa.

— É. E ela me amava com cada pedacinho de sua alma.

— Por que ela foi embora?

— Ela não foi.

— Ela morreu?

— Não. Eu terminei com ela... parti seu coração... em mil pedacinhos.

— Você... terminou com ela? Por que fez isso?

— Porque eu a amo mais que a qualquer coisa no mundo.

— Acho que vou precisar de mais álcool, porque isso não está fazendo sentindo algum, filho.

— Acredite, nós com certeza precisaremos de mais álcool, se vou mesmo te contar o restante dessa história.

Boris me serviu mais conhaque.

— Muito bem. Então, me diga por que um rapaz tão irremediavelmente apaixonado por uma moça partiria seu coração. Como isso pode acontecer?

Virei o copo inteiro de bebida e o bati na mesa em seguida.

Fechando os olhos com força, desabafei.

— Certa noite, eu estava voltando para casa de carro e fui atingido em cheio por um caminhão. Tenho muita sorte por estar vivo.

— Você teve amnésia ou algo assim?

— Não. Mas, para ser sincero, isso teria sido mais fácil. — Meu coração apertou. — Muito mais fácil.

— O que aconteceu?

— Nas semanas após o acidente, fiquei sabendo que... — Eu não tinha me dado conta do quanto seria difícil falar sobre essa parte. A única pessoa que sabia disso era o meu irmão, e só porque ele ameaçara me dar uma surra por magoar Amber. Ela havia se tornado uma espécie de irmã para ele. Tive que contar a ele para que compreendesse minha decisão. Ele chegou até a parar de falar comigo por um tempo antes de descobrir a verdade.

Boris me encorajou a continuar.

— O quê, filho?

— Minhas lesões foram graves a ponto de... — Hesitei. — Basicamente, não posso ter filhos.

Ele ficou fitando o vazio enquanto processava o que eu havia acabado de lhe contar. Em seguida, inquiriu:

— Como assim? Você quer dizer que não tem mais bolas?

Caí na gargalhada.

— Não, nenhuma parte física foi comprometida. E tudo ainda funciona direitinho. Mas tive lesões que me causaram certos danos, e isso significa que não produzo mais espermatozoides.

— Você tem certeza disso?

— Meu sêmen foi examinado.

— E nunca disse a ela?

— Não. Amber quer ter filhos, um dia... mais do que qualquer coisa. Mas, mesmo assim, eu sabia que ela não me deixaria se soubesse disso. Então, tive que tomar uma decisão muito difícil. Decidi que terminar o nosso relacionamento seria o melhor para ela. Foi a coisa mais difícil que já tive que fazer na minha vida.

Boris balançou a cabeça, incrédulo.

— Você decidiu por ela, presumindo que era a coisa certa.

— Isso. Eu não queria que ela sentisse remorso por mim no futuro se não pudesse ter filhos biológicos.

— Então, você... o quê? Fingiu que não a amava mais?

Essa sempre era a parte que me deixava mais emotivo. Acho que seria mais fácil aguentar ficar sem Amber se ela soubesse que eu a amava. Mas, obviamente, eu a fiz pensar que não estava mais apaixonado por ela, porque só assim ela me deixaria ir.

— Achei que o tempo deixaria as coisas mais... não exatamente fáceis, mas toleráveis. Mas isso não aconteceu. Demorou um tempo até ela parar de me ligar. Você tem noção do quanto é difícil afastar a pessoa que você ama mais do que sua própria vida? Criei essa farsa para fazê-la pensar que segui em frente. E acho que finalmente funcionou. Ela parou de tentar me fazer mudar de ideia.

— E agora você se arrepende?

— Eu a amo mais do que nunca. — Não esperei que Boris me servisse mais conhaque. Peguei a garrafa, me servi e continuei: — Hoje seria nosso aniversário de namoro, e também o dia em que eu planejava pedi-la em casamento. Não tem como não pensar nela. Suspeito que, a essa altura, ela já deve ter conhecido outra pessoa. Mas não posso ter certeza, porque não suporto sequer a ideia de tentar descobrir. Ela me excluiu do Facebook, e foi melhor assim.

— O que é Facebook?

Parando em meio a um gole, eu disse:

— Está brincando, não está?

— Não.

Não pude evitar minha risada.

— É, eu definitivamente não preciso me preocupar com a possibilidade de você sair contando os meus problemas.

— Deixe-me perguntar uma coisa. Se descobrisse hoje que a Amber tem apenas mais alguns dias de vida, você a procuraria?

— Claro que sim.

— Dias são tudo o que temos, Rory. A vida é isso... um monte de dias encadeados. Somente o hoje nos é garantido. Ninguém sabe o que vai acontecer além de hoje. Nunca devemos tomar decisões com base em um suposto futuro, mas sim em como nos sentimos nesse exato momento. Essa é a primeira coisa. A segunda é: como raios você pode ter tanta certeza de que ela preferiria ter um bebê em vez de você? Você ao menos deu uma escolha a ela? Você foi o amor da vida dela por nove anos. Não deu a ela uma única chance de fazer uma escolha. — Ele inclinou-se para mim. — Deixe-me dizer uma coisa que talvez você não saiba.

— Tudo bem...

— Minha Ellie era infértil. Stephanie é adotada. Tínhamos mais de quarenta anos quando a adotamos, após passarmos anos tentando.

— Mentira! Eu não fazia ideia. Ela até se parece com você.

Boris estava casado há cinquenta e sete anos quando sua esposa, Ellie, faleceu. Como eles tinham uma filha, nunca imaginei que Ellie não podia ter filhos.

— Eu sabia disso sobre Ellie antes de me casar com ela — ele continuou. — É claro que eu queria que tivéssemos nossos próprios filhos, mas se era uma questão de perdê-la ou ter um filho biológico, não havia discussão. Se ela tivesse feito comigo o que você fez com Amber, na minha cabeça, isso teria sido uma tragédia. Não me arrependo de nada. Tenho uma linda filha.

Talvez fosse o álcool, mas, de repente, comecei a questionar tudo. Será que eu tinha cometido um erro colossal?

Naquela noite, fiquei me revirando na cama, pensando obsessivamente no conselho de Boris. Eu sentia como se a minha vida não tivesse progredido nos meses após me separar de Amber. Eu não era tão forte quanto pensava.

Abri a gaveta da cômoda e peguei o anel de diamante de um quilate e meio que comprara na Tiffany um mês antes do acidente. Meu plano era pedir Amber em casamento naquela noite no restaurante que ficava no topo do prédio Prudential. Seria perfeito. Nossas vidas seriam perfeitas. Mas então, o acidente aconteceu, e aquele sonho perfeito foi destruído.

Quando amamos alguém, sentimos isso em nossa alma, mesmo quando a pessoa não está fisicamente com você. Talvez também fosse possível sentir o momento em que a perderíamos. Se isso fosse verdade, era o que estava acontecendo comigo naquele momento. Sentia algo estranho dentro de mim, uma sensação de perda que não tinha sentido até então. Quero dizer, eu a tinha deixado, é claro, mas não sentira até aquele momento que a tinha *perdido*. Era um sentimento de uma finalização iminente que eu precisava impedir. Era agora ou nunca.

Estava muito tarde para ligar para ela. Amber não costumava ficar acordada até depois das onze. Já tinha passado da meia-noite. Ainda assim, senti que isso não podia esperar até o dia seguinte. Eu precisava me expressar. Então, decidi mandar uma mensagem.

Senti como se tivesse um milhão de palavras na ponta da língua, mas meu dedo não se mexia. Ficou apenas pairando sobre o teclado do celular.

No fim das contas, o que eu precisava dizer não tinha como ser apropriadamente comunicado em uma mensagem.

Então, digitei algo simples.

Rory: Preciso muito te ver.

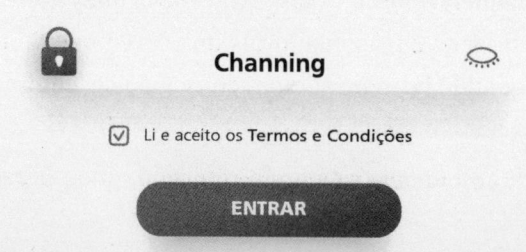

CAPÍTULO VINTE

Channing

☑ Li e aceito os **Termos e Condições**

ENTRAR

As risadas da minha mãe e de Amber podiam ser ouvidas do corredor. Eu estava trabalhando um pouco no quarto, mas parava de vez em quando para ouvir seus sons.

No geral, mamãe não estava bem. Ela até chamou Amber de "Lainey" outro dia. Mas por mais que suas funções cognitivas estivessem cada vez mais reduzidas, minha mãe parecia estar feliz ali. Amber penteava seus cabelos e elas faziam doces juntas. Na verdade, eu devia ter ganhado pelo menos meio quilo só naquela semana por causa de todos os cookies e brownies. Toda noite era algo diferente.

Em pouco tempo, estava começando a parecer que éramos uma família. Eu não sentia isso havia anos.

Fechando meu notebook, decidi encerrar o trabalho e juntar-me a elas na cozinha.

Havia uma bandeja de uma sobremesa deliciosa coberta de coco ralado esfriando sobre o fogão.

Passando a mão na barriga, eu disse:

— Vocês duas e seus doces serão o meu fim.

— A sua mãe estava me lembrando da fase que você teve em que só queria vestir roupas da marca Ed Hardy. — Amber riu.

Que fantasma do passado.

— Era maneiro — brinquei, olhando para minha mãe. — Não acredito que você desenterrou isso.

Para alguém que estava perdendo a memória, ela tinha que se lembrar logo daquela merda? Mas essa era a questão... estar ali com Amber parecia trazer antigas memórias do acervo mental da minha mãe à tona, mesmo quando ela nem sempre conseguia se lembrar do que tinha acontecido meia hora antes.

Amber foi ao banheiro. Quando retornou, pude perceber que algo estava rolando.

— Acabei de fazer xixi no palitinho — ela sussurrou no meu ouvido. — Tenho que esperar cinco minutos.

Congelei.

— Não sabia que seria esta noite.

— É, bom, já está na hora. O resultado será mais preciso agora. Pelo menos, saberemos... certo?

Eu sabia que aquele momento chegaria em breve, mas não esperava que fosse naquela noite. Decidi não pressioná-la e não fiquei perguntando quando ela ia fazer o teste. E então, de repente, o dia D havia chegado.

Meu coração começou a martelar com força. Pareceram ser os cinco minutos mais longos da minha vida. Os sons de Amber e minha mãe conversando ficaram abafados enquanto eu pensava no impacto transformador que um resultado positivo teria. Visões de uma garotinha ruiva de marias-chiquinhas passaram por minha mente. Quanto mais a situação da minha mãe se deteriorava, mais eu me dava conta da importância da família. Eu estava pronto para ter um filho? Não. Mas, pela primeira vez na vida, tive absoluta certeza de que queria ter minha própria família. E a cada dia ficava mais claro que era com Amber que eu queria ter esse futuro.

O timer da cozinha que Amber havia programado apitou.

Nossos olhos se encontraram. Demorei meu olhar nela, sabendo que existia a possibilidade de as coisas nunca mais serem as mesmas.

Amber virou-se para minha mãe.

— Christine, você se importa de cortar as barrinhas mágicas? Acho que já estão frias o suficiente.

— Claro.

Amber seguiu pelo corredor e, alguns segundos depois, eu a segui. Ela estava encostada na pia, esperando por mim.

— Bem, lá vamos nós.

Assim que ela estendeu a mão para pegar o palitinho, pousei a minha em seu braço para detê-la.

— Espere.

— Você não quer que eu veja?

— Eu tenho que te dizer uma coisa primeiro.

— Não pode esperar?

— Não.

— Tudo bem.

— Se o resultado for positivo, eu só queria que soubesse que acho que seria um presente de Deus. Talvez não seja o momento certo para nós, mas será um presente mesmo assim. E não importa o que aconteça, nós vamos ficar bem, ok?

Ela soltou uma respiração nervosa pela boca.

— Ok.

— Pode olhar.

Amber olhou para o palitinho e para mim logo em seguida.

— Deu negativo.

Meus sentimentos verdadeiros ficaram óbvios naquele exato momento. Porque ao invés de soltar um suspiro de alívio e me alegrar diante do fato de que Amber não estava grávida, senti um vazio na boca do estômago. Foi a primeira vez em que me dei conta de que talvez eu estivesse secretamente *torcendo* para que ela estivesse grávida. Foi um momento muito esclarecedor.

Meu pau se contorceu imediatamente com uma necessidade primitiva de retificar essa situação quando a puxei para meus braços e dei um beijo em sua testa.

— Você está bem? — indaguei.

Ela assentiu contra meu peito.

— Estou. É uma boa notícia.

— É, acho que sim. Não era o momento certo.

Ela recuou um pouco e pousou as mãos em minhas bochechas.

— Mas teríamos um bebê muito lindo com você sendo o pai.

— Só se ela se parecesse com você.

Amber se iluminou.

— Ela?

— Sim. — Sorri. — Posso ter imaginado uma garotinha parecida com você uma ou duas vezes nas últimas semanas.

— Que amor. — Ela arregalou os olhos. — Sabe o que me deixa empolgada?

— O quê?

— Saber que poderei tomar uma taça de vinho esta noite. Estava evitando beber, por via das dúvidas.

Dei um beijo firme em seus lábios e, em seguida, acenei com a cabeça para a porta.

— Vamos. Vou abrir uma garrafa para nós.

Retornamos para a cozinha e encontramos uma cena um tanto preocupante. Minha mãe estava sentada à mesa, com a bandeja inteira de barrinhas mágicas diante de si. Ela não as cortara, e sim comera três quartos da fornada. Sob outras circunstâncias, isso teria sido até engraçado. Mas, dada sua situação, não era. Era triste. Esse era o tipo de comportamento imprevisível ao qual eu tinha me acostumado.

Me senti envergonhado.

— Desculpe.

Amber afagou meu ombro.

— Tudo bem.

— Agora preciso daquele vinho mais do que nunca — eu disse, seguindo para a garrafa de tinto que estava sobre a bancada.

Após o jantar, mamãe foi dormir mais cedo. Ela provavelmente apagou rapidinho, por causa de todo o açúcar que tinha ingerido.

Amber e eu ficamos assistindo a filmes até tarde. Eu estava com tesão pra cacete, mas o dia havia sido longo e emotivo, e eu suspeitava de que ela não devia estar a fim.

Seu celular, que estava no quarto, apitou. Não era comum ela receber uma mensagem tão tarde da noite.

Ela se levantou para ir conferir e pareceu demorar um bom tempo antes de voltar ao seu lugar ao meu lado no sofá.

— Está tudo bem?

Um rubor surgiu em seu rosto.

— Sim. Sim, está tudo bem.

Ela não parecia bem, mas deixei para lá, colocando a culpa no dia exaustivo.

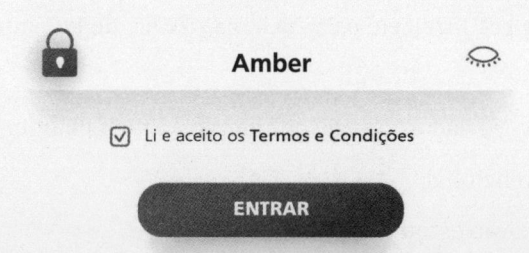

CAPÍTULO VINTE E UM

Amber

☑ Li e aceito os **Termos e Condições**

ENTRAR

Ignorei a mensagem de Rory por dois dias antes de finalmente responder. Ele queria me encontrar em algum lugar para conversar, mas não me senti capaz de lidar com isso.

Depois de tudo... o que ele poderia ter a dizer?

Respondi que pensaria em um lugar e horário, mas foi somente para adiar o que acabou sendo inevitável. Aprendi a lição da maneira mais difícil quando minha campainha tocou ao final da tarde, quando cheguei em casa do trabalho.

Channing não tinha chegado ainda, e Christine estava em seu quarto assistindo televisão quando fui até a porta.

Quando abri, Rory estava ali, com o nosso golden retriever, Bruiser. Antes de reconhecer sua presença, curvei-me para deixar Bruiser lamber meu rosto. Lágrimas começaram a descer por minhas bochechas por causa da culpa que senti por ter abandonado meu cachorro. Eu não tinha como ver Bruiser sem ter que ver Rory também. Então, fazia vários meses desde que sentira o cheiro de seus pelos e experienciara seu amor incondicional.

— Bruisey... eu senti tanto a sua falta.

De repente, Bruiser começou a latir loucamente quando pegou um vislumbre de Gatinha, que estava no topo de uma prateleira alta. A pobrezinha devia estar morrendo de medo por ver o que podia ser o primeiro cachorro que já vira na vida.

Finalmente, olhei para Rory. Meu coração doeu só por ver seu rosto. Fazia muito tempo desde que o vira pela última vez, mas, ainda assim, as feridas de seu abandono ainda estavam recentes.

Rory estava bonito, como se estivesse se exercitando todos os dias. Com uma barba por fazer, ele parecia mais rústico do que nunca.

— Por que você está aqui?

— Bem, você não estava respondendo ao meu pedido, então...

— Foi intencional.

— Eu sei. Não estou te culpando.

— O que você precisa me dizer?

— Tenho muitas coisas a dizer. Eu só não sei por onde começar. — Passando por mim sem permissão, ele limpou a testa. — Se importa se eu beber um copo de água?

Sem esperar por minha resposta, Rory seguiu para a cozinha, parando diante do filtro sobre a bancada e servindo-se com um copo cheio de água. Enquanto o observava bebê-la em questão de segundos, podia ver que ele estava realmente nervoso.

Baixando o olhar para sua mão, notei uma tatuagem de um feijãozinho. "Bean", que significava feijão, era seu apelido para mim. Ele começou a me chamar assim certo dia quando estávamos na faculdade e nunca mais parou. Ele não tinha aquela tatuagem quando estávamos juntos; devia ser nova.

— Você tatuou um feijãozinho?

Seus olhos buscaram os meus.

— Sim.

— Por quê?

— Porque eu queria pensar em você toda vez que olhasse para a minha mão.

— Isso não faz sentido algum.

— Eu sei. Mas fará. Por isso estou aqui. Para explicar melhor.

O que está acontecendo?

Bruiser não saiu do meu lado. Sentei-me para me situar melhor, e ele me seguiu imediatamente. Enquanto afagava a cabeça do meu cachorro, virei a atenção para Rory, mesmo que eu não tivesse muita certeza de que ele merecia isso. Mas, primeiro, aproveitei para cutucá-lo.

— Como está Jennifer Barney?

— Jennifer Barney é uma amiga que trabalha comigo. Não tem nada acontecendo entre nós.

— Você seguiu em frente com outra pessoa, então?

— Não estive com mais ninguém, Amber. Ninguém, desde que terminamos.

— Não acredito nem um pouco nisso. Não foi por isso que terminou comigo?

— Não. Esse nunca foi o motivo.

— Estou confusa.

— Eu sei.

O som de passos se aproximando me fez hesitar.

E, então, ouvi a voz de Channing:

— Querida, cheg...

Um silêncio mortal preencheu o ar enquanto Rory e Channing fitavam um ao outro. Bruiser latiu uma vez, como se sua intenção fosse quebrar a tensão.

Channing foi o primeiro a falar.

— Que porra você está fazendo aqui?

Rory cerrou os dentes.

— Eu? De onde você surgiu?

— Eu moro aqui. — O tom de Channing pingava satisfação.

Os olhos de Rory encontraram os meus.

— O quê?

Sentindo a necessidade de fugir, forcei uma resposta.

— Channing veio trabalhar em Boston até o final desse mês. Ele está morando comigo.

Rory pousou uma das mãos no peito. Ele parecia estarrecido de verdade e muito chateado. A cor fugiu de seu rosto. Ele não tinha o direito de se sentir assim, mas aquela reação provava que seu choque era real.

— Há quanto tempo você está aqui? — Channing questionou.

— Dez minutos.

— Por que você veio, Rory?

— Isso não é da sua conta.

— Amber *é* da minha conta agora. — Os punhos de Channing estavam cerrados com força enquanto ele apertava a mandíbula.

— É mesmo? — Rory olhou em minha direção. — Está rolando algo entre vocês dois?

Eu sinceramente não sabia como responder àquilo. Além de não ser da conta de Rory, eu realmente não sabia como categorizar o que Channing e eu tínhamos. Não havíamos colocamos um rótulo no nosso relacionamento. Ele não me dera garantia alguma sobre o que ia acontecer depois que fosse embora. Optei por permanecer calada.

— Usando as suas próprias palavras, isso não é da sua conta — Channing respondeu.

Naquele instante, Christine entrou na cozinha. Sua expressão estava grogue, como se tivesse acabado de acordar de um cochilo. Ela estreitou os olhos.

— Rory Calhoun?

— Sra. Lord? O que está fazendo aqui?

— Eu moro aqui. Pelo menos, até o fim desse mês. Amber e Channing me acolheram. Eu durmo no quarto de Channing. Channing dorme com Amber.

Bruiser latiu novamente, o som ecoando pela cozinha.

O rosto de Rory empalideceu. Ele pousou as mãos sobre o peito e a barriga, como se fosse vomitar.

— Acho que vou passar mal.

Todos os olhares estavam nele. Ninguém parecia saber o que dizer. A situação era a mais constrangedora possível.

Seus lábios tremeram.

— Amber, podemos ir a algum lugar para conversarmos, por favor?

Parte de mim queria mandá-lo ir para o inferno. Mas outra parte, a que conhecia aquele homem até pelo avesso, podia ver que ele estava sofrendo de verdade. Independente de seus sentimentos terem justificativa ou não, senti que precisava ao menos permitir que ele dissesse o que queria dizer.

— Vou pegar meu casaco.

Channing me seguiu, deixando Rory na cozinha com Christine e o cachorro.

— Quer que eu vá junto? — Channing indagou.

— Não. Vou ficar bem.

— Aonde vocês vão?

— Não sei. Ele está agindo muito estranho, e sei que pode não merecer minha compaixão, mas fugir de confrontos não faz parte da minha natureza, mesmo que possa me deixar mal. Então, vou ouvir o que ele tem a dizer.

Channing pareceu decepcionado, mas respeitou minha vontade.

— Mande mensagem se precisar de mim.

— Pode deixar.

— Você sabia que ele viria?

— Não. Ele me pegou de surpresa.

— Você não fazia ideia?

— Bem... nunca mencionei isso para você... mas ele me mandou uma mensagem, perguntando se poderíamos nos ver. Não respondi, então ele simplesmente apareceu aqui esta noite.

Ele balançou a cabeça.

— Inacreditável. — Estávamos prestes a sair do quarto quando ele me deteve. — Espere.

— Sim?

Ele agarrou meu pulso e me puxou para seus braços, dando um beijo firme e possessivo em meus lábios.

— Eu preciso te dizer uma coisa, caso você não saiba.

— Está bem.

— Caso perceba ou não, ele vai tentar te convencer a aceitá-lo de volta.

— Acho que não. Ele só...

— Ele vai, Amber. Sem dúvida alguma. Mas não posso te deixar ir ouvi-lo sem dizer que estou me apaixonando por você. Tudo isso entre nós... nunca foi somente sexo para mim, por mais que eu tenha tentado me convencer do contrário. Essa ilusão acabou no instante em que estive dentro de você pela primeira vez. Em todas as vezes que transamos, eu estava fazendo amor com você. — Uma expressão de medo tomou conta de seu rosto. — Não sei que merda ele vai tentar te fazer engolir, mas eu não poderia te deixar ir com ele sem deixar meus sentimentos muito claros. — Segurando meu rosto entre as mãos, ele continuou: — Você não tem que dizer nada. Na verdade, não quero que diga. Não estou procurando uma resposta. Eu só precisava colocar isso para fora.

Eu não conseguia encontrar as palavras certas para dizer. Não estava esperando que ele derramasse sua alma daquele jeito.

— Ok — eu disse.

Channing me apertou levemente e demorou um pouco antes de me soltar. Ele me seguiu bem de perto quando voltamos para a cozinha.

— Muito bem. — Olhei para Rory. — Vamos.

Rory não fez contato visual com Channing ao pegar Bruiser pela coleira e conduzi-lo para fora da cozinha em direção à porta da frente. Channing, por outro lado, não desviou os olhos de Rory; ficou observando cada movimento dele.

Olhei para trás uma vez e vi Channing de pé com as mãos nos bolsos. A preocupação estava estampada em todo o seu rosto. Se ainda me restava alguma dúvida em relação aos seus sentimentos por mim, ela se dissipou naquele momento.

Meu coração doía conforme segui Rory pela calçada até onde seu carro estava estacionado. O tempo estava congelante, e leves flocos de neve estavam começando a cair.

Tremendo, perguntei:

— Aonde vamos?

— Não sei.

— Você não pode simplesmente me sequestrar. Tem que me dizer aonde vai me levar.

— Tudo bem, então... vou te levar para a minha casa.

— É muito longe.

Rory abriu a porta de seu carro para mim antes de colocar Bruiser no banco de trás.

Ele deu a volta até o lado do motorista e fechou a porta antes de dizer:

— Eu sei que você não acha que eu mereça esse tempo. Mas me dê somente isso. Preciso conversar com você a sós. E as opções são um hotel ou a minha casa. Não vou te pedir mais nada.

— Você está agindo estranho. Não estou entendendo nada.

Seus olhos buscaram os meus.

— Você vai.

O caminho até a casa de Rory no subúrbio do norte de Boston, em Reading, foi quieto. Desfrutando do calor do assento aquecido, passei os últimos momentos em seu carro tentando clarear a mente, concentrando-me em todas as luzes de Natal que decoravam as casas pelas quais passávamos. O aroma de couro de seu purificador de ar era familiar e estranhamente reconfortante.

Passamos pelo centro da cidade, que estava decorado com guirlandas acesas presas em postes de luz.

Após virar em uma rua, Rory estacionou em frente a uma estrutura de dois andares. A primeira coisa que notei foi uma vela de Natal solitária na janela do andar de baixo.

— Você mora no primeiro andar?

— Não, quem mora lá é o Boris, meu vizinho de oitenta anos. Moro no andar de cima. Temos que entrar de fininho para que ele não te veja.

— Por quê?

— Ele não vai te deixar em paz. Ele sabe quem você é.

— Como?

Ele pegou seu celular e me mostrou o papel de parede. Era uma foto minha.

Por que ele ainda tinha aquilo no celular?

Assim que entramos e subimos, olhei em volta.

— Esse lugar é bacana.

Bruiser seguiu para o canto do cômodo para brincar com seu brinquedo.

O apartamento de Rory era aconchegante. Ele havia montado uma pequena árvore de Natal em um canto da sala de estar. A lareira estava ligada, deixando o espaço quentinho e confortável.

Ele foi até a janela e ficou olhando para fora, parecendo estar se recompondo. Perambulei um pouco e não pude evitar notar uma foto em um porta-retratos em sua mesinha de canto. Era a segunda foto minha que eu via em questão de dois minutos.

Por que ele ainda tinha fotos minhas?

Seu velho violão Gibson estava apoiado em uma parede.

— Você voltou a tocar violão?

— Sim. Estou tentando aprender sozinho. É libertador.

— Legal.

Ficamos em silêncio por um longo tempo, enquanto ele continuava a olhar pela janela.

Ainda de costas para mim, ele falou:

— Há quanto tempo você e Channing... — Ele não conseguiu terminar a pergunta.

— Pouco tempo.

— Você gosta dele?

Não fazia sentido mentir.

— Sim. Muito.

— Você o ama?

Sim.

Devo admitir isso a ele?

Fechando os olhos, falei a verdade.

— Sim.

Foi naquele momento que ele se virou para me fitar, seus olhos queimando de dor.

Rory se aproximou devagar antes de erguer uma mão até minha bochecha e acariciá-la com delicadeza.

— Porra, cheguei tarde demais. É isso que está me dizendo?

— O que está acontecendo, Rory? Por que está agindo assim?

Sua voz saiu rouca.

— Eu menti.

— O quê?

— O motivo que dei para terminar com você... foi uma mentira.

— Você não queria sair com outras pessoas?

— Não. — Ele balançou a cabeça devagar e sussurrou: — De jeito nenhum.

Eu estava completamente confusa.

— Ok... qual foi o verdadeiro motivo?

— Tem a ver com o acidente.

O acidente.

Foi uma das piores noites da minha vida, perdendo apenas para a noite em que Lainey morreu. Nunca me esquecerei do momento em que recebi a ligação dizendo que Rory estava no hospital depois de ter sido atingido em cheio por um caminhão enquanto estava voltando do trabalho. Felizmente, ele acabou se recuperando bem. Mas alguma coisa havia mudado nele depois daquilo.

— O que tem o acidente?

— Tem uma coisa que nunca te contei.

Uma sensação de pavor começou a me tomar.

— O quê?

Ele ficou apenas me encarando por um tempo antes de finalmente falar.

— Uma das piores lesões que sofri foi na área da virilha. O médico me submeteu a alguns exames para avaliar as sequelas do trauma contundente. Ele disse que eu não teria que fazer isso se não quisesse, mas senti que eu precisava saber... para o seu bem.

— Que tipo de exames?

— Ele testou o meu sêmen para ver se a produção de espermatozoides tinha sido afetada. E, basicamente, a amostra saiu vazia. — Rory baixou o olhar para seus pés quando sussurrou: — Não posso ter filhos.

Não.

Ai, meu Deus.

Não.

Senti uma tristeza indescritível.

— Por que não me contou? — Minhas mãos buscaram as dele em um instinto natural, agarrando-as com força.

— Acho que... eu não queria que você soubesse porque sabia o que diria e faria. Eu sabia que nunca me deixaria por causa disso. E eu não queria te impedir de ter filhos biológicos. Na época, pareceu a coisa certa a ser feita. O amor nos leva a fazer coisas loucas. Eu me convenci de que precisava abrir mão de você. Então, vi o término como a única solução.

— O que mudou? Por que está me contando agora?

— Porque sou mais fraco do que pensei. Pensei que conseguiria viver sem você. Mas tenho sofrido muito.

De repente, tudo começou a finalmente fazer sentido.

— Nunca pareceu real. Agora eu sei por quê.

Ele apertou ainda mais minhas mãos.

— Como eu poderia te deixar? Você é perfeita para mim. — Sua voz falhou. — Você é o amor da minha vida, Amber. Eu te amo tanto.

Eu não conseguia acreditar que aquilo estava acontecendo. Era como se eu pudesse sentir meu coração se partindo, um coração que não pertencia mais a Rory.

De repente, ele se afastou e saiu andando.

— Aonde você vai?

— Quero te mostrar uma coisa.

Ele retornou segurando uma sacolinha azul da Tiffany's. Sua mão tremia ao retirar uma caixinha de dentro e abri-la, revelando o anel com o qual sempre sonhei: com um corte em formato de coração.

— Eu tinha planejado te pedir em casamento no *Top of the Hub*, no Prudential, no nosso aniversário de namoro. Estava guardando esse anel quando o acidente aconteceu. Nunca imaginei que não teria a chance de te dar.

Meus olhos estavam embaçados por lágrimas quando olhei para o anel. Recusei-me a tocá-lo, porque não parecia mais algo que eu pudesse fazer.

— Como você sabia sobre esse anel?

— Vi no arquivo com coisas de casamento que você guardava no nosso antigo computador. Notei que tinha salvado várias fotos desse anel. Fui a Tiffany's e o comprei. — Seus lábios se curvaram em um pequeno sorriso. — De qualquer forma, sei que pode não importar mais, mas estou te mostrando isso para que saiba o quanto eu levava nosso relacionamento a sério. Ultimamente, tenho sentido algo estranho me dizendo que eu precisava ir atrás de você antes de te perder para sempre. Senti que algo estava acontecendo, e agora sei exatamente o que era. — Rory balançou a cabeça, incrédulo. — Uma coisa vou te dizer... eu nunca imaginaria que você e Channing... — Ele não conseguia proferir as palavras. — Porra, eu quero vomitar.

Sua devastação me penetrou até o fundo da alma. Aquilo parecia um pesadelo.

Lutei para encontrar as palavras certas.

— Só me resta imaginar como você se sente. Eu sinceramente nem sei o que dizer. Por mais difícil que tenha sido aceitar, acreditei que você tinha escolhido me deixar porque não me queria. Tive que me esforçar muito para tentar te superar. Agora, descubro que foi tudo uma mentira. E para completar, estou arrasada por você, por me dizer que não pode ter filhos. Meu Deus, Rory. Você tem razão. Eu nunca teria te deixado por causa disso. Nem em um milhão de anos. Estou tão chocada que me sinto enjoada. Você não faz ideia.

— Acho que sei como você se sente, porque também me sinto enjoado.

Meu celular apitou. Eu soube que era Channing antes de sequer olhar para a tela.

> **Channing:** Só me confirme que está bem.

Digitei uma resposta rapidamente.

> **Amber:** Estou bem. Até já.

Eu estava longe de estar bem. Enquanto olhava nos olhos do meu primeiro amor, o homem com quem achei que me casaria, o homem com quem pensei que teria filhos, nunca estive tão confusa em toda a minha vida.

A verdade era que eu nunca tinha deixado de ser apaixonada por Rory, mesmo quando pensei que ele havia escolhido me deixar. Ainda não tinha conseguido superá-lo. Uma parte do meu coração ainda pertencia a ele. Mas ele havia deixado um vazio. E Channing o preenchera. Me apaixonei tão intensamente, e apesar da verdade que agora eu sabia sobre Rory, isso não podia apagar o que havia se desenvolvido em meu coração por Channing.

Sentia como se meu coração tivesse entrado no purgatório. E pela primeira vez na vida, entendi que era completamente possível estar apaixonada por dois homens ao mesmo tempo.

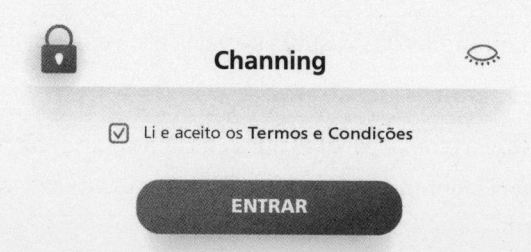

CAPÍTULO VINTE E DOIS

Channing

Li e aceito os **Termos e Condições**

ENTRAR

Ficar olhando para o relógio não estava ajudando, mas isso não me impediu de ficar checando a hora a cada dois minutos, com a esperança de que, de alguma forma, isso a fizesse entrar em casa logo.

Eu sempre soube que esse dia chegaria, que ele voltaria e tentaria reconquistá-la. Nunca foi uma questão de "se"... mas de "quando".

E desde quando Rory tinha aquela aparência? Quando éramos amigos, ele não tinha pelos no rosto e nunca se exercitava. Agora, parecia a porra do Charlie Hunnam.

Minha mãe entrou na sala.

— Channing, me diga o que está acontecendo. Estou muito confusa.

— Somos dois.

A última coisa que eu queria fazer era falar com minha mãe sobre aquela situação. Mas também estava ciente de que sua mente estava se deteriorando. Por quanto tempo eu ainda a teria por perto para desabafar? Eu me arrependeria de não conversar com ela enquanto podia. Essa compreensão me fez sentir obrigado a me abrir, mesmo que fosse um pouco desconfortável para mim.

— Eu sei que você dorme com ela, mas você ama Amber?

Mais cedo, eu dissera a Amber que estava me apaixonando por ela. Mas a verdade era que eu sabia em meu coração que não estava me apaixonando; já estava apaixonado e não tinha mais volta. Ela era a única mulher por quem eu já havia me apaixonado de verdade.

— Sim, mãe, eu a amo muito.

Minha mãe pareceu tão feliz por me ouvir dizer aquilo.

— Oh, Channing... eu não sabia se veria esse dia.

— Nem eu.

— Você nunca trouxe garotas para casa para me conhecer. Eu apenas presumi que seria como sempre foi, que você nunca sossegaria com ninguém.

— É, bem, ainda é possível que isso não aconteça para mim. Pelo menos, não com Amber.

— Por que diz isso?

— Ela e Rory passaram nove anos juntos. Ele tem uma vantagem enorme sobre mim. Ela ficou arrasada quando ele terminou. Amber era muito apaixonada por ele.

Era... ou é?

— Você sempre gostou dela... desde que era adolescente.

Aquele comentário me pegou desprevenido.

Como ela podia saber disso?

— Como você sabe?

— Uma mãe sempre sabe. Ela foi amiga da sua irmã, e sua, por muitos anos. Eu te observava interagindo com ela naquela época. Você sempre dava muita atenção a tudo que ela dizia. O seu sorriso aparecia mais do que o normal quando ela estava por perto. Pequenas coisas desse tipo. Havia uma conexão, sem dúvidas. Dava para perceber que era algo a mais. Ela não é uma garota qualquer. Vocês dois têm uma história também. Não descarte isso.

Fiquei surpreso por ela ter percebido tudo isso naquele tempo.

Minha mente pessimista estava a todo vapor.

— Ok... mas Rory e Amber têm uma história bem mais profunda e anos de memórias. Enquanto Amber e eu estamos envolvidos romanticamente há apenas alguns meses.

— Entendo o que você está fazendo. Está tentando se preparar, por via das dúvidas, para não sair magoado. Você sofreu muitas perdas na sua vida. Teve o abandono do seu pai, e Lainey... estamos acostumados a sermos deixados para trás, não é? Mas isso não significa que sempre vai ser assim.

Aquele momento com minha mãe era uma dádiva. Chegaria o dia em que eu também a perderia. E estava vindo mais rápido do que eu podia aguentar. Mas ela estava ali agora. E embora a maior parte dos momentos fosse de confusão, eu tinha que ser grato por ainda existirem momentos como aquele, de completa lucidez. Aquele, em particular, veio quando eu estava precisando muito.

— Não se precipite em presumir que ela vai escolher quantidade ao invés da qualidade. Eu vejo como ela olha para você. E não me refiro à maneira luxuriosa que a maioria das mulheres olha para você. Até algumas das minhas amigas velhotas, que deveriam se envergonhar, se quer saber. Com a Amber, é diferente. O rosto dela se ilumina quando você chega. Ela te admira. Enxerga além da superfície. Não existe uma alegria maior para uma mãe do que saber que há uma mulher nesse mundo que olha para seu filho dessa maneira, que o aprecia tanto por dentro quanto por fora.

— Eu também vejo isso. Amo o jeito que ela me olha.

— E se isso não der certo... se ela escolher a ele em vez de você, não veja como uma confirmação de que você não merece amor. A pessoa certa estará em algum lugar te esperando. Mas espero mesmo que Amber seja a mulher certa para você, porque ela é maravilhosa. Sempre achei isso. Ela é a calmaria que complementa o meu menino impetuoso.

Foi incrível me abrir assim e sentir como se um peso tivesse sido tirado do meu peito. Isso me fez perceber que eu não tinha falado sobre

Amber com ninguém. Eu sempre mantinha privacidade em relação à minha vida pessoal, principalmente com meus colegas de trabalho. Mas, às vezes, precisamos muito desabafar tudo.

— Mãe, eu nunca te contei isso, mas conheci uma garota ano passado. O nome dela é Emily. Ela foi a primeira garota com quem me senti pronto para sossegar. Para resumir, ela acabou voltando com o ex-namorado, e eu fiquei bem magoado. Mas, então, ela terminou com ele novamente de vez e voltou a me procurar. Ela mora aqui em Massachusetts.

— Oh, nossa.

— Pois é… houve um tempo em que eu gostava dela de verdade. Mas quando a reencontrei aqui… não foi a mesma coisa. Foi isso que me ajudou a perceber que eu estava realmente apaixonado por Amber. Só espero que aquela pequena decepção com Emily não tenha sido apenas um ensaio para uma decepção maior.

Fiquei olhando para minha mãe, esperando mais conselhos sábios. Em vez disso, ela fechou os olhos.

Um minuto inteiro se passou antes que ela os reabrisse. E então, ela me fitou inexpressivamente.

— Do que estávamos falando?

Pude sentir meus olhos marejarem. Ela não estava mais ali.

— Nada, mãe. — Dei um beijo em sua testa. — Obrigado por me ouvir.

Depois que minha mãe foi para a cama, fiquei sozinho no escuro, esperando Amber voltar.

Ela cheirava à maldita colônia dele, e isso estava me aborrecendo pra caramba. Ela me assegurou que não acontecera nada além de um abraço entre eles. Graças a Deus.

Era madrugada, e eu sentia como se estivesse em um sonho bizarro em que tudo que eu conhecia não existia mais. Amber estava angustiada enquanto me contava tudo que Rory admitira. Ela disse que eles ficaram no apartamento dele conversando por horas antes de ele finalmente trazê-la para casa. Eles passaram mais tempo juntos do que eu esperava.

Amber ficou andando de um lado para o outro no quarto. Eu não conseguia acreditar no que estava ouvindo. Era como se ele tivesse voltado do mundo dos mortos. Quero dizer, eu sempre soube que ele voltaria a procurá-la. Só nunca imaginei esse cenário. Não havia plano para como lidar com essa situação.

Fiquei sem palavras.

A única coisa significativa que eu sempre tive como vantagem era o fato de que Rory podia ser considerado não confiável por abandoná-la para sair com outras pessoas. Mas, no fim das contas, ele era um mártir.

Fantástico pra caralho.

Eu entendia a reação dela, por que descobrir o real motivo por trás do abandono de Rory a deixou emotiva. Até eu me sentia devastado por ele. Mas não era burro. Sabia que Amber ainda tinha sentimentos por Rory, mesmo antes disso acontecer. Por mais que me irritasse, eu sempre admirei o modo como ela amava tão profundamente com todo o coração e o quanto era uma pessoa leal. Minha esperança era poder ter mais tempo para fazê-la esquecê-lo por completo. Eu sabia que ela tinha sentimentos fortes por mim. Ela me amava? Eu não fazia ideia. Sentia que talvez, sim. As coisas já eram complicadas antes disso tudo acontecer. Mas agora? Agora, estava tudo um completo caos. Eu tinha que me proteger.

De jeito nenhum eu ia esperar que ela me dissesse que precisava de tempo para resolver as coisas. Eu não suportaria ouvir aquelas palavras. Eu ia *dar* tempo a ela antes que pudesse dizer o que eu sabia que estava por vir. Por mais doloroso que fosse, não podia permitir que eu me apaixonasse ainda mais profundamente por Amber se existisse a chance de ela voltar para ele.

Minha cabeça estava girando. A única decisão que fazia sentido era pegar minha mãe e ir embora, dar a Amber o tempo e o espaço de que ela precisava para colocar a cabeça no lugar.

— Você não pode processar tudo isso em apenas uma noite — eu disse. — Precisa de tempo para entender e resolver tudo de cabeça fria. E acho que eu não deveria ficar aqui enquanto você faz isso.

— O que está dizendo?

— Meu contrato está quase no fim. Vou contar a eles sobre a minha mãe e dizer que preciso voltar para casa agora. Voltarei para Chicago nos próximos dias. O Natal é semana que vem, então mamãe vai querer estar em casa para isso, de qualquer forma.

Uma expressão alarmada surgiu no rosto de Amber, sua mão agarrando minha camisa. Uma lágrima desceu por sua bochecha.

— Eu não quero que você vá embora. Era para você estar aqui no Natal.

Embora saber que ela queria que eu ficasse para as festas de fim de ano tivesse me feito bem, eu não sabia mais se as lágrimas em seus olhos eram por mim ou por Rory. Odiava ter que dividir qualquer coisa com ele, até mesmo as lágrimas dela.

Estava com um raiva gigantesca do Universo. Eu precisava colocar um pouco disso para fora.

Pousando a mão na dela, pressionei-as em meu peito e olhei profundamente em seus olhos.

— Amber, olhe para mim. Preciso que você preste bem atenção nisso. — Subi as mãos e segurei seu rosto com firmeza. — Sinto que não consegui deixar meus sentimentos tão claros quanto realmente gostaria mais cedo, porque meu tempo era curto. Eu falei errado. — Inspirando um pouco de ar, eu disse: — Não estou me *apaixonando* por você. Estou *apaixonado* por você. — Quando ela abriu a boca para começar a falar, eu a interrompi: — Por favor, nunca diga que também me ama a menos que tenha cem por cento de certeza. Não quero ouvir essas palavras se não for assim. Só vai doer. — Apoiei a testa na dela. — Acho que o momento em que realmente me dei conta dos meus sentimentos por você foi quando me senti estranhamente decepcionado por você não estar grávida. Percebi que não existia medo algum de ficar preso a você, porque estava bem onde queria estar. Sim, isso tudo entre nós aconteceu muito rápido, mas é muito real para mim. A cada dia, me sinto mais próximo de você. Até mesmo quando me mostra as suas vulnerabilidades, eu também as amo. Elas te fazem ser real. Posso não ter os últimos nove anos para te dar, mas posso te dar muitos daqui para frente.

Eu disse a mim mesmo que não ia beijá-la, mas não pude me conter. Juntei minha boca à sua, que recebeu meu beijo avidamente. Isso me deixou ainda mais sedento. Minhas palavras saíram rapidamente.

— Eu quero te foder na nossa cama todas as noites. Quero ler com você, dar risada de merdas bobas, fazer você corar, cozinhar coisas estranhas para você e ficar acordado até tarde da noite conversando. Quero adormecer ao som da sua respiração. Quero tudo que tivemos nos últimos meses pelo resto da vida. Quero tudo, tanto as partes boas quanto as ruins. Mas por mais que eu queira, pode apostar que não vou dividir você.

Ela fechou a mão em punho e bateu em meu peito, frustrada.

— Channing... eu queria que esta noite nunca tivesse acontecido.

Prendi suas mãos para detê-la.

— Eu sei disso, linda. Só imagino o quanto você deve estar confusa agora. Estou muito puto por ele ter te colocado nessa situação. Ele deveria ter sido honesto desde o início.

Eu realmente me sentia assim? Se ele tivesse feito isso, eu nunca teria esse tempo com ela.

Seu lábio tremia.

— Não estou pronta para você ir embora.

— Não é para sempre. Posso estar apaixonado por você, mas sou seu amigo há muito mais tempo. Sempre serei seu amigo, mesmo que isso me doa pra cacete. E como seu amigo, te conheço o suficiente para saber que precisa desse tempo para decidir o que fazer. Se me dissesse que não precisava disso, eu ainda insistiria. Não se esqueça de que eu tive o agravante infeliz de ser seu confidente antes de ser seu namorado, o que significa que eu sei exatamente a força dos seus sentimentos por Rory. Você não pode me dizer o contrário, e não pode esperar que eu acredite que essa notícia não abalou o seu mundo. Eu entendo. Não gosto disso... mas entendo. — Limpei uma lágrima de sua bochecha. — Somente o tempo poderá me mostrar se o que ele te disse esta noite muda algo entre nós. Se tivermos que ficar juntos, sobreviveremos a isso. E se escolher ficar com ele... — Fiz uma pausa para organizar meus pensamentos e controlar minhas emoções. — Se escolher ficar com ele, não vou te odiar ou usar isso contra você. Vou entender que esse foi o resultado de seguir o seu coração. Só quero que fique comigo se esse for o único lugar onde quer estar.

Ela fechou os olhos por um momento e então disse:

— Eu sei que está sendo sensato, mas não consigo imaginar ficar sem você em dois dias. Sinto que preciso de você aqui para conseguir aguentar isso, embora você seja parte do dilema.

— Por mais fodido que isso soe, eu entendo. Mas vou te dar espaço mesmo assim.

Com olhos suplicantes, ela quis saber:

— Não tem nada que eu possa dizer para fazer você ficar?

— Não. Eu sinto muito. É a coisa certa a se fazer nesse momento.

Amber ficou apenas assentindo. Ela estava enfim se conformando com o fato de que eu ia embora.

Ela passou os dedos pelo meu cabelo.

— Você disse que era meu namorado. Nunca usou essa palavra antes.

— Namorado... amante, mesma coisa — brinquei, enterrando o rosto em seu pescoço. — Estou brincando. Sei que nunca usei. Não achei que precisava dizer com todas as letras. Já faz um tempo que sinto que sou seu namorado.

Minhas mãos estavam começando a vagar por seu corpo. Eu estava me sentindo possessivo e sabia que, se dormisse no quarto naquela noite, iria querer transar com ela. E isso seria um erro, diante do rumo dos acontecimentos.

— É melhor você dormir. Conversaremos mais pela manhã — eu disse, forçando-me a me afastar.

— Aonde você vai? — ela perguntou.

Por mais doloroso que fosse, falei:

— Está tarde. Vou dormir no sofá.

Após alguns dias amarrando algumas pontas soltas, o dia do embarque finalmente chegou. O clima na casa estava absolutamente depressivo.

Amber focou toda a atenção na minha mãe. Ela arrumou seu cabelo antes de termos que ir para o aeroporto e a ajudou a guardar seus poucos pertences. Eu tinha quase certeza de que ela estava tentando evitar ter que se despedir de mim. É claro que eu esperava que não fosse realmente uma despedida, pelo menos não de forma permanente, mas não fazia ideia do que as próximas semanas trariam.

Eu estava terminando de colocar minhas coisas em uma bagagem de mão quando Amber entrou no quarto.

— A sua mãe foi se deitar. Ela pediu para acordá-la quando o Uber chegar.

— O Uber vai chegar em quinze minutos — murmurei.

Seu corpo estava a centímetros de distância do meu, mas eu não estava reconhecendo sua presença. Não estava pronto.

A voz de Amber falhou.

— Não acredito que isso está mesmo acontecendo.

Eu continuara dormindo no sofá nos últimos dias. Amber sabia por quê. Eu não precisava dizer letra por letra. Dormir longe dela havia sido uma tortura. Mas ela não tentou me convencer do contrário. Não havia nada que eu quisesse mais do que ter passado aquelas noites em sua cama. Mas não podia.

— Preciso dizer uma coisa antes de ir embora — anunciei.

— Não me faça chorar — ela pediu, embora já estivesse chorando.

Sentei-me na cama e gesticulei para que viesse até mim. Enterrando a cabeça em sua barriga, falei suavemente:

— Eu não apenas gosto de você, Amber. Eu amo você. Amo muito. Você sempre foi minha pessoa favorita. Mas depois de passar esse tempo com você, ver como é com Milo, o quanto dedica a sua vida aos outros... a meu ver, você é sensacional. E merece o mundo. Eu só quero que você seja feliz. — Ergui o olhar para ela e continuei: — Quando cheguei aqui... fiquei de coração partido ao ver como você estava sofrendo. Eu queria te ajudar a se sentir melhor, como você me ajudou há tantos anos quando Lainey morreu. Eu queria te tirar da escuridão. Mas, no processo, estraguei tudo e me apaixonei, me apaixonei não somente pelas partes boas, mas também pelas sombrias, sua autenticidade, sua vulnerabilidade. E a ironia é que, mais uma vez, eu precisava de você tanto quanto você devia precisar de mim. Esse tempo aqui me ensinou bastante. O jeito como cuida do Milo me ajudou muito a saber que mesmo quando alguém não consegue se comunicar direito, pode ter momentos de felicidade. Isso me deu esperança quanto ao futuro da minha mãe, quando quase nada mais me dá. Essa viagem foi uma bênção para mim. Você é uma bênção para mim. Por mais que eu te queira, tem algo que quero ainda mais, que é a sua felicidade, seja comigo ou sem mim. A única coisa que você precisa fazer por mim... é entender o que está no seu coração. — Pousei a mão em seu peito. — Eu sei que estou aí, em algum lugar. Mas sou egoísta e o quero por inteiro.

Ela fungou.

— Você merece tê-lo por inteiro.

Me levantei da cama e segurei seu rosto.

— Vou sentir tanto a sua falta.

Amber apoiou a cabeça em meu peito.

— Tem tantas coisas que eu preciso te dizer que não sei como articular. Sinto como se estivesse entorpecida, e te devo muito mais do que isso.

Abracei-a com firmeza.

— Você não me deve nada. Mas se quiser fazer algo por mim... apenas pense em mim enquanto eu estiver longe. Passe tempo com Rory. Faça o que precisa fazer. Mas quando não estiver com ele, pense em mim. Lembre-se de tudo que eu disse e do que fizemos.

Ela se afastou para me olhar.

— Prometo que farei isso.

O som de uma buzina do lado de fora interrompeu nosso momento.

— Merda. O carro chegou. Vou acomodar minha mãe e a gata lá embaixo. Depois, voltarei para me despedir, ok?

Saímos do quarto e Amber deu um abraço de despedida na minha mãe, prometendo vê-la novamente em breve. Eu esperava que isso acontecesse mesmo. Só Deus sabia o quão grave estaria o caso da minha mãe na próxima vez em que Amber a visse.

Mamãe carregou Gatinha em uma pequena caixa de transporte de animais. A pobre gata estava miando loucamente. Se pensar bem, isso devia ser assustador pra caralho para ela. Sua vida literalmente consistiu em fugir de uma caminhonete e, então, tudo que ela conhecia era a mim e a minha casa. Ela provavelmente achou que ficaria ali para sempre. E agora não sabia para onde raios estava indo.

Eu também estou com medo do desconhecido, Gatinha.

Peguei a mala preta que eu trouxera, junto com a pequena bolsa de coisas que minha mãe havia acumulado enquanto esteve ali e fomos até o SUV estacionado em frente à casa de Amber.

Após acomodar minha mãe no banco de trás, dei ao motorista vinte pratas extras, avisando que provavelmente demoraria alguns minutos e pedindo, por favor, que tivesse paciência.

Amber estava esperando diante da janela quando retornei para seu quarto.

Ela se virou.

— É isso?

Engoli em seco.

— Sim.

Há cerca de uma semana, eu havia comprado um visco em uma loja no centro da cidade, planejando pegá-lo na véspera de Natal e brincar um pouco. Retirei-o do meu bolso.

A boca dela esboçou um sorriso.

— O que é isso?

— Visco com glitter. Eu ia tentar fazer algo engraçado na véspera de Natal. Pensei em enrolá-lo no meu pau quando você fosse para a cama... fazer você rir. Comprei antes disso tudo acontecer.

Ela limpou as lágrimas de seus olhos.

— Teria sido muito engraçado mesmo.

Andei lentamente em direção a ela e segurei o visco acima de sua cabeça.

— Já que não estaremos juntos no Natal, posso te beijar debaixo desse visco agora?

— Não há nada que eu queira mais.

Ela separou os lábios e, faminto, eu os tomei. Não era minha intenção beijá-la com tanto vigor, mas estava começando a me cair a ficha quanto à magnitude da situação.

E se aquela fosse a última vez?

Amber também estava sentindo isso. Estava agarrando minha jaqueta como se sua vida dependesse disso. O visco escapuliu da minha mão e caiu no chão.

— Tenho que ir — eu disse roucamente contra seus lábios.

— Não vá. — Suas lágrimas molhavam meu rosto.

Eu a beijei com ainda mais intensidade. E perdi o controle. Perdi totalmente a porra do controle. Quando dei por mim, ela estava desabotoando minha calça jeans com desespero. Sua bunda estava no peitoril da janela e suas pernas envolveram minha cintura.

Não importava que minha mãe e a gata estivessem lá embaixo com o motorista do Uber. Tudo que importava era estar dentro dela de novo. Secretamente, parte de mim também precisava saber que ela não me negaria isso.

Estendi a mão para a mesa de cabeceira e me atrapalhei um pouco para pegar uma camisinha, abrindo o pacote em tempo recorde.

Assim que estava protegido, soltei um gemido bem do fundo da garganta ao enterrar nela. Parecia fazer cem anos desde que eu fizera isso.

Minhas estocadas eram rápidas e desesperadas. Suas costas batiam na janela enquanto eu a fodia sem dó, sabendo muito bem que poderia ser nossa última vez. Suas mãos puxavam meu cabelo enquanto eu mordiscava sua pele.

Gemi contra seu pescoço e disse:

— Não posso desistir de você, Amber. Porra, não me obrigue a isso.

— Fique dentro de mim, Channing. Me fode com mais força.

Mal registrei o som da buzina do lado de fora em meio aos nossos sons desesperados, nossas peles se chocando, a fivela do meu cinto tilintando.

Embora quisesse que aquilo nunca mais acabasse, eu precisava de um alívio, e precisava ir embora.

— Preciso ir — sussurrei em seu ouvido antes do meu corpo começar a estremecer conforme gozei dentro dela, estocando até não restar mais nada. Ela arfou e contraiu os músculos em volta do meu pau, chegando ao orgasmo logo em seguida.

O frio que senti ao sair dela foi excruciante. Nossas testas ainda se tocavam enquanto ofegávamos juntos.

— Tenho mesmo que ir agora.

Fechei o zíper da calça jeans rapidamente e lhe dei um último beijo firme nos lábios antes de me afastar.

Virei-me uma última vez.

— Posso não ter sido o seu primeiro amor, mas você é o meu.

Ela assentiu em silêncio, com mais lágrimas caindo. Pude sentir meus olhos marejando também, mas de jeito nenhum eu ia chorar.

Pelo menos não até eu estar no avião e longe dela.

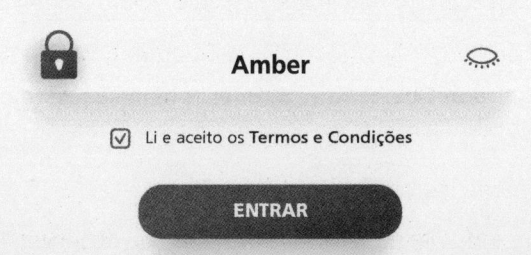

CAPÍTULO VINTE E TRÊS

Amber

☑ Li e aceito os **Termos e Condições**

ENTRAR

Era a tarde da véspera de Natal. Annabelle me fizera uma visita rápida para beber um pouco de *eggnog* antes de ter que voltar para casa para ficar com sua família. Aparentemente, seu marido queria que ela ficasse fora de casa por um tempinho para que ele pudesse embrulhar seu presente.

Ela deu uma mordida em um biscoito de Natal em formato de estrela, decorado com granulado vermelho e verde, antes de dizer:

— Toda vez que penso que a sua vida daria um bom livro, só fica cada vez melhor. Sério... tem como mais alguma coisa louca acontecer esse ano?

— Por favor, não faça essa pergunta. O Universo está ouvindo e, aparentemente, ele me odeia.

— Vou ter que concordar com você. — Ela deu risada. Quando seu sorriso murchou, ela indagou: — Você tem falado com o Channing?

— Vamos nos falar mais tarde esta noite. Ele vai levar a mãe a uma missa de véspera de Natal.

— Que fofo. Ele é um ótimo filho.

— É mesmo.

— E o Rory? Quando você vai vê-lo?

— Rory foi passar a véspera de Natal com a família em Illinois. Ele vai pegar um voo de volta para Boston amanhã e me buscar. Vamos para a casa do vizinho de baixo dele para tomar alguns drinques. É um velhinho que mora sozinho e Rory quer que eu o conheça. O nome dele é Boris.

— Que amor. Você não vai passar a noite lá, vai?

— Não, claro que não. Mas você parece estar bem nervosa com isso.

Annabelle passou para o sofá e sentou-se com as pernas cruzadas.

— Bem, não é segredo que sou Time Channing. Mesmo com a situação de Rory, pela qual, acredite, tenho extrema compaixão, estou torcendo pelo Channing.

— Isso não me surpreende.

Ela tomou um gole de *eggnog* e pareceu me observar.

— Tenho que admitir... estou um pouco preocupada com o seu bem-estar.

— Somos duas. — Suspirei e estiquei a mão para pegar um dos biscoitos que ela trouxera.

— Me refiro ao fato de você parecer estar entorpecida, como se não tivesse começado a processar tudo. Tem evitado falar sobre como se sente em relação a cada um deles. Sei que é complicado, mas, em algum momento, você vai ter que encarar, falar sobre isso.

Eu estava bem ciente do fato de que estava em negação. Era intencional, porque, sempre que pensava em algum deles, caía no choro. Essa negação era minha estratégia para conseguir enfrentar o dia e poder funcionar para as crianças e para Milo. Assim que eu parasse de negar o que estava acontecendo, a dor tomaria conta de mim.

Como agora.

— Eu deixei aquele homem voltar para Chicago sem dizer que o amava porque ele me disse que não queria ouvir isso. Tinha tantas coisas que eu queria dizer a ele, mas nada saiu. Com Rory, tem sido a mesma coisa. Ele me liga e eu não sei o que fazer ou dizer. Então, estou guardando tudo. Sinto tantas coisas pelos dois. Eu amo os dois. E estou sofrendo pelos dois por motivos diferentes. A verdade é que estou em negação porque nunca sofri tanto assim. Aparentemente, amor multiplicado só resulta em dor. E estou com medo de que isso tudo acabe comigo. — Soltei uma respiração forte pela boca e bebi um pouco de *eggnog*. Foi como se eu tivesse descarregado um peso enorme do meu peito.

— Bom, meus parabéns... ao falar sobre estar guardando tudo, você conseguiu desabafar um pouco.

— Você me induziu a isso. — Sorri. Fechando os olhos, decidi fazer mais uma revelação. — Channing e eu transamos logo antes de ele ir embora. Tipo, segundos antes. Não dormíamos juntos desde a noite em que fui à casa de Rory, mas acabamos perdendo o controle no último instante. Foi louco... e intenso, apaixonado. E partiu meu coração, porque eu também sabia que parte dele sentiu que aquele momento podia ser o fim para nós.

Annabelle parecia prestes a chorar.

— Isso é tão triste e romântico ao mesmo tempo.

— Eu sinto tanta falta dele — sussurrei.

— Com o passar dos dias, conforme o choque de toda essa situação diminuir, você vai começar a entender e resolver tudo. Ainda amará os dois. Mas o seu amor por um deles vai brilhar com mais força. E você simplesmente saberá. O seu estado confuso nesse momento é como uma nuvem de fumaça gigantesca. Mas é temporário. Quando a fumaça sumir, verá apenas um homem do outro lado.

Soltei o ar.

— É.

— A propósito, sabe o quanto é sortuda por ter dois homens maravilhosos que te amam? Algumas mulheres esperam a vida toda para serem amadas apenas uma vez, por apenas um homem.

— É, mas eu bem que abriria mão dessa situação se significasse que alguém que amo não sairia magoado.

Depois que Annabelle foi embora, foi estranho estar sozinha na véspera de Natal. Era a primeira vez que eu vivenciava isso. Eu sempre celebrava esse dia com meus pais ou com Rory.

Normalmente, eu teria ido para Chicago ou meus pais teriam vindo para cá, mas esse era o ano em que eles haviam planejado uma viagem para passar as festas de fim de ano na Inglaterra. É claro que, antes, eu estava muito bem com isso, achando que Channing estaria comigo.

Me dei conta de que todas as luzes da minha casa estavam desligadas. Estava tão preocupada que havia perdido o pôr do sol, e esse foi o primeiro momento em que percebi que estava sentada no escuro.

Fui até a janela e admirei as luzes que decoravam o prédio do outro lado da rua. Pessoas andavam com pressa pelas calçadas, provavelmente tentando fazer suas compras de última hora ou chegar a tempo às festas de família. Minha solidão estava começando a me sufocar.

Quando voltei para o sofá, decidi entrar no Instagram para ver se Channing tinha postado alguma coisa. Meu coração quase derreteu quando vi uma foto de sua mãe. Ela estava com um festão na cabeça e um sorriso enorme. Fiquei triste por não estar lá com eles. Channing havia editado a foto e, assim, tudo estava em preto e branco, exceto pelo festão vermelho. Eu sabia que ele estava tentando apreciar e guardar momentos como aquele com Christine. Era simplesmente lindo.

Após olhar fotos antigas de Channing por um tempo, decidi me atualizar nas pessoas que eu costumava bisbilhotar no Instagram. Uma delas era a ex de Channing, Emily. Ela havia curtido uma das postagens dele uma vez, então guardei o perfil dela, que era aberto. Bisbilhotá-la era uma doce tortura.

Contudo, naquela noite, quase desejei não ter visitado seu perfil. A foto mais recente era de uma árvore de Natal enorme que parecia estar no centro da cidade. Só que não era o centro de Boston. Era o centro de Chicago.

A legenda dizia: *Natal em Chicago.*

Chicago?

Ela estava em Chicago? A família dela morava em Massachusetts. Por que ela estaria lá, se não para visitar Channing? Meu coração acelerou.

Eu sabia que, diante das circunstâncias, era injusto da minha parte ficar tão brava com isso, mas não pude evitar. Ele provavelmente estava se sentindo muito vulnerável, ela estaria lá para se aproveitar, ajudá-lo a lamber suas feridas, entre outras coisas.

Sentia suor brotando no meu corpo. Channing e eu tínhamos planejado nos falarmos por telefone às oito, mas eu não achava que conseguiria esperar para ligar. Senti que precisava saber se ela estava lá com ele.

Peguei meu celular e meu dedo ficou pairando sobre o nome dele.

Não.

Não, Amber.

Você não tem direito algum de fazê-lo se sentir culpado. Vai esperar até às oito.

Durante a hora seguinte, o silêncio foi ensurdecedor.

Quando meu celular finalmente tocou às oito em ponto, pulei para atender.

— Alô?

Sua voz suave e profunda me acalmou.

— Feliz Natal, linda.

Fechei os olhos para apreciar o som.

— Feliz Natal.

— Voltamos da igreja há pouco tempo. Tinha uma cafeteria que ainda estava aberta lá por perto, então levei minha mãe para tomar um chocolate quente e agora estamos em casa relaxando. Estou fazendo pato ao molho de laranja. Ficará no forno por uma hora.

— É claro. Peru ou frango seria entediante demais.

— Pode crer.

Após eu soltar uma respiração trêmula, ele pôde perceber que havia algo me incomodando.

— O que está havendo, Amber?

— A Emily está aí com você? — deixei escapar. — Ela vai jantar na sua casa?

Após um breve silêncio, ele respondeu:

— Não. Mas ela está em Chicago. Você sabia disso?

— Sim.

— Está me stalkeando, Walton?

Hesitei, mas admiti:

— Eu... dou uma olhada no Instagram dela de vez em quando. Ela postou que estava em Chicago.

Ele respirou fundo ao telefone.

— Eu sinceramente não sabia que ela viria. Mas nós temos amigos em comum, lembra? Foi assim que a conheci... no casamento deles. Shawn e Melanie. Eles moram aqui. Ela disse que eles a convidaram para o Natal.

— Então, vocês ainda mantêm contato. Ela sabia que você estava de volta a Chicago?

— Eu a contatei antes de vir embora de Boston. Meio que tinha deixado as coisas bagunçadas com ela e senti que deveria ter ao menos a decência de dizer que estava indo embora. Mas ela veio me ver ontem.

— Entendi. — Massageei minhas têmporas. — O que ela disse?

— Você quer mesmo saber?

— Sim. — Preparei-me.

— Ela abriu o coração, basicamente. Implorou que eu lhe desse outra chance, tentou transar comigo, me disse que nem voltaria para Boston se eu a pedisse para ficar.

Minha pressão arterial estava subindo. Era difícil ouvir aquilo. Muito difícil mesmo. Nunca tinha sentido tantos ciúmes na vida.

Quando continuei em silêncio, ele disse:

— Você perguntou, Amber. Estou apenas te dizendo a verdade. — Ele suspirou. — Não aconteceu nada, ok?

— O que você disse a ela?

— Eu disse a verdade sobre você e que estava em um impasse. Sugeri que ela seguisse em frente, porque eu não poderia lhe dar nada agora.

Agora.

Meus sentimentos se transformaram de ciúmes em culpa. E se eu não conseguisse deixar Rory, estivesse enrolando Channing e acabasse impedindo que Channing pudesse ter um relacionamento bom e saudável?

— Posso te perguntar uma coisa, Channing?

— Sim.

— Acha que estaria com ela, se nossa situação não existisse?

Ele fez uma pausa e, então, disse:

— Provavelmente estaria, mas isso é irrelevante. Com a Emily, sempre foi apenas paixão. Com você, é diferente. O que nós temos é... avassalador. — Seu tom ficou zangado. — E, a propósito, se acha que eu poderia estar seguindo em frente com outra pessoa tão rápido agora, claramente não ouviu uma palavra do que eu disse antes de vir embora. E isso me preocupa. Me faz sentir que você não acredita em nada daquilo. Você ficou com essa ideia na cabeça de que estou com a Emily e, enquanto isso, estou sentindo a sua falta... querendo tanto que você estivesse aqui.

Me senti uma escrota.

— Também sinto a sua falta... demais.

Nenhum de nós disse uma palavra por cerca de um minuto, até que ele perguntou:

— Você o viu?

— Não. Vou encontrá-lo amanhã para uma reunião de Natal na casa do vizinho dele. Vai ser a primeira vez que o verei desde antes de você ir embora.

A respiração de Channing ficou mais pesada.

— Porra, eu achei mesmo que conseguiria aguentar isso. Mas a verdade é que não estou fazendo um bom trabalho.

— Quem conseguiria aguentar isso?

Ele me surpreendeu ao falar:

— Preciso te ver.

— Como?

— Skype. Pode ser?

— Sim, claro. Vou fazer o login. Meu nome de usuário é Amber Walton Zero Zero Oito. Vou te adicionar. Me ligue quando estiver pronto.

Encerramos o telefonema e coloquei meu computador na mesinha.

Alguns minutos depois, começou a tocar. Senti frio na barriga ao me preparar para vê-lo. Quando ele surgiu na tela, pude me lembrar do quanto era lindo. Sorri ao ver que Channing estava mesmo usando um suéter de Natal. Embora fizesse apenas alguns dias, seu cabelo escuro parecia mais comprido. Ele também não havia se barbeado.

— Belo suéter.

— Está me zoando?

— Só você ficaria um deus usando um suéter de Natal com estampa de gatos.

— Minha mãe que comprou. É uma homenagem à Gatinha. Tive que usar.

— Fica bonito em você.

— Você está linda — ele disse.

— Estou usando moletom.

— Não importa. Você é linda, Amber.

Channing ficou apenas me fitando, e senti-me compelida a dizer algumas das coisas que vinha dizendo para ele em minha cabeça a noite toda.

— Naquela noite antes de ir embora, você abriu o seu coração para mim. Fiquei lá paralisada feito uma idiota, incapaz de retribuir. A verdade é que fui uma tola por deixar você entrar naquele avião sem dizer alguma coisa, qualquer coisa, sem que soubesse o quanto eu... — Hesitei. Ele me pediu para não usar a palavra amor enquanto estivéssemos naquele impasse. Eu precisava honrar seus desejos. Prossegui: — O quando me importo com você. Nem sei por onde começar. Você entrou na minha vida como uma tempestade. Eu estava tão deprimida e sem esperança. Você me salvou com sua luz, sua risada, com seu ponto de vista otimista. Antes de você vir morar comigo, eu tinha tantas noções pré-concebidas sobre o tipo de pessoa que você havia se tornado no decorrer dos anos. E eu estava errada. Você derrubou isso por terra desde a primeira noite, quando me ouviu tão pacientemente. Nunca tinha sorrido tanto em toda a minha vida. Sei que diz que tivemos apenas alguns meses juntos, mas realmente pareceu ser muito mais tempo. Você me salvou de cometer um dos maiores erros da minha vida até aquela noite no Peabody, e em contrapartida, abriu uma porta para nós que nunca sonhei ser possível. Nunca imaginei que você poderia me amar. Essa ideia ainda é tão nova. Mas me sinto a garota mais sortuda do mundo por você sentir isso por mim.

Ficamos um longo momento em silêncio, durante o qual fiquei apenas ouvindo-o respirar.

— Isso é tão difícil — ele disse finalmente.

— Eu sei — concordei entre lágrimas.

— É Natal. Não chore — ele pediu.

Houve uma batida na porta.

— Que estranho. Espere aí. Tem alguém na porta.

— Não deixe de conferir pelo olho-mágico.

Não havia ninguém do outro lado, mas deparei-me como uma caixa no chão.

Uma entrega na véspera de Natal?

Carreguei a caixa para dentro de casa e voltei para o computador.

— Quem era?

— Ninguém. Tinha só uma caixa.

— De quem?

— Não sei. Não tem identificação.

— Abra. — Seu sorriso sugestivo me fez pensar que ele tinha algo a ver com aquilo.

— Channing, o que você está aprontando? O que tem dentro da caixa?

Seus olhos azuis cintilaram na tela.

— Feliz Natal.

— Como conseguiu fazer isso?

— Tenho elfos.

— É mesmo?

Como se já não tivesse me dado o suficiente com sua paciência e compreensão quanto à situação com Rory, ele me comprou um presente? Me senti péssima, porque não tinha comprado nada para ele. Não sentia que merecia nada daquilo.

— Então... abra. Na verdade, abra tudo, exceto a caixa pequena e achatada.

A caixa estava cheia de presentes embrulhados individualmente. Abri-os um por um: um pijama natalino de flanela, um kit de chocolate quente, um gatinho branco de pelúcia e um Kindle novo. Eu finalmente sabia o que ia fazer naquela noite.

— Você não deveria ficar sozinha esta noite. Achei que essas coisas poderiam ajudar.

— Adorei tudo. — Segurando o animal de pelúcia contra o peito, eu disse: — Especialmente minha própria versão da Gatinha.

Ele sorriu.

— Vista o pijama. Quero ver como fica em você.

— Ok.

Sem pressa, tirei a blusa. Quando removi o sutiã, os olhos de Channing focaram em meus seios. Senti o desejo se concentrar entre minhas pernas. Eu daria qualquer coisa para que ele estivesse ali, para sentir sua barba em minha pele.

Assim que terminei de vestir o pijama, falei:

— É tão confortável. Obrigada.

— Ok, abra o último presente.

Após remover o embrulho, comecei a abrir a caixa preta achatada. Dentro, havia um cordão fino de pérolas de verdade.

— Ai, meu Deus. Um colar de pérolas.

E então comecei a rir, porque me dei conta de por que ele havia escolhido aquilo.

— Não é o tipo que eu gostaria de te dar esta noite, mas pensei que merecia um de verdade, diferente do que aquele cara da internet e eu gostaríamos de te dar.

— Um de verdade! — Passei os dedos pelas bolinhas suaves antes de colocar o colar. — É tão lindo. Nunca tive pérolas de verdade.

— Achei que ficaria bonito no seu pescoço delicado. Enfim, tenho mais uma coisinha para você. Vou te mandar por e-mail amanhã. Não terminei ainda.

Sentindo-me envergonhada, eu disse:

— Você me deu vários presentes, e eu não te dei nada.

— Pode compensar em outro momento.

— Preciso fazer alguma coisa para você esta noite. É Natal. — Uma ideia me ocorreu. A única coisa que eu poderia dar a ele no momento. — Você está sozinho?

— Mamãe está tirando um cochilo, então, sim.

— Que tal se recostar e relaxar?

— O que tem em mente?

— Não tem muita coisa que eu possa fazer daqui — falei, começando a desabotoar a blusa do pijama. Meus mamilos enrijeceram ao ficarem expostos.

Tudo ao redor ficou completamente estático enquanto Channing focava em mim. Ele não estava sorrindo ou rindo. Estava hipnotizado, seus olhos ficando enevoados e cheios de desejo.

Seu tom era exigente.

— Tire tudo, exceto o colar, e me leve para o seu quarto.

Fiz o que ele pediu.

Assim que me acomodei na cama completamente nua, mexi nas pérolas e disse:

— Me diga o que quer.

— Quero assistir você se fazer gozar.

Ele abriu seu zíper. A ponta de seu pau duro estava se sobressaindo no cós da cueca boxer.

Posicionei o computador de maneira que ele pudesse ver meu corpo inteiro. Jogando a cabeça para trás, comecei a me masturbar. Não havia nada mais sensual do que os sons dos seus gemidos quando ele começou a bater uma enquanto me assistia.

Girando os quadris e enrolando meus dedos dos pés, continuei circulando meu clitóris inchado. Eu nunca tinha feito algo assim, e me perguntei por que demorei tanto. O desejo ficava tão mais intenso quando havia distância entre nós.

Meu orgasmo veio rápido e furioso. Channing gemeu alto de prazer. Espiando a tela por entre minhas pernas, pude ver seu punho bombeando o pau inchado enquanto seu gozo jorrava. Era uma visão incrivelmente erótica.

Quando ele enfim parou, sua cabeça continuou inclinada para trás.

Seus ombros subiam e desciam. Ele ficou em silêncio por um tempo e, então, enxugou os olhos com a manga do suéter. Quando seus olhos finalmente encontraram os meus, estavam vermelhos.

Puta merda.

Toquei a tela com a ponta do dedo e tracejei seu rosto.

— Você está chorando?

Ele fungou e balançou a cabeça, como se estivesse bravo consigo mesmo.

— Só fiquei um pouco emotivo. Não posso dizer que isso já aconteceu antes enquanto eu batia uma.

O fato de que eu não podia abraçá-lo, não podia reconfortá-lo, era pura tortura.

— Porra, estou tentando tanto. — Sua voz estava rouca.

Ficamos nos olhando por um tempo. Ele me dissera várias vezes que me amava. Mas acho que esse foi o primeiro momento em que a ficha realmente caiu para mim. Aquele homem realmente me amava. Pude ver com mais clareza do que nunca. Diante das lágrimas que ele tentava afugentar, as emoções desencadeadas por um simples ato sexual, eu soube. Channing tinha medo de me perder. Ele vinha agindo calmo e controlado e estava tentando me dar espaço, mas estava sofrendo muito.

Qualquer sombra de dúvida que eu pudesse ter sobre seus sentimentos por mim foi aniquilada naquele momento.

Mais tarde, naquela noite, eu estava sentada sozinha, usando meu pijama de flanela e bebendo o chocolate quente que ele havia me enviado com um doce em formato de palitinho enorme de hortelã dentro da caneca quando recebi uma mensagem.

> Channing: Você me deixa louco.

Segurei meu celular contra o peito e abri um sorriso enorme. Meus dedos pairaram sobre o teclado, querendo tanto digitar aquelas três palavras: *eu te amo*. Mas prometi que não as diria a menos que eu fosse completamente sua. Essa regra se estendia à troca de mensagens também. Me sentia completamente dele naquela noite, mas Rory ainda estava em cena, não estava? Não seria justo ir contra os desejos de Channing.

Como você diz a uma pessoa que a ama sem, de fato, dizer? No fim das contas, não pude colocar em palavras o que eu sentia, principalmente com aquela limitação. Então, optei por uma resposta simples e torci para que ele pudesse ler nas entrelinhas.

Amber: Você também me deixa louca. Muito.

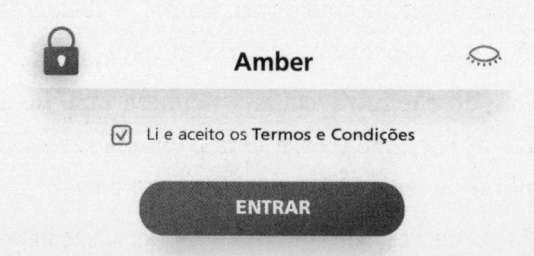

CAPÍTULO VINTE E QUATRO

Amber

☑ Li e aceito os **Termos e Condições**

ENTRAR

Sua batida melódica me fez levantar em um pulo.

Quando abri a porta, meu coração acelerou um pouco. Ele estava vestido de forma muito elegante, com uma calça social preta e um suéter verde-acinzentado justo com uma camisa de colarinho por baixo. Suas mangas estavam enroladas até os cotovelos, exibindo um relógio aparentemente caro que eu nunca o vira usando.

Rory viera direto do aeroporto para minha casa. Seu cabelo loiro estava perfeitamente arrumado com gel, e ele tinha deixado a barba crescer um pouco. Seus olhos azuis estavam brilhando. Para ser sincera, ele nunca esteve tão bonito.

Ele segurava um vaso de bicos-de-papagaio brancas e estendeu-o para mim.

— Isso é para você.

Eu o recebi e coloquei sobre a mesa.

— Obrigada.

Era estranho não o cumprimentar com um abraço ou um beijo, mas nós dois estávamos nos contendo por motivos óbvios.

Seu olhar era intenso.

— Você está muito linda — ele disse, enfiando as mãos nos bolsos lentamente.

— Você também.

Ele estreitou os olhos.

— Eu estou linda? Não era exatamente essa a minha intenção.

— Você sabe o que eu quis dizer. Lindo. — Balançando a cabeça, continuei: — Não estou conseguindo pensar direito.

Estar ciente do cheiro da colônia Kenneth Cole Reaction, que era marca registrada de Rory, me trouxe uma pequena sensação de conforto, fazendo-me lembrar de tempos em que a vida era bem mais simples.

— É. Você está nervosa. É estranho te ver nervosa perto de mim. Tente não ficar. Isso está me assustando um pouco. — Ele pousou uma mão em meu braço. — Sou eu, Amber. — Seu toque não me passou despercebido.

— Sinto como se estivesse em um primeiro encontro com você de novo.

— Que tal não focarmos em todas as merdas complicadas por um dia? A última coisa que quero fazer é pensar nessa última semana. Só fique comigo. Vamos curtir o Natal. Além disso, Boris tem bebidas das boas. A casa dele é tipo um bar da terceira idade. — Ele abriu um sorriso torto que me contagiou.

Talvez ficar em negação fosse a melhor maneira de lidar com aquela noite. Rory não ia falar sobre Channing, de qualquer forma. Tirando a noite em que ele descobrira que Channing e eu estávamos juntos, o máximo que havia feito até então foi mencionar o nome dele pouquíssimas vezes. Eu sabia que era muito doloroso para ele.

— Bom, não vou recusar bebidas das boas. — Sorri.

— Ótimo.

Quando saímos de casa o carro de Rory já estava ligado. Seus assentos aquecidos proporcionaram uma sensação muito agradável.

Durante os primeiros cinco minutos, ficamos em completo silêncio.

De repente, Rory apertou alguns botões e a música *The Chipmunk Song* começou a tocar. Ele sabia que essa música sempre me fazia cair na risada. *The Chipmunk Song: Christmas Don't Be Late*, cantada por Alvin e os Esquilos, era a minha música de Natal favorita.

Não sabia se era o nível de estresse em que eu andava ultimamente ou outra coisa, mas perdi o controle e comecei a gargalhar tanto que até chorei ao mesmo tempo. Aquelas vozinhas agudas eram exatamente o remédio de que eu precisava.

Quando a música acabou, enxuguei os olhos e virei-me para ele.

— Obrigada por isso. — *Soluço.*

Ai, não. Eu tinha dado tanta risada que fiquei com soluços.

— Os soluços chegaram! O Natal acaba de ficar ainda melhor — Rory provocou.

— Desculpe. — Dei risada.

— Pelo quê? — Ele me lançou um olhar rápido, tentando manter a atenção na estrada. — Eu amo os seus soluços.

O jeito como ele disse aquilo me deu um aperto no coração, como se, na verdade, estivesse tentando dizer que *me* amava, não meus soluços.

— Baixei o álbum completo de Alvin e os Esquilos, se quiser ouvir mais — ele disse. — Podemos colocar para tocar repetidamente, encher a cara e esquecer que o último ano existiu.

— Seria incrível, não é?

Aquele era um pensamento interessante. Se eu pudesse apagar o último ano, faria isso? Parte de mim queria poder voltar para o tempo em que as coisas eram simples antes do término. Mas outra parte sabia que eu nunca trocaria o tempo que tive com Channing por nada.

— Então, quem estará lá esta noite? — perguntei.

— Boris, a filha dele, Stephanie, o marido dela, Mitchell, e a filha deles, Sophie.

— Nossa. Ok. Não sabia se seríamos apenas nós e ele.

— Normalmente, ele fica sozinho. Eles moram em Connecticut, mas estão aqui para o Natal. Vão passar a noite na casa dele.

Eu podia ver minha respiração ao sairmos da BMW de Rory para a calçada em frente à sua casa. Felizmente, meus soluços tinham ido embora.

Pude ver Boris e sua família pela janela. Flocos de neve estavam começando a cair. Teríamos um Natal nevoso, afinal.

Quando a porta se abriu, Boris me recebeu de braços abertos.

— Aí está ela... a famosa Amber. Ouvi falar muito sobre você, querida. Temos apenas duas regras nessa casa: fique à vontade e deixe seus problemas para trás.

— Bem, me parece exatamente o tipo de lugar onde preciso estar esta noite.

Rory pegou meu casaco e eu segui Boris até a cozinha.

— Rory me disse que você curte Cosmos — ele disse.

Não entendi de primeira.

— O quê?

— Cosmopolitan. O drinque. Você gosta, não é? Pedi a Stephanie que comprasse os ingredientes na loja de bebidas para fazer um pouco para você.

— Ah! O drinque. Sim, é o meu favorito. Foi muito gentil da sua parte, Boris.

Rory pousou a mão no ombro de Boris.

— Obrigado.

Stephanie entrou com pressa na cozinha. Ela limpou a mão na calça para poder estendê-la para mim.

— Desculpe... minha mão estava suja de pasta de amendoim. Sou a Stephanie. Você deve ser a Amber.

— Prazer em conhecê-la.

Stephanie deu um beijo na bochecha de Rory. Estava claro que eles o consideravam parte da família.

Após ela me apresentar a seu marido e sua filha, sentamos na sala de estar para desfrutarmos de nossas bebidas e dos aperitivos que estavam dispostos sobre a mesa.

A árvore de Natal artificial estava acesa, com pilhas de presentes debaixo dela, e músicas natalinas tocavam em um volume baixo.

Em determinado momento, Stephanie anunciou que estava na hora da tradição anual de decorar pessoas. Ela nos dividiu em três times: Boris e Sophie, ela e Mitchell, Rory e eu. O objetivo do jogo era uma pessoa decorar a outra como uma árvore de Natal. Rory se voluntariou a ser a árvore do nosso time.

Stephanie distribuiu tesouras, cartolinas, festões, papéis metálicos, fita adesiva e bolinhas tilintantes. Cada time teria dez minutos para decorar o escolhido.

Em seguida, Stephanie postaria fotos em seu Facebook e deixaria seus amigos decidirem o time vencedor.

Rory colaborou tranquilamente enquanto eu o embrulhava como um presente. Dávamos risada toda vez que pedaços de papel ou de festão caíam dele. Nossos olhares se prendiam e, por momentos efêmeros, eu deixava de me lembrar que ele não era mais meu namorado. Com uma quantidade de álcool na medida para me deixar alterada e aquele joguinho divertido, estava ficando cada vez mais fácil esquecer a situação desoladora na qual eu havia me enfiado.

O jogo acabou, e Sophie acabou levando o prêmio. Depois disso, todos nos sentamos na sala de estar novamente para tomarmos café e comermos sobremesa. Era muito difícil não amar aquelas pessoas; elas eram calorosas e acolhedoras.

No geral, Rory estava bem quieto. Ele me lançava uns olhares enquanto comia sua torta, mas estávamos basicamente deixando os outros tomarem o controle das conversas.

— Me deixe te dizer uma coisa sobre o seu Rory — Stephanie disse, apontando sua garfada de cheesecake para mim. *Meu Rory.* — Ele é um santo. É tão bom para o meu pai. Não sei o que eu faria se ele não estivesse cuidando dele. Eu costumava me preocupar tanto, mas agora, com Rory morando lá em cima, não preciso mais.

Rory sorriu.

— Bom, ele não me expulsou de sua casa ainda, então...

Ela olhou para mim.

— Você tem um namorado maravilhoso.

A expressão dele murchou. Claramente, Stephanie presumiu que estávamos juntos. Fiquei surpresa por ela não saber, já que Rory mencionou que contara tudo a Boris.

Rory parecia não saber se deveria corrigi-la ou não, mas então disse:

— Na verdade, não estamos mais juntos.

A expressão de Stephanie transformou-se em constrangimento.

— Oh... desculpe. Eu pensei que... — Ela se virou para o pai. — Papai, você me disse que eles estavam juntos.

— Eu não disse isso. Eu disse... que ela era o amor dele.

O mundo parou de girar por um instante.

Ela olhou para mim e se encolheu um pouco.

— Ai, meu Deus. Me desculpem. Me sinto tão idiota agora. Bom, não que a minha opinião importe, mas vocês formam um lindo casal. De verdade. Espero que possam se resolver. Vocês fariam lindos bebês, algum dia.

As palavras dela foram como uma facada no coração. Eu não acreditava que ela tinha dito aquilo. Meu peito encheu-se com uma dor enorme. Simples assim, nossa noite alegre e feliz ficou sombria.

Rory ficou apenas olhando para seus sapatos. Ele esteve calmo e relaxado a noite toda, realmente se esforçando para me deixar confortável e me fazer curtir a noite sem falar em nada dramático. Isso não devia ter sido fácil para ele, dadas as circunstâncias. Mas aquele comentário foi um belo tapa na cara, embora ela obviamente não tivesse a menor ideia do que havia feito.

Ele se levantou de repente.

— Com licença. — E então, foi para a cozinha.

Eu não sabia se deveria ir atrás dele ou dar-lhe espaço.

Boris lutou um pouco para se levantar do assento antes de ir para a cozinha.

Sozinha com Stephanie e sua família, abri um sorriso desconfortável e, em seguida, voltei a comer minha sobremesa, forçando-me a engolir.

Pude ouvir Boris conversando com Rory de onde eu estava. Como sua audição estava comprometida, ele não estava exatamente sussurrando.

— Me desculpe, Rory. Não contei a Stephanie o que estava acontecendo porque não achei que cabia a mim.

— Tudo bem. Não se preocupe com isso. Eu só precisava de uma pausa.

— Ela é um amor, filho. Espero que dê certo.

Incapaz de aguentar, coloquei meu prato na mesinha de centro e fui para a cozinha. Boris retornou à sala de estar quando viu que eu estava me aproximando.

Rory se serviu de uma bebida. Ele não ergueu o olhar para mim quando disse:

— Você não precisava vir atrás de mim. Já sou grandinho.

Pousando a mão em seu braço, falei:

— Eu sei que sim. Você é a pessoa mais forte que conheço.

Ele congelou por um instante devido ao meu toque.

— Você está se divertindo?

— Sim... todos são muito gentis. Estou surpresa com o quanto estou me sentindo confortável aqui. — Enquanto ele virava sua bebida, perguntei: — Tem certeza de que está bem?

Ele pousou o copo na bancada.

— Estou bem. Já disse. Estou ótimo. Que tal você voltar para a sala? Irei logo em seguida, ok?

Examinei seu rosto, buscando a verdade.

— Tudo bem.

Ele não estava realmente bem, mas eu tinha que respeitar sua vontade.

Não tínhamos um plano claro para o resto da noite. Presumi que subiria para seu apartamento com ele, e aquilo me preocupou um pouco, principalmente porque eu não sabia mais como me comportar sozinha com ele.

Rory deu um jeito de fazer uma casinha de biscoito de gengibre com Sophie. Observei enquanto ele a ajudava pacientemente a montar cada pedacinho.

Eu tinha certeza de que Rory seria um pai maravilhoso algum dia, independente da criança ser sua biologicamente ou não. Sempre soube disso sobre ele, por causa do quão bem ele sempre cuidou de mim.

Boris me puxou de lado enquanto Rory ainda estava bastante envolvido com a casinha de biscoito de gengibre.

— Posso falar com você por um minuto, querida?

Pega de surpresa, me levantei.

— Claro.

Os olhos de Rory desviaram para mim quando ele percebeu que eu estava me afastando com o velhinho. Ele pareceu um pouco alarmado.

Dei-lhe um sorriso tranquilizador e sussurrei:

— Tudo bem.

Ele me conduziu pelo corredor até seu quarto, que parecia mais um templo da mulher que presumi ser sua falecida esposa. Havia fotos deles por toda parte, ocupando quase cada centímetro de sua cômoda e paredes.

A decoração no quarto ainda era bem feminina, provavelmente toques dela que ele nunca quis mudar.

Ele pegou uma das fotos emolduradas.

— Esta é a minha Ellie. Sabe... no fim, tudo que temos são lembranças. Mas você pode escolher agora quem vai ser a estrela no filme da sua vida. — Ele devolveu a foto. — Ele realmente te ama.

Engoli em seco.

— Eu sei.

— Ele me contou toda a história... sobre esse tal de Fanning. Ele está com medo de você ter se apaixonado por ele e que seja tarde demais.

— Channing — corrigi.

— Isso. Sim, tanto faz. De todo jeito, sei que essa não é uma situação simples. Você deve estar achando que te chamei aqui para poder convencê-la a aceitar Rory de volta, mas não vou fazer isso. Eu nunca interferiria em uma situação que não é da minha conta. Ninguém pode dizer a quem alguém deve amar. — Ele apontou para seu peito. — A resposta está em seu coração... em algum lugar nele, e não vai vir de mim nem de mais ninguém. Somente você sabe o que realmente quer. O que *posso* pedir é que não desperdice o tempo dele ou o iluda se descobrir que não tem intenção alguma de ficar com ele. Rory pode estar se fazendo de durão por fora, mas não é tão forte assim. E também não é burro. Ele assume total responsabilidade pela decisão que tomou quando terminou com você. Ele não espera compaixão. Só quer o seu amor, se ainda existir dentro de você, e está disposto a engolir o orgulho para consegui-lo de volta. Se não existir mais, então deixe-o livre para encontrar a pessoa com quem ele poderá fazer lembranças.

A ideia de Rory seguindo em frente com outra pessoa ainda era dolorosa. Velhos hábitos demoram a morrer.

— Juro que não quero fazê-lo perder tempo. Ainda estou tentando entender o que sinto. No momento, está um caos total e literalmente me deixando doente. Sinto uma dor constante no peito que nunca senti antes, porque estou apaixonada pelos dois.

— Você deve achar que sim, mas não é possível estar realmente apaixonada por duas pessoas. Você *quer* amar os dois porque se importa com os dois. O estresse de não querer que ninguém se magoe está reprimindo a sua capacidade de decifrar os seus verdadeiros sentimentos. Não force. Deixe que venha naturalmente até você.

— Obrigada por não me julgar. Sei que a sua lealdade é ao Rory, e, por favor, acredite quando digo que eu também só quero o melhor para ele.

Quando retornamos para a sala de estar, Rory se levantou do sofá. Pude perceber que ele estava louco para ir embora.

A casinha de biscoito de gengibre que ele tinha feito com Sophie parecia completamente terminada, com cobertura, granulados e jujubas.

— Você vai embora? — Sophie perguntou a ele.

— Acho que preciso levar a srta. Amber para casa.

A garotinha fez beicinho.

— Nós nem comemos a casinha ainda.

Ele ajoelhou-se para olhá-la nos olhos.

— Depois de todo aquele trabalho, você quer comê-la?

Ela o olhou como se ele fosse louco por perguntar.

— Essa é a parte divertida!

Stephanie entendeu que estávamos prontos para ir embora. Ela se levantou e me ofereceu um abraço.

— Amber, foi um prazer conhecer você. Acabei de te adicionar no Facebook. Espero que não se importe.

— Tudo bem, e foi um prazer conhecer você também. — Olhei para Sophie e sorri. — E você.

Boris me deu um abraço de despedida.

— Boa noite, linda moça. Foi um prazer.

— O prazer foi todo meu.

Assim que saímos para o corredor que conectava os dois apartamentos, Rory se virou para mim.

— Quer subir comigo um pouco antes que eu te leve para casa?

— Sim, claro.

Empolgado ao me ver, Bruiser pulou para lamber meu rosto quando entramos no apartamento de Rory. O cachorro me seguiu até o sofá e apoiou a cabeça em meu colo.

Rory sentou-se de frente para nós em uma chaise.

— Então, você vai me contar o que o Boris te disse? Espero que ele não tenha me envergonhado.

— Não, foi tudo bem, não foi nada disso. Ele me disse que sabia o que estava acontecendo entre nós. Estava apenas querendo te proteger, e a mim também. Ele é um bom homem, muito sábio.

Ficamos em silêncio por um momento, mas ele não desviou o olhar de mim nem por um seguindo. Parecia ter tanto a dizer.

Seu olhar era penetrante.

— Nem consigo pensar em você com o Channing. — Ouvi-lo mencionar Channing me surpreendeu.

Ele continuou:

— Escolho não fazer isso, porque é doloroso demais. Mas não vou ficar aqui e te dizer todos os motivos que me fazem ser melhor, por que deveria me escolher. É você que tem que decidir isso. Não vou colocá-lo no meio, porque meus sentimentos por você não tem a ver com mais ninguém. — Ele baixou o olhar para o chão e balançou a cabeça. — Eu cometi um erro. Um erro enorme. Esconder a verdade nunca resulta em algo bom. Aprendi a lição da forma mais difícil.

O cachorro adormeceu em meu colo.

Rory se levantou de repente.

— Fiz uma coisa para você. Não sabia o que mais te dar de presente.

Ele foi até seu quarto e retornou em seguida com um livro grosso, se sentando ao meu lado.

— Eu imprimi várias fotos nossas do decorrer dos anos. Coloquei-as em um álbum em ordem cronológica.

Olhando para o livro enorme, eu disse:

— Não acredito que você tirou um tempo para fazer isso.

— Bom, eu passei esses últimos meses remoendo o passado, de qualquer forma. Podia muito bem ilustrar tudo.

Ele se aproximou um pouco mais, e o calor de seu corpo era inquietante. Abri o álbum lentamente e comecei a olhar as fotos, que começavam no tempo em que começamos a namorar. *Deus, éramos tão jovens.* E eu era tão feliz.

Passando as páginas, comecei a realmente me lembrar de todas as razões pelas quais me apaixonei por Rory, o quanto éramos felizes juntos.

Deparei-me com uma coleção de fotos que foram tiradas na primeira noite em que fizemos amor. Estávamos sentados diante de uma lareira em um chalé que Rory havia passado meses economizando para alugar.

Nós esperamos um tempo para transar. Eu tinha dezessete anos e havia acabado de me formar no ensino médio quando perdi a virgindade.

Mentimos para nossos pais, dizendo que íamos acampar com amigos, quando, na verdade, Rory havia alugado um chalé na floresta só para nós dois. Todo mundo sempre reclama da primeira vez, conta o quanto foi ruim. Mas a minha, não. Minha primeira vez foi uma das melhores noites da minha vida. Estávamos rodeados por velas e uma lareira. A neve caía lá fora. E Rory não teve pressa alguma. Ele já havia transado com outra pessoa antes de ficarmos juntos, então não fui sua primeira. Ele sabia o que estava fazendo quando fez amor comigo lenta e sensualmente, certificando-se de fazer a experiência ser prazerosa. Saiu um pouco de sangue, mas não senti dor. E após fazermos mais algumas vezes e não ser mais desconfortável, ficamos insaciáveis. Ficamos entocados naquele chalé por dois dias seguidos transando até cansar. Foi um paraíso.

— Nunca vou me esquecer daquela noite — sussurrei.

Rory ficou perdido em pensamentos por alguns segundos antes de dizer:

— É. Foi incrível pra caralho.

Fiquei quase uma hora vendo todas as fotos que ele havia imprimido. Ver nove anos passarem diante dos meus olhos como um filme deixou a dor em meu peito ainda mais intensa. Mas ele estava tentando me fazer lembrar do que eu nunca tinha me esquecido.

— Guardarei esse álbum com carinho para sempre. Obrigada.

— Disponha.

Olhei pela janela e notei que a neve estava começando a cair com mais força. Já estava nevando assim durante todo o tempo em que estivemos ali?

Rory ligou a televisão em um noticiário, e a moça da previsão do tempo estava alertando às pessoas a não pegarem a estrada, a menos que fosse uma emergência. Me dei conta de que eu não conseguiria ir para casa.

Ele olhou para mim com um sorriso sugestivo.

— Eu juro que não planejei isso.

— Gelo negro? Isso é meio assustador.

Sua boca curvou-se em um sorriso.

— Mais assustador do que passar a noite aqui sozinha comigo?

— Só um pouco.

Rimos juntos antes de ele dizer:

— Vou dormir no sofá. Mas você não vai dormir sozinha na minha cama. O Bruisey vai querer dormir com você, como nos velhos tempos.

— Pobre Bruisey. Vai ficar tão confuso.

— Já que ficaremos aqui por um tempo, que tal eu te fazer um chocolate quente?

Chocolate quente.

Aquilo me fez pensar em Channing no mesmo instante.

— Claro.

Saí de debaixo do cachorro adormecido e me juntei a Rory na cozinha, onde nos sentamos e ficamos bebendo chocolate quente. Sob qualquer outra circunstância, estar presa por causa da neve com aquele homem lindo que fora minha vida inteira por tanto tempo teria sido um sonho.

Ele deve ter conseguido sentir meu turbilhão interno quando disse:

— Não se sinta culpada quando olha para mim. Fui eu que causei isso. Tudo isso.

— Não foi, não. Você não causou o acidente. Estava em choque e fez o que achou ser a coisa certa. Achou que estava me protegendo. Toda essa situação... não é culpa de ninguém. Não te culpo mais por nada agora que entendi o que realmente aconteceu.

— O motivo que me fez voltar foi não conseguir mais viver com você pensando que eu não te amava. Acabei esperando demais.

Inclinando-me e segurando suas mãos, falei:

— Eu sei que você me ama. É uma das poucas coisas das quais tenho certeza nesse momento.

Talvez tocá-lo tenha sido demais, porque, de repente, ele se afastou de mim e foi para o outro lado do cômodo.

Ele apoiou a cabeça nas mãos.

— Quando eu pensava sobre o meu futuro, sempre o imaginava com você. Agora... não vejo nada. Simplesmente não sei como seria. — Pela primeira vez, pude ver seus olhos marejarem. Ele parecia bravo consigo mesmo por perder a compostura que vinha tentando tanto manter. — Lá se vai o Natal sem dramas — ele murmurou.

Me levantei e puxei-o para um abraço. Eu só queria poder tirar sua dor, assegurá-lo de que tudo ficaria bem, que eu ainda o amava. *Eu o amava.* Mas não era tão simples. Não éramos mais nós.

Seu coração batia desenfreado, e o meu estava no mesmo ritmo. Sua respiração era rápida, batendo em lufadas frenéticas em meu pescoço. E então, lentamente, seus lábios chegaram ao meu rosto. Meu corpo se agitou quando sua boca pousou na minha. Não tive coragem de me afastar. Eu não queria me afastar.

O beijo ganhou intensidade rapidamente. Já havíamos nos beijado milhares de vezes, mas nunca foi tão desesperado, tão proibido, tão agridoce.

De alguma forma, acabei sendo prensada contra a parede. Ele sussurrou contra minha boca:

— Eu te quero e não posso te ter, e, porra, isso está me matando, porque ainda sinto que você é minha. — Ele apoiou a testa na minha. A dor em sua voz era palpável e penetrou todo o meu ser. — Sinto falta da sua risada, de como você olhava para mim, do seu amor e, cacete... sinto falta de te foder. Sinto tanta falta de te foder. Eu daria até a minha vida, a essa altura, para estar dentro de você de novo. — Ele enterrou o rosto em meu pescoço. — Estou duro pra caralho agora.

Eu estava começando a me dar conta do quanto aquilo era perigoso. Suas palavras estavam me deixando molhada. Meu corpo estava excitado enquanto ele continuava a se pressionar em mim. Estava me deixando levar. Não me lembrava da última vez em que as coisas foram tão intensas assim com Rory.

Sou uma pessoa terrível.

Eu não podia deixar aquilo durar mais um segundo sequer.

Afastando-me dele, eu disse:

— Eu sinto muito.

Ele pousou uma mão no rosto, esfregando a pele e assentindo, como se esperasse que eu fosse fazer isso.

— Tudo bem.

Retirei-me e fui para seu quarto pelo resto da noite. Como esperado, Bruiser deitou na cama comigo.

Afogando-me no aroma familiar de Rory, chorei até dormir, minhas lágrimas se infiltrando no tecido de seu travesseiro.

Rory me deixou na minha casa na manhã seguinte bem cedo.

Depois que cheguei, quando acessei minhas mensagens, vi que havia chegado um e-mail de Channing de madrugada.

> Querida Amber,
>
> Em anexo, está uma coisa que montei para você hoje. É uma playlist que me faz lembrar de nós dois. Quem diria que voltar para Chicago e estar longe de você me deixaria tão brega? Diga ao Milo que não preciso mais dele para amolecer o meu coração; estou fazendo um ótimo trabalho sozinho. Falando sério, espero que goste. Se não for pedir muito, não ria de mim.
>
> Feliz Natal.
>
> Com amor,
>
> Channing

Coloquei os fones de ouvido, deitei-me e dei *play* na primeira música.

Era *Wake Me Up When September Ends*, do Green Day. O significado era indubitável. Lainey morrera em setembro. Ele mencionara uma vez que essa música sempre o fazia se lembrar dela. Fiquei tocada por ele ter escolhido começar com ela. Por mais doloroso que fosse, a verdade era que a morte de Lainey foi o que nos aproximou como amigos.

As próximas músicas, que incluíam *Best Friend*, do Jason Mraz, e *You Are The Sunshine of My Life*, do Stevie Wonder, deduzi que representavam nossa amizade quando adolescentes.

Quando *What Hurts The Most*, do Rascal Flatts, começou a tocar, o tom da *playlist* mudou completamente. Eu sabia que ela refletia o tempo depois que ele voltou da faculdade, quando tudo mudou entre nós.

Foi a única música melancólica que ele adicionou, que precedeu uma que me fez cair na risada. Era *Just a Friend*, do Biz Markie. Aparentemente, representava o começo do nosso tempo juntos e sua negação quanto ao que sentia por mim.

A última canção era *Perfect*, do Ed Sheeran. A letra me fez chorar, porque parecia representar o fato de ele ter se apaixonado por mim. Era realmente perfeita.

— Eu beijei o Rory.

A culpa parecia estar me matando por dentro. Após passar horas ouvindo a *playlist* de Channing, finalmente reuni coragem para ligar e vomitar aquelas palavras no instante em que ele atendeu.

O silêncio do outro lado da linha era ensurdecedor, então continuei:

— Ele estava tão magoado e emotivo, e acabei me deixando levar pelo momento e pelas lembranças. Senti que precisava te dizer. Não quero esconder nada de você.

Ele enfim respondeu:

— É, mas tem algumas coisas que não tenho certeza se quero saber. — Houve uma longa pausa antes de ele soltar uma longa respiração. — Aconteceu mais alguma coisa?

— Não. Nevou bastante aqui ontem à noite. Estava muito perigoso pegar a estrada para eu vir para casa, então passei a noite lá. Ele dormiu no sofá. Eu dormi no quarto com o Bruiser. Ele me trouxe para casa hoje de manhã. Cheguei e recebi a sua *playlist*. Foi tão tocante. Não consigo expressar o quan...

— Obrigado por me contar. — Embora estivesse me agradecendo, ele parecia muito zangado. — Já que estamos sendo honestos... acho que deveria te contar que beijei a Emily ontem à noite.

Levei alguns segundos para assimilar sua confissão. Engoli em seco.

— O quê?

— Foi. Ela veio para se despedir antes de voltar para Boston e acabamos nos beijando antes de ela ir embora.

Senti minha boca seca, engolindo com dificuldade.

— Ah...

Parecia que ele havia acabado de quebrar meu coração em mil pedacinhos, mesmo que fosse completamente injusto da minha parte reagir assim. Meu cérebro parecia ter ficado vazio, incapaz de formular uma resposta coerente.

— Ainda está aí? — ele perguntou.

— Sim.

— Você está bem?

— Não exatamente.

— Pode poupar sua hiperventilação, Amber. Isso não aconteceu. Acabei de inventar para que você soubesse qual é a sensação.

Finalmente liberei a respiração que estive prendendo.

— Ai, meu Deus.

— Sentiu esse alívio? Bom, eu estou sentindo o exato oposto agora. Parte de mim me preparou para isso, mas não está ajudando em nada.

— É. Eu mereci essa.

Soando compreensivelmente furioso, ele disse:

— Preciso que a gente... não se fale por um tempo, ok? Vou desligar.

Ele encerrou a chamada antes que eu pudesse dizer qualquer outra coisa.

Naquela noite, ao telefone, Annabelle tentou o melhor que pôde para me animar depois que lhe contei o que acontecera com Channing.

— Pare de se punir. Ninguém crucifica a participante de *The Bachelorette* por beijar dez caras diferentes em uma semana ou levar três deles para uma suíte fantasia.

— Não sou uma participante de *The Bachelorette*. Não tenho desculpas. E Channing não se inscreveu em um reality show.

— Qualquer pessoa no seu lugar teria feito a mesma coisa. Você está tentando resolver e entender seu coração. Estamos falando sobre o resto da sua vida. Beijar o Rory foi parte do processo. Ele é um homem com quem você já fez amor inúmeras vezes. Você apenas o beijou. Não deixou que as coisas fossem além disso. Foi um momento apenas, e já passou.

Sentindo uma fraqueza por todo o meu corpo, eu disse:

— Não estou me sentindo bem, Annabelle. Parece que não consigo sequer ficar de pé.

— É estresse. Isso sempre afeta fisicamente a pessoa.

— Talvez. Mas parece mais que isso. Não sei.

— Qual é a sensação?

A resposta àquela pergunta veio com facilidade.

— Sinceramente? Parece que estou morrendo de coração partido.

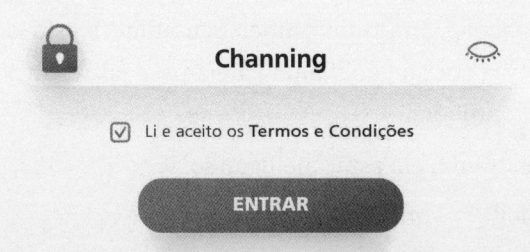

CAPÍTULO VINTE E CINCO

Channing

☑ Li e aceito os **Termos e Condições**

ENTRAR

Talvez eu estivesse sendo duro demais. Afinal, ela não era obrigada a admitir nada. Amber estava sendo honesta, e eu basicamente a havia punido por isso.

Mas não pude evitar minha reação. Saber que ela havia beijado Rory me deixou muito puto. Fiquei com ciúmes pra caralho. Embora eu pudesse aceitar dar a ela esse tempo para resolver as coisas, não significava que tinha que ficar feliz com isso.

Fazia quatro dias desde que eu desligara na sua cara. Estava sendo um escroto. E não liguei desde então. Mas ela também não me ligou, então era inevitável imaginar se eu estava perdendo a guerra.

Além da preocupação com Amber, eu tinha muitas coisas para lidar em casa. Por mais que minha mãe estivesse estável, eu estava tentando decidir como melhorar sua situação durante o dia. Não parecia viável deixá-la sozinha enquanto eu trabalhava, então estava tentando contratar alguém para ficar com ela, mesmo que fosse somente por pequenos períodos do dia.

Acabei voltando a morar na casa onde crescera para cuidar dela, mas estava mantendo meu apartamento, por enquanto. Minha vida em Chicago não parecia em nada como era antes e, de repente, eu estava com uma tremenda responsabilidade nas mãos.

Mas era minha mãe, a única família que me restava. Se aquela fosse a última coisa que eu faria, iria garantir que ela ficasse em segurança e bem-cuidada. Ninguém poderia fazer isso melhor do que eu. Ninguém a amava como eu.

Mamãe ainda estava dormindo quando meu celular tocou, certa manhã. Era Annabelle, amiga de Amber. Seu número estava salvo no meu celular desde a vez em que pedi ajuda a ela para entregar pessoalmente a caixa de Natal de Amber.

Mas era estranho ela estar me ligando.

— Annabelle? — atendi.

— Oi, Channing. — Seu tom estava melancólico.

— O que houve? Está tudo bem?

— Amber não sabe que estou te ligando, mas achei que você deveria saber que ela está internada no hospital há alguns dias.

— O quê? O que aconteceu?

— Ela está com pneumonia e uma desidratação severa. Acho que ficou tão estressada que parou de se cuidar... acabou contraindo alguma coisa. Fui ver como ela estava depois que parou de atender às minhas ligações e a encontrei muito mal. Ela me disse que sentia como se estivesse morrendo, então eu a trouxe para o Mass General. Ela está aqui desde então. Estão dando antibióticos e remédios para ela recuperar o peso e não vão dar alta até os pulmões estarem cem por cento bem. Achei que você deveria saber.

— Você disse... Mass General?

— Sim. Quarto 805, se, por acaso, você puder pegar um voo para cá.

Não conseguia acreditar que eu não fazia ideia de que ela estava tão doente. Isso era a prova de que eu tinha deixado minha raiva ir longe demais. Se não fosse pela ligação de Annabelle, eu continuaria no escuro por Deus sabe quanto tempo. Se alguma coisa tivesse acontecido com Amber quando não estávamos nos falando, eu nunca me perdoaria.

Acabei levando minha mãe para a casa de sua irmã, que ficava a quase duas horas de Chicago, para que eu pudesse pegar um voo para Boston.

Eu nem sabia se Amber ia me querer lá; só sabia que *precisava* estar lá.

O caminho do aeroporto até o hospital foi um borrão. Estava somente com uma mochila pequena, e não fazia ideia de quanto tempo ficaria ou o que aconteceria.

Quando o Uber me deixou em frente ao Mass General, subi para o oitavo andar o mais rápido que pude.

Vê-lo diante da porta do quarto onde ela estava não deveria ter me surpreendido. Mas surpreendeu. Eu não esperava ter que me deparar com Rory naquele momento.

Meu corpo enrijeceu e, por instinto, cerrei os punhos. Minha guarda estava completamente erguida quando ele se virou e notou minha presença.

— Como ela está? — perguntei.

Rory jogou seu copo de café vazio de maneira quase violenta em uma lata de lixo ali perto.

Bom te ver também.

— Ela está dormindo. Na verdade, *acabou* de adormecer. Acho melhor esperar antes de entrar lá. Você vai acordá-la, e ela precisa descansar.

— Tenho certeza de que, se dependesse de você, ela dormiria o dia inteiro, se isso me impedisse de entrar.

Escolhi não acreditar nele. Porém, quando espiei pelo vidro, vi que ele não estava mentindo. Amber parecia um anjo deitada com os olhos fechados, com um acesso intravenoso conectado ao braço. Ela estava usando uma camisola de hospital azul-clara, e seus cabelos estavam desordenados.

Senti uma tristeza imensa me tomar. Foi como se eu quebrasse por dentro a cada segundo em que a via ali, deitada, debilitada. Ver tudo que perdi por causa do meu ego. Aquilo era uma lição para nunca mais parar de falar com alguém enquanto se está com raiva, nunca supor que terá todo o tempo do mundo para resolver as coisas. Amber provavelmente ficaria bem, mas e se esse não fosse o caso? Pneumonia não é brincadeira.

Rory e eu estávamos agora lado a lado, competindo silenciosamente por espaço para olhar pela janela de vidro estreita da porta. Se testosterona no ar pudesse curar sua doença, os pulmões de Amber teriam ficado limpos rapidinho.

Ele foi o primeiro a falar.

— Eu nunca a vi tão doente assim.

Minha raiva estava aumentando.

— Nós fizemos isso com ela, porra.

Ele virou-se para mim abruptamente.

— Está me culpando?

— Eu disse *nós*. Não você. Essa situação como um todo. Ela tem passado tanto estresse que prejudicou seu sistema imunológico.

— Nunca tive a intenção de causar dor a ela ao voltar — ele disse.

— Eu sei disso.

Rory pareceu surpreso por eu ter concordado com ele e se acalmou um pouco.

— Quando você chegou?

— Agora mesmo. Vim direto do aeroporto. Você esteve aqui com ela o tempo todo?

— Faz uns dias que ela está internada. Estive aqui na maior parte do tempo.

Ainda olhando para ela pela janelinha, perguntei:

— Ela vai ficar bem?

— Vai. Agora, eles estão apenas monitorando-a. Essa é a primeira vez que ela consegue dormir de verdade. Estava precisando muito.

Por mais que estivéssemos tentando ser cordiais, era possível cortar a tensão no ar com uma faca. Parecia que era apenas questão de tempo até um de nós perder a cabeça com o outro.

— Por que você veio, Channing?

E, com isso, parecia que ia acontecer mais cedo do que tarde.

Virei a cabeça de uma vez para ele.

— Como é?

— Ela me disse que vocês nem estavam se falando. Ela não fez nada de errado.

Eu estava pronto para dar um soco nele.

— Bem, me perdoe por ficar chateado porque minha namorada beijou o ex-namorado.

Ele riu da minha cara.

— Sua namorada? Ela não é sua namorada.

— O caralho que não é. Ela se tornou minha muito antes de você ressuscitar e estragar a porra toda.

— Desculpe por arruinar seu plano de me apunhalar pelas costas na primeira chance que teve. Vai mesmo me dizer que aquele trabalho em Boston foi apenas uma coincidência? Você ficou sabendo que terminamos e não perdeu tempo em cair matando em cima dela.

Joguei a cabeça para trás, rindo.

— Só pode estar de brincadeira. É muita coragem sua me acusar disso quando foi *você* que caiu matando em cima dela no instante em que fui embora para a faculdade. Você sabia que eu...

— Com licença, senhores! — uma enfermeira interrompeu nossa briga. — Terão que levar isso lá para fora. Uma ala de hospital não é lugar para uma briga entre dois homens adultos.

Rory e eu ficamos apenas trocando um olhar mortal por alguns segundos. Ofegantes, seguimos para o elevador e descemos para o saguão.

Saímos do prédio em silêncio, e eu não sabia se estávamos prestes a arregaçar as mangas e cair na porrada ali mesmo, ou o quê. Tudo que eu sabia era que o que quer que estivesse prestes a acontecer entre nós tinha demorado muito para chegar. Uma década, para ser mais exato.

Acabamos indo para uma área com gramado ao lado do prédio do hospital que ficava adjacente a um estacionamento. Não havia ninguém ali, o que provavelmente era uma coisa boa.

Ele ergueu as mãos.

— O que estamos fazendo aqui, afinal? O que quer de mim, Channing? Não é suficiente ter roubado a única mulher que já amei na vida, transado com ela e a manipulado a se apaixonar por você?

Me aproximei de seu rosto.

— É isso mesmo que acha? Acha que o que ela e eu temos não é real? Se esse for o caso, lamento por você, porque está gravemente desinformado com um falso senso de autoconfiança. Você não estava lá. Não faz ideia do que se desenvolveu entre nós.

— Você não saberia o que é um relacionamento maduro nem se fosse esfregado na sua cara, Lord. Já contou a ela exatamente com quantas mulheres dormiu antes dela?

— Ela sabe tudo sobre mim. E não sou o cara que você *acha* que sou. Mas não te devo explicações de como ou por que posso ter mudado. Não estou querendo sua opinião.

— Não acredito que tenha mudado. Acho que transou com a Amber somente para se vingar.

Agora ele tinha jogado baixo demais.

— Você está mesmo querendo levar uma porrada, não está? — Sem querer, cuspi nele quando falei: — Nunca mais diga essas palavras de novo, a menos que queira que eu dê um jeito nessa sua cara.

— Então, me diga. Como acabou se envolvendo com Amber assim que terminamos? De todas as mulheres do mundo com quem poderia ficar, acabou ficando com a *minha* garota?

— Eu estava lá por ela porque você a magoou, panaca. Ou, pelo menos, foi o que achávamos. Ninguém sabia o real motivo que te fez abandoná-la na época. Ela estava despedaçada. Você tinha partido o coração dela. Era tudo que eu sabia. Amber e eu nunca deixamos de ser amigos, mesmo quando vocês ainda estavam juntos, você sabe disso. Por que ficaria surpreso com o fato de eu ter dado a apoio a ela quando a tinha deixado arrasada?

— E a sua forma de dar apoio foi trepando com ela? Isso não é se aproveitar de uma pessoa vulnerável?

— Mais uma vez, não te devo explicações... mas eu não tinha a intenção de me apaixonar por ela. Acredite, tentei com todas as forças não deixar isso acontecer.

— Poderia ter se esforçado mais.

Inclinei-me para ele e, com satisfação, disse:

— A melhor coisa que já fiz foi desistir de tentar.

Ele apertou os dentes.

— Então, é isso? Acha que pode simplesmente aparecer do nada e roubá-la de mim, quando ela e eu temos nove anos de história juntos?

— Do nada? Acho que é bem mais do que isso. Preciso te lembrar de que você a roubou de mim? Sabia que ela estava interessada em mim antes de eu ir para a UF. Pois é... ela me contou. Você a alertou para não se envolver comigo.

— Ela era inocente. Você não servia para ela. Foi a coisa certa a fazer.

— Claro que foi a coisa certa... para você. Foi tudo parte do seu plano.

— E daí? Me processe por querê-la tanto que estava disposto a sacrificar nossa amizade por ela, porra. Isso é o quanto ela é importante para mim. Não pude evitar me apaixonar.

— Bom, eu também não pude evitar me apaixonar por ela agora. Você jogou fora o que tinha por tomar uma decisão ruim. Escolheu não ser sincero com ela. Terminou com ela e a deixou completamente arrasada. Eu a ajudei a recolher os cacos e, quer saber? Não quero devolvê-los. Eu amo cada pedaço quebrado dela. E não consigo me sentir culpado por isso, mesmo que lamente muito pelo que aconteceu com você depois do acidente.

Rory revirou os olhos.

— Aposto que lamenta.

Merda.

Ele estava tão enganado. Respirei fundo e recuei um pouco para organizar meus pensamentos.

— É isso que pensa? Que tipo de pessoa acha que eu sou? Acha que fico feliz com o que aconteceu com você? — Uma onda inesperada de emoções me atingiu naquele momento quando notei a tristeza e o arrependimento genuínos em seus olhos. — Porra, estou arrasado por você. Você já foi o meu melhor amigo, lembra? Eu nunca te desejaria algo assim. Nunca.

Ficamos em silêncio, fitando um ao outro, parecendo nos acalmar a cada segundo que passava.

— É, bem... — Ele chutou um pouco de terra. — Ainda acho que ela ficaria melhor sem mim. Só não sei como *parar* de amá-la.

— Somos dois.

Continuamos cara a cara.

— Acho que, em vários sentidos, estamos de volta ao ponto de partida — ele disse. — Nós dois a queremos, e nenhum de nós pode tê-la. — Rory fez uma pausa, ergueu o olhar para o céu e, em seguida, voltou a me fitar. — Sei que provavelmente acha que não me importei com o que fiz quando quebrei o pacto que fizemos naquele tempo, mas me senti um lixo por fazer aquilo com você. Não que isso sirva de consolo agora.

— Por mais que tenha me passado a perna, eu sinceramente não posso dizer que não teria feito a mesma coisa se você tivesse ido embora e ela tivesse expressado um interesse em mim. Então, não posso impor a você um padrão que eu mesmo não seguiria. Na verdade, já te perdoei há muito tempo.

— Então, se me perdoou, por que parecia querer me matar, mais cedo?

— Isso foi porque você estava questionando minhas intenções atuais. Talvez fosse mais fácil para você aceitar isso se achasse que ela foi apenas uma foda de vingança para mim. Mas acho que, a essa altura, precisamos entender que a única coisa com a qual concordamos é que nós dois queremos o melhor para Amber, e nós dois queremos que ela seja feliz. Nenhum de nós escolheu estar na situação em que estamos agora. Simplesmente aconteceu. E, no fim das contas, é a Amber que vai decidir com quem quer passar o resto da vida. Se ela escolher você, não vou interferir. E espero o mesmo de você.

Eu não estava esperando o que saiu de sua boca em seguida.

— Passo noites acordado rezando para que ela me escolha. E, na outra parte do tempo, rezo para que ela não me escolha... porque nunca poderei dar a ela tudo que merece.

Me doía de verdade pensar no que tinha acontecido com Rory. Eu não conseguia imaginar como seria ter que lidar com isso, além de tudo. Mas eu conhecia Amber. E se ela acreditasse que Rory era a pessoa certa para ela, o fato de ele não poder ter filhos não a impediria que querer ficar com ele. Amber era amorosa por natureza. Eu podia vê-la adotando uma criança e tratando-a como se fosse biologicamente sua. Bastava ver como ela era com Milo.

— Não faça isso com você, cara — eu disse.

Sua expressão endurecida pareceu suavizar.

— E agora, o que acontece?

— Trocamos um aperto de mão e concordamos em não dificultar ainda mais essa situação.

Rory estendeu a mão para mim, e a segurei. Não sei o que deu em mim, mas, de repente, eu o puxei para um abraço. Então, demos tapinhas nas costas um do outro.

— Sinto muito pela sua mãe — ele declarou.

— Obrigado.

— Ela sempre foi tão boa comigo.

— É. Ela sempre gostou de você. — Sorri e brinquei: — Ela nunca foi muito boa em avaliar as pessoas.

Ele sorriu.

— Idiota.

Ao caminharmos de volta para o hospital, Rory virou para mim e falou:

— Achei que não voltaria ileso. Você é uma decepção, Lord. Esperava ao menos um lábio sangrando.

— Magoe a Amber de novo e ficarei feliz em entregar isso e muito mais. Não importa como essa história termine, eu sempre protegerei a Amber, o que significa que você precisa tomar cuidado.

Ele me deu um tapa forte nas costas.

— O mesmo vale para você.

A enfermeira que nos repreendeu ficou nos vigiando feito um falcão quando voltamos. Tomando nossos lugares em frente à janelinha estreita da porta de Amber, pudemos ver pelo vidro que ela não estava mais dormindo.

— Parece que ela acordou — Rory disse. — Eu ia descer até a cantina para pegar um café. Quer alguma coisa?

Eu sabia que ele estava intencionalmente me dando tempo para ficar sozinho com ela, e fiquei grato por isso.

— Não. Acho que vou entrar lá e dizer a ela que estou aqui.

Ele assentiu uma vez.

— Está bem.

Fiquei observando-o ir em direção aos elevadores. Eu tinha vindo a Boston esperando poder acertar as coisas com Amber. Não esperava que faria as pazes com Rory.

Acho que milagres de Natal existem mesmo.

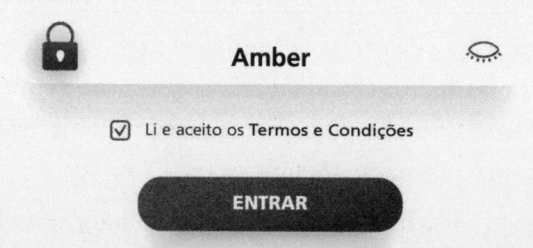

CAPÍTULO VINTE E SEIS

Amber

☑ Li e aceito os **Termos e Condições**

ENTRAR

Abri os olhos aos poucos, sem saber por quanto tempo havia dormido ou que dia era. Os formatos quadriculados das luzes florescentes no teto estavam me dando dor de cabeça, assim como o cheiro do hospital, que era uma mistura de antisséptico e seres humanos.

A sensação de pavor que surgia sempre que eu pensava na minha realidade atual começou a se infiltrar em mim conforme eu me situava.

Os medicamentos que estavam me dando funcionavam, mas não com rapidez suficiente. Peguei o controle remoto, liguei a televisão e fiquei encarando inexpressivamente o noticiário que estava passando. A cama adjacente à minha estava vazia, e fiquei grata.

Houve uma leve batida na porta. Presumindo que era a enfermeira para medir meus sinais vitais, nem olhei na direção dela.

Quando a pessoa se aproximou da cama, reconheci seu cheiro e me dei conta de que não era uma enfermeira.

Ao olhar para Channing, mal pude acreditar que ele estava ali. Com o coração acelerado, desliguei a televisão. Meus olhos se fecharam quando sua mão tocou minha bochecha devagar. Ele tinha cheiro de ar livre misturado com sândalo, literalmente um sopro de ar fresco naquele lugar de ar estagnado.

— Como se sente?

— Já estive melhor. — Sorri. — Mas vou ficar bem.

Ele soltou o ar e segurou minha mão.

— Graças a Deus. Eu estava tão preocupado.

Um sentimento muito poderoso tomou conta de mim. Eu enfim entendi o que pessoas como Boris e Annabelle me disseram. Que chegaria o momento em que o que eu sentia de verdade se revelaria de forma natural. De uma maneira inexplicável, eu saberia a quem meu coração pertencia. Era um sentimento que não podia ser quantificado ou previsto. Apenas aconteceu, natural e inesperadamente.

Essa doença havia me nocauteado. Mas também me dera mais tempo para refletir sobre minha vida. Somente quando ele estava diante de mim naquele exato momento foi que pude ter certeza dos meus sentimentos mais verdadeiros... que eu não podia viver sem aquele homem. Estive completamente infeliz desde o instante em que ele voltou para Chicago.

— Cadê o Rory? — perguntei.

Sua expressão ficou mais sombria. Ele devia estar deduzindo que, com aquela pergunta, eu queria dizer que precisava mais de Rory do que dele. A verdade era que eu precisava me certificar de que Rory não entraria naquele momento em particular. Eu sabia que ele estava no hospital desde que eu me internara.

— Ele foi à cantina pegar um café.

O sentimento estava praticamente transbordando em meu peito.

— Eu te amo, Channing.

Ele pareceu chocado e, então, seus olhos se encheram de esperança conforme sua ficha caía.

— Ama?

Ele sabia que eu tinha prometido não dizer as palavras a menos que fossem completamente sinceras.

— Eu te amo. Prometi que não te diria isso até que eu fosse sua. Não me restam dúvidas de que pertenço a você. Nunca senti tanto medo como nesses últimos dias, quando pensei que estava te perdendo de vez.

— E o Rory? — O tom de sua pergunta e sua expressão refletiam o que quase parecia preocupação com Rory. Foi uma observação interessante.

Obviamente, a mera menção ao nome de Rory me fez começar a chorar. Eu sempre o amaria. E uma grande parte em mim se sentia péssima naquele momento. Mas a verdade era simples.

— Meu coração bate mais forte por você, Channing. Eu amo Rory. Sempre o amarei. E isso é algo que espero que você possa compreender. Mas nem sempre o amor vem na forma da pessoa que mais te faz sentir segura, ou tem a ver com o quanto se importa com alguém. Às vezes, o amor vem na forma da pessoa que incendeia sua alma, e talvez essa também seja a pessoa de quem você mais tem medo. Às vezes, amar significa correr um risco maior. Você é o risco maior, porque te perder seria a coisa mais catastrófica do mundo. Meu amor por você é diferente. É algo que não posso viver sem. Eu aprendi a viver sem o Rory. E agora que sei como é te ter na minha vida, sei que não posso viver sem você. Não quero saber como é te perder. Nunca.

Ele soltou um suspiro enorme de alívio.

— Deus, e era eu que estava *me* preparando para *te* perder. Se você soubesse...

— Nunca mais te farei sentir que tem que duvidar das minhas intenções.

Os olhos de Channing estavam marejados.

— Eu te amo tanto, Amber. Desculpe por ter agido como um idiota esta semana. Eu só estava com medo.

— Sei disso. Eu também estava. — Então, me dei conta de que ele tinha vindo de Chicago e deixado Christine. — Quem ficou com a sua mãe?

— Eu a levei para a casa da irmã dela, que fica a algumas horas de distância de onde moramos. Ela está bem. Eu disse a ela que ficaria fora por alguns dias. Ficarei aqui com você para o Ano-Novo.

— Como você soube que eu estava no hospital?

— Annabelle me ligou. Não fique brava com ela.

Revirando os olhos, assenti.

— Eu já devia saber.

Ele segurou minha mão.

— Então, e agora? Acha que o Rory sabe como você realmente se sente?

— Eu tenho que dizer a ele. Vou precisar falar com ele hoje.

Ele mordeu o lábio, parecendo pensativo.

— Ok.

Fiquei tocada ao ver quanta compaixão Channing parecia ter por Rory. Ele não estava se gabando; parecia realmente preocupado com ele.

Channing pousou a cabeça em meu peito.

— Nunca mais quero ficar longe de você.

Ele ficou com a cabeça deitada ali enquanto eu passava os dedos por seu cabelo. Foi um momento perfeito.

Estávamos em nosso mundinho. Tão imersos que, quando Rory entrou no quarto, não percebi, até ele estar de pé bem diante de nós, segurando dois cafés e com uma expressão que dizia que *seu* mundo tinha sido destruído.

Estava esperando algum confronto entre eles, mas isso não aconteceu. Channing parecia sério ao olhar para Rory. A animosidade que existia antes parecia ter desaparecido.

Channing apertou minha mão e disse:

— Preciso tomar um banho. Vou para a sua casa. Ainda tenho a chave. Volto logo.

Então, ele saiu em silêncio do quarto, deixando Rory e eu sozinhos.

Quando a porta se fechou, Rory pousou os copos de café e continuou ali de pé, congelado.

Ele sabia.

— Não diga. Eu já sei o que está acontecendo, e não vou suportar ouvir você dizer palavra por palavra.

Incapaz de continuar contendo minhas lágrimas, chorei.

— Eu sinto muito, muito mesmo, Rory.

Ele permaneceu na outra extremidade do quarto. Parecia abalado ao dizer:

— Durante essa última semana, mesmo antes de adoecer, você esteve completamente distante. Eu sabia que estava pensando nele. Sabia que eu estava te perdendo de vez.

Tentei me recompor para explicar da melhor maneira o que estava sentindo. Não havia um jeito fácil de fazer aquilo. Eu tinha que despejar tudo de uma vez, mesmo que me doesse.

— Quando você me disse para explorar outras pessoas, foi isso que fiz. E encontrei uma pessoa com quem tenho uma conexão mais profunda, uma conexão que, em retrospecto, existe há muito tempo. O motivo de você ter me deixado não é importante. O fato é que me deixou por tempo suficiente para me dar conta dos meus sentimentos por outro alguém, alguém que aprendi a amar. Sempre te amarei também. Só não posso mais ficar com você, por mais que me doa admitir isso. — Minha voz estava trêmula. — Espero que possa encontrar uma forma de me perdoar.

Ele estava com o olhar baixo.

— Não consigo olhar para você agora. É doloroso demais. Mas quero que saiba que não há o que perdoar. Você não fez nada de errado. Só espero que tenha tomado a decisão certa.

Havia uma cortina servindo como uma divisória entre mim e a cama vazia adjacente. Rory desapareceu por trás dela durante vários minutos. Eu não quis imaginar que ele estava chorando. E não conseguia imaginar como estava se sentindo.

Seus olhos estavam vermelhos quando ele reapareceu. Rory se aproximou devagar de mim e segurou minhas duas mãos nas suas, beijando-as firmemente.

— Você vai ficar bem se eu for para casa?

O fato de que ele ainda se importou o suficiente para perguntar fez meu coração doer.

— Claro.

Meu respeito pela forma como ele se comportara durante todo aquele martírio era imenso. Meu respeito por *ele* era imenso.

Nada apagaria a importância do tempo que tivemos juntos. Todas as pessoas que entram em nossas vidas têm um propósito para nos ensinar, de alguma forma. Rory me ensinou a amar. E, por isso, eu seria grata para sempre. Eu rezaria todas as noites para que ele encontrasse o tipo de amor que tanto merecia, o tipo que o faria perceber que havia uma razão para o que tinha acabado de acontecer entre nós.

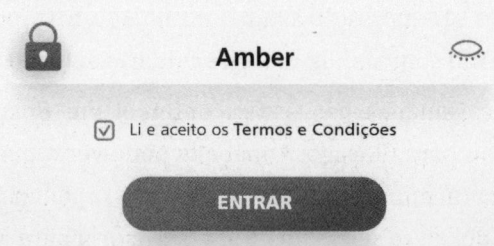

CAPÍTULO VINTE E SETE

Amber

Li e aceito os **Termos e Condições**

ENTRAR

Oito Meses Depois

Desde que tinha me mudado para Chicago, os telefonemas de Annabelle eram sempre uma adição bem-vinda a qualquer tarde.

— Alguém quer dizer oi — ela disse.

— Ooooi — ele falou em uma voz profunda.

— Oi, Milo! Que saudades!

Ela voltou à linha.

— Não foi fofo? E ele está sorrindo.

— Você vai me fazer chorar.

— Eu disse a ele que ia ligar para a Amber, e sabe o que ele fez? Abriu um vídeo do desenho *Daria* no YouTube.

— Mentira! Isso é tão engraçado. Minha versão em desenho animado.

— Hilário.

Annabelle provou o quanto era uma amiga de verdade antes de eu ir embora de Boston. Pouco tempo depois que tive alta do hospital, ficou claro que, já que Channing e eu ficaríamos juntos, um de nós teria que se mudar. Tirar Christine do único meio com o qual ela tinha familiaridade não ajudaria sua habilidade em sustentar sua consciência. Por mais doloroso que fosse pensar em deixar Boston, foi uma decisão muito fácil. Channing precisava ficar em Chicago. Ele era o meu lar. Eu precisava ir para o meu lar.

Mas me recusei a ir até conseguir encontrar alguém confiável para ficar com Milo à noite. Não era bem responsabilidade minha procurar um substituto. Tecnicamente, a agência que me designou para o caso dele encontraria um. Mas eu não confiava que eles encontrariam a pessoa *certa*. Eu queria alguém que ficasse trabalhando no seu caso por um tempo e criasse uma conexão com ele, alguém que cuidaria dele tão bem quanto eu.

Durante as semanas nas quais continuei em Boston depois que Channing retornou para Chicago, Annabelle pôde ver o quanto ficar longe dele era difícil para mim enquanto eu tentava organizar as coisas. Ela insistiu que eu a deixasse ser a substituta provisória para Milo e disse que também ajudaria a procurar uma pessoa permanente. Ela fingiu que tirar um tempo livre de seus filhos à noite era uma coisa bem-vinda, mas eu sabia que trabalhar essas horas extras era um sacrifício que ela estava fazendo por mim. Como ela tinha o mesmo nível de experiência que eu no trabalho com pessoas atípicas, foi confortável deixá-lo nas mãos dela. Desesperada para ficar com Channing, acabei cedendo e, felizmente, parecia ter dado muito certo. Oito meses depois, ela ainda estava cuidando dele, mas parecia ser puramente por escolha.

— Ele está bem mesmo?

— Está ótimo. É como um evento de família aqui. Ele adora passar tempo com Jenna e Alex. E eles o adoram. Sempre me perguntam se ele tem mesmo que voltar para a casa de acolhimento. É fofo. A grande pergunta aqui é... como você está? Sinto falta da minha amiga.

— Eu também sinto a sua falta... demais. — Suspirei. — As coisas aqui estão... movimentadas. Todos os dias com Christine são cheios de altos e baixos, mas todos os dias percebo mais e mais que esse aqui é o meu lugar.

— Ah, eu sei que você está exatamente onde deveria estar.

— Também é muito bom poder ver os meus pais sempre que posso. Eles nos visitam em algumas noites e jantamos todos juntos.

Meus pais ficaram bem chocados, a princípio, quando descobriram que eu estava com Channing, mas enfim o aceitaram bem. Eles sempre foram muito fãs de Rory. E precisaram de bastante tempo para se acostumar com a ideia de que eu estava com Channing Lord.

— Já te disse o quanto estou feliz por você?

— Uma ou duas vezes. — Dei risada.

— É melhor eu ir. Prometi ao Milo que o levaria para tomar sorvete. As crianças também vão.

— Divirtam-se. Eu te amo.

— Também te amo.

Não demorou nada até ficar muito claro, depois de eu me mudar para Chicago, que o lugar onde eu mais precisava estar era com Christine. Era difícil encontrar uma pessoa confiável para cuidar dela durante o dia. Então, como eu tinha chegado desempregada, em vez de pagar a alguém, fez sentido eu me encarregar de cuidar dela, pelo menos até se tornar difícil demais.

A paz de espírito que Channing ganhou com isso era inestimável, sabendo que eu estava tomando conta de sua mãe enquanto ele trabalhava. Eu sabia o quanto vinha sendo difícil para ele conciliar tudo enquanto tentava encontrar uma condição melhor para ela. Poder aliviar uma boa parte daquele estresse me dava um sentimento gratificante. Sem contar que eu realmente amava Christine, não somente porque ela era a mãe de Channing e Lainey, mas porque ela tinha uma alma bondosa. Havia muitos momentos apavorantes, em que ela não me reconhecia ou não conseguia se lembrar de aonde tínhamos ido há pouco tempo, mas também ainda havia momentos de lucidez e bom humor. Conforme sua condição avançava, ela parecia estar cada vez mais amorosa e carinhosa. Isso era comum, pelo que eu ficara sabendo ao conversar com outros cuidadores.

A única inconveniência em ter Christine por perto era Channing e eu não termos muita liberdade para nos "expressarmos sexualmente" pela casa. Aproveitávamos os momentos em que ela estava em seu quarto para roubar alguns beijos e toques. Ficar se esgueirando assim até que era divertido, e fazia com que nossos momentos a sós a portas fechadas fossem muito mais especiais. Era como se tudo fosse preliminares. Sem contar que, agora, dormíamos no antigo quarto de Channing, então transar em sua cama antiga sempre tinha um quê a mais.

Embora Channing trabalhasse muitas horas por dia, ele sempre insistia em fazer o jantar para mim e sua mãe quando chegava em casa. Era ele que cozinhava melhor, até mesmo quando fazia coisas estranhas, então ninguém reclamava desse arranjo. Channing alegava que cozinhar o ajudava a descontrair após um longo dia de trabalho. Ele se servia de uma taça de vinho, colocava música para tocar em seu iPod, balançava a bunda e cantava enquanto estava diante do fogão. Gatinha ficava serpenteado entre as pernas dele. Não estávamos mais em Boston, mas nada tinha mudado no relacionamento deles.

Não importava o que acontecesse, todos os dias terminavam com nós três nos sentando à mesa para jantar. Nunca dava para saber como Christine estaria. Em algumas noites, ela estava bem; em outras, mais confusa.

Naquela noite, após terminamos de comer, ela me fez uma pergunta de grandes proporções.

— Você pode me comprar um vestido, Amber?

Lavando os pratos, olhei para ela.

— Claro. Qual é a ocasião?

— Para o casamento.

— Que casamento? — Channing indagou.

Preparei-me e pedi a Deus que ela não estivesse achando que ainda estava com o pai de Channing. Seria devastador demais.

— O seu casamento.

Parei de enxaguar os pratos.

Channing pousou a mão no ombro dela.

— Meu casamento com Amber?

— Sim, com essa linda mulher bem aqui. Vocês vão se casar, não vão?

Channing e eu não estávamos noivos. Sabíamos que queríamos passar o resto da vida juntos, mas ficou acordado que as coisas estavam um pouco loucas no momento. No entanto, a verdade era que eu me casaria com ele em um piscar de olhos, se ele pedisse.

Fiquei surpresa quando ele disse, sem hesitar:

— Sim, nós vamos nos casar.

Estreitei os olhos.

— Vamos?

— Preciso de um vestido bonito, então — Christine insistiu.

— Podemos comprar um para você — ele prometeu.

— Amanhã?

— Claro. Talvez Amber possa levá-la.

Fiquei boquiaberta. Aonde ele estava querendo chegar?

Christine se levantou de repente e foi em direção ao seu quarto.

— Fico me esquecendo de que tenho uma coisa para te dar, Channing. Não pode esperar mais.

Quando ela retornou, abriu uma caixinha vermelha que continha um lindo diamante em um anel que parecia uma relíquia.

— Este era o anel de casamento da sua avó Faye. Ela me deu para dar a Lainey. Mas quero que você fique com ele... para dar a Amber.

Ele o pegou e o examinou.

— É lindo, mãe.

Channing parecia estar perdido em pensamentos enquanto segurava o anel. Ele o colocou de volta na caixinha e seus olhos encontraram os meus.

— Posso falar com você um minuto?

Enxuguei as mãos em um pano de prato.

— Claro.

Ele me levou para a sala de estar.

— Se eu te pedisse para se casar comigo esta noite com a minha mãe nos vendo, você aceitaria?

De repente, meu pulso acelerou.

— Claro que sim.

— Merda, eu sei que isso não está sendo nada romântico. Mas não queria fazer isso na frente dela a menos que você se sentisse pronta para aceitar. Eu nunca te colocaria nessa posição. Sei que dissemos que esperaríamos um pouco, mas quero que ela me veja te pedindo em casamento, que esteja lá... mesmo que não se lembre depois. Quero que ela tenha essa experiência... se você aceitar.

Segurei seu rosto entre as mãos e o puxei para um beijo.

— Eu me casaria com você amanhã.

— Sério mesmo? Você não quer um casamento grande?

— Eu quero que Christine possa estar presente. Fazer um casamento grande exigiria bastante planejamento. Ela pode não...

— Eu sei. Esse é o meu medo, de que ela esteja pior quando terminarmos de planejar tudo.

— Claro. — Passei a mão por sua bochecha. — É uma preocupação muito válida.

— Faz muito tempo que sei que quero me casar com você. Por mim, não importa se fizermos isso amanhã ou no ano que vem. Sei que é a mulher da minha vida, Amber.

— Que tal fazermos algo pequeno para que ela possa estar presente? E, algum dia, se ainda quisermos uma cerimônia maior, podemos fazer também. Ou podemos usar o dinheiro para uma puta lua de mel.

— Você se casaria mesmo comigo amanhã? — Ele sorriu. — Ok... talvez não amanhã... mas, digamos... neste fim de semana?

Não precisei pensar duas vezes.

— Sim.

Ele arqueou uma sobrancelha.

— Literalmente? E tenha cuidado com a resposta.

— Sim... literalmente.

Nós *literalmente* fomos à prefeitura no dia seguinte para solicitar uma licença de casamento.

Alguns dias depois, naquele fim de semana, meu pai me levou até o altar em uma pequena cerimônia realizada no hotel The Ambassador Chicago.

Ligamos para vários lugares e, por acaso, o terraço maravilhoso desse hotel não estava reservado para o domingo. Com a paisagem de Chicago e um vislumbre do Lago Michigan como pano de fundo, pudemos organizar uma celebração íntima com apenas nossos pais presentes.

Graças a Deus, Christine estava tendo um bom dia, e tiramos muitas fotos com ela. Ter sua mãe conosco e lúcida significou muito para Channing. Compramos um lindo vestido cor de champanhe para ela. Eu usei um vestido longo branco simples sem alças e com lantejoulas no corpete.

Optamos por não sairmos em lua de mel por enquanto. Em vez disso, passamos a noite de núpcias como passávamos todas as noites: em nosso aconchegante lar.

Channing havia tirado o terno e estava tomando banho quando decidi ir sozinha até o antigo quarto de Lainey. Morar na casa de infância de Channing e Lainey era uma experiência muito emotiva. Eu passava bastante tempo naquele cômodo, que agora era um quarto de hóspedes. Havia caixas com coisas dela no closet. Uma das coisas que eu mais gostava de fazer era passar um tempo sozinha toda noite lendo seus diários. Ponderei um pouco se seria sequer apropriado lê-los, mas foi Channing que finalmente me convenceu de que Lainey não se importaria. Ele argumentou que ela me contava a maioria de seus segredos e gostaria que eu encontrasse conforto em suas palavras todos esses anos após sua morte.

Os diários continham coisas inocentes, em sua maioria. Ela escrevia sobre garotos pelos quais tinha uma queda, ou o que tinha feito durante o dia. Sabia que, com o passar do tempo, eu me desconectaria ainda mais de Lainey, mas ler seus diários trouxe seu espírito de volta com muita clareza. Eu podia sentir sua presença de novo. Era como reviver a infância de várias formas.

Naquela noite especial, ainda usando meu vestido de noiva e deitada no chão, deparei-me com uma passagem irônica que ela escrevera no ano de sua morte, que me fez sorrir de orelha a orelha.

> *Hoje, fomos a uma piscina pública em Wellis. Éramos eu, Channing, Amber e Silas. Estou começando a achar que Channing gosta de Amber. Espero muito estar errada. Porque isso seria inacreditavelmente nojento.*
>
> *Amber estava usando um biquíni com estampa de morangos. Quando ela se curvou para pegar sua toalha do chão, os peitos dela saltaram um pouco. Channing ficou olhando para ela. E isso continuou pelo resto do dia. Eu ficava flagrando ele babando nela.*
>
> *Enfim: TOTALMENTE NOJENTO.*

Meus ombros sacudiram com a risada quando fechei o diário. Era o final perfeito para aquele dia. Era a forma de Lainey nos dar seus parabéns.

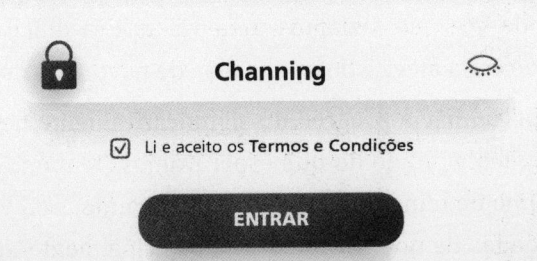

https://clubedecavalheirosnewbury.com

EPÍLOGO

🔒 **Channing** 👁

☑ Li e aceito os **Termos e Condições**

ENTRAR

Minha mãe abriu bem os braços.

— Oi! Oi, coisinha linda e preciosa. Qual é o seu nome?

— Lainey.

— Lainey! Que nome lindo. — Ela abriu um sorriso radiante. — E quantos anos você tem, Lainey?

— Tenho *tês*.

— Três?

Ela ergueu três dedos.

— *Tês*.

— Você gostaria de um docinho?

Lainey assentiu, entusiasmada.

— Apenas um — Amber avisou.

Mamãe abriu sua gaveta, pegou uma balinha de hortelã e entregou para nossa filha. Amber a ajudou a retirar a embalagem.

— Como é que se diz, Lainey?

— *Obigada*, vovó.

— Por nada, querida.

Essa devia ser a vigésima vez que minha mãe via sua neta "pela primeira vez". Lainey cooperava bem, sempre entrando na onda da grande recepção que a esperava. Mamãe lhe dava doces, então, naturalmente, Lainey ficava animadíssima. Nós dissemos a ela que a vovó não se lembrava das coisas, mas eu não tinha certeza se ela compreendia. De um jeito ou de outro, ela nunca pareceu se importar em ser mimada com o mesmo entusiasmo toda vez que fazíamos uma visita. Era difícil e, ao mesmo tempo, era lindo ver a alegria da minha mãe de novo, e de novo.

Sua condição havia progredido significativamente no decorrer dos anos e avançou mais rápido do que esperávamos. Tentamos mantê-la em casa pelo máximo de tempo possível, mas foi ficando cada vez mais difícil lhe dar os cuidados de que ela precisava, principalmente após a chegada da nossa filha. Nós a colocamos em uma casa de repouso perto de onde morávamos, e, felizmente, eles pareciam estar cuidando muito bem dela. Vários colares adornavam seu pescoço. Seus cabelos estavam presos e arrumados, e suas unhas sempre estavam recém-pintadas. As mulheres que trabalhavam lá se certificavam de que ela estivesse sempre bem-vestida e cheirosa.

Eu a visitava todo santo dia, sem falta. Amber e eu levávamos Lainey para vê-la apenas de vez em quando, já que era sempre uma experiência emocionalmente desgastante.

Nossa filha foi concebida um ano após Amber e eu nos casarmos. Como não estávamos mais usando camisinha e Amber não se dava bem tomando pílula, decidimos apenas prestar muita atenção ao seu ciclo menstrual e deixar tudo na mão do destino. E o destino nos trouxe Lainey mais cedo do que esperávamos.

Minha mãe acariciou as marias-chiquinhas de sua neta.

— Você me lembra alguém. Sabia?

Lainey era a cara de sua xará — minha irmã —, e embora minha mãe não conseguisse entender a conexão, era reconfortante saber que, em certo nível, ela se lembrava.

— Mãe, nós temos que ir, mas voltaremos amanhã, ok?

Minha mãe sorriu.

— Como você é gentil.

Doía muito quando ela não se lembrava de mim. Na maioria dos dias, ela não sabia por que eu a visitava, além de ser somente "um rapaz gentil". Isso não importava; eu ainda estaria ali por ela da mesma forma que estaria se ela estivesse cem por cento lúcida.

Demos um abraço de despedida na minha mãe antes de irmos para casa.

Ao seguirmos pela estrada, Amber se virou para mim.

— Adivinhe quem vai se casar?

— Quem?

— Rory.

— Mentira!

— Pois é.

Eu sabia que Amber ainda mantinha contato com Rory. Ele havia se mudado para Seattle para trabalhar e, cerca de um ano antes, ele contou que havia conhecido alguém, uma viúva com três filhos que ele passou a considerar como seus. Ele parecia feliz de verdade, e isso deu um pouco de paz a Amber.

— Que bom. Fico feliz por ele — eu disse.

Ela sorriu.

— Eu também.

Em determinado momento, acabamos ficando presos no trânsito, e não demorou muito até descobrimos por quê. Acontece que havia um parque de diversões na cidade. Estávamos indo para casa por uma rota diferente, então não tínhamos passado por ele no caminho para ver minha mãe. Mas não era surpresa alguma. Já tinha visto cartazes anunciando-o por toda parte.

Não era somente qualquer parque de diversões. Era *o* parque de diversões, na mesma feira anual onde o acidente acontecera havia onze anos. Eu já tinha passado por ele no decorrer dos últimos anos, mas nunca com Lainey no carro.

Ela apontou seu dedinho para a janela.

— Mamãe! Eu quero ir! Eu quero ir!

Meu estômago gelou quando vi os olhos de Amber se encherem de medo. Eu sabia que ela queria ceder ao pedido da nossa filha. A única coisa que a impedia era eu, ou melhor, o medo de que eu surtasse. Amber nunca sugeriria que parássemos, a menos que eu insistisse.

Eu não conseguia aguentar a ideia de visitar um parque de diversões desde a morte da minha irmã. Tirando aquela breve experiência em Boston com Milo, sempre consegui evitá-los. Mas agora, eu era pai, e minha filha merecia visitar o parque de diversões, se fosse o que realmente queria. Não era justo permitir que meu medo afetasse sua vida.

Minha atitude também havia mudado de certa forma no decorrer dos últimos anos. A doença da minha mãe me ensinou que a vida era curta demais para se viver com medo. Sim, acidentes acontecem, mas você não podia passar a vida inteira se preocupando com a possibilidade de uma tragédia. A vida já era difícil o suficiente. Eu sabia que era agora ou nunca.

— Podemos ir ao parque de diversões, amor.

Amber pareceu chocada por me ouvir dizer isso.

— Tem certeza?

— Sim. Preciso fazer isso por ela.

Ela colocou a mão na minha.

— Ok.

Um pé na frente do outro.

Foi o que disse a mim mesmo ao entrarmos na feira de eventos. Sim, eu estava apavorado, mas bastou apenas um olhar para o rosto da minha garotinha para me acalmar, de alguma forma. Ela nunca estivera em um lugar assim. Seus olhos observavam tudo ao redor conforme ela assimilava o que via e os sons.

Foi aí que a ficha caiu. Eu tinha duas escolhas. Surtar ou me acalmar e dividir a porcaria de um algodão-doce com minha filha. Escolhi a segunda opção.

Brincamos em alguns joguinhos e Amber levou Lainey para dar uma volta em alguns brinquedos para crianças, aqueles que eram seguros e presos ao chão.

Quando estávamos prestes a ir embora, Lainey apontou para a roda-gigante.

— Eu quero ir lá em cima! Lá em cima!

— Na próxima vez, Lainey — Amber disse rapidamente.

Eu ia mesmo impedir minha filha de desfrutar de um passeio na roda-gigante por causa do meu medo? Sim, eu me sentia mais confortável com todos nós no chão, mas a culpa por lhe negar aquela experiência estava me corroendo por dentro. Eu sabia que seria errado.

Forcei as palavras a saírem.

— Que tal irmos todos juntos?

Amber arregalou os olhos.

— Está falando sério?

— Sim. — Engoli em seco. — Nós três.

Amber parecia aturdida, mas muito orgulhosa.

— Tudo bem.

Se algum dia eu poderia dar esse passo, seria naquele dia. Minhas duas garotas eram a minha força. Com elas ao meu lado e sabendo que o espírito da minha irmã estava conosco, eu podia fazer qualquer coisa.

Não vou mentir. Meu coração estava martelando no peito ao nos acomodarmos nos assentos e trancar a grade. Só senti ansiedade mesmo na primeira volta. Depois disso, foi ficando mais fácil. Lainey acenava para as pessoas que estavam no chão. Com a risada da minha filha no ar, não era tão ruim assim.

Aquele passeio de roda-gigante representava a história da minha vida: um pouco assustador, com altos e baixos, mas extasiante e divertido ao mesmo tempo.

De repente, Lainey fez uma coisa que nunca tinha feito antes. Quando a roda-gigante parou, ela estava soluçando de tanto rir, igualzinha a Amber.

Pois é. O círculo da minha vida tinha se completado. Com alguns soluços pelo caminho.

FIM

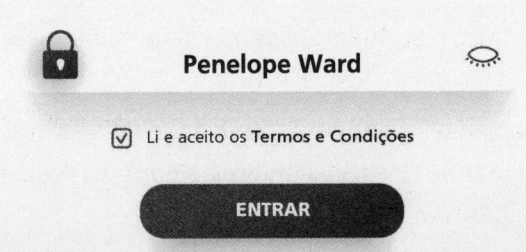

AGRADECIMENTOS

Penelope Ward

☑ Li e aceito os **Termos e Condições**

ENTRAR

Eu sempre digo que os agradecimentos são a parte mais difícil de escrever em um livro e isso ainda está valendo! É difícil colocar em palavras o quanto sou grata por cada leitor que continua a apoiar e promover meus livros. O entusiasmo e a voracidade de vocês pelas minhas histórias é o que me motiva todos os dias. E para todos os blogueiros literários que me apoiam, eu simplesmente não estaria aqui se não fosse por vocês.

Para Vi. Eu digo isso toda vez, e vou dizer novamente porque fica cada vez mais verdadeiro conforme o tempo passa. Você é a melhor amiga e parceira no crime que eu poderia ter. Eu não conseguiria fazer nada disso sem você. Nossos livros escritos em parceria são um presente, mas a maior bênção sempre foi a nossa amizade, que começou antes das histórias e continuará depois delas. (A quem estou tentando enganar? Nunca pararemos de escrever.)

Para Julie. Obrigada pela sua amizade e por sempre me inspirar com sua escrita incrível, sua postura e sua força. Esse ano vai ser o máximo!

Para Luna. Obrigada pelo seu amor e suporte dia após dia e por sempre estar a apenas uma mensagem de distância. Estou tão feliz que esteja de volta aos EUA!

Para Erika. Sempre será uma coisa de E. Sou tão grata pelo seu amor, amizade e apoio, e pelo nosso tempo especial em julho. Obrigada por sempre iluminar meus dias.

Para o meu grupo de leitores no Facebook, Penelope's Peeps. Eu amo todos vocês. A animação de vocês me motiva todos os dias. E para a Rainha Peep Amy: obrigada por ser a administradora do grupo e por sempre ter sido tão boa para mim desde o início.

Para Mia. Obrigada, minha amiga, por sempre me fazer rir. Eu sei que você nos trará palavras fenomenais este ano.

Para minha relações públicas, Dani, da InkSlinger P.R. Obrigada por tirar um pouco do peso dos meus ombros e por guiar este lançamento. É um prazer trabalhar com você.

Para Elaine, da Allusion Book Formatting and Publishing. Obrigada por ser a melhor revisora, diagramadora e amiga que uma garota poderia ter.

Para Letitia, da RBA Designs. A melhor designer de capas do mundo! Obrigada por sempre trabalhar comigo até as capas ficarem exatamente como eu quero.

Para minha extraordinária agente, Kimberly Brower. Obrigada por acreditar em mim desde muito antes de você se tornar minha agente, quando você era blogueira e eu era autora de primeira viagem.

Para meu marido. Obrigada por sempre cuidar de mais coisas do que deveria para que eu possa escrever. Eu te amo muito.

Para os melhores pais do mundo. Tenho tanta sorte por ter vocês! Obrigada por tudo que fizeram por mim e por sempre estarem ao meu lado.

Para minhas melhores amigas: Allison, Angela, Tarah e Sonia. Obrigada por aguentarem a amiga que, de repente, se tornou uma escritora maluca.

Por último, mas não menos importante, para minha filha e meu filho. A mamãe ama vocês. Vocês são minha motivação e inspiração!

CONHEÇA OUTROS TÍTULOS DA AUTORA PENELOPE WARD

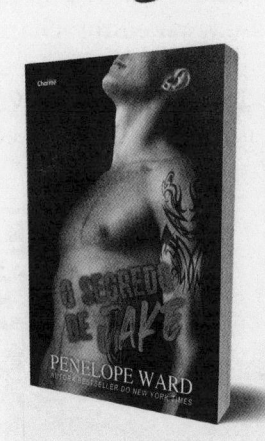

Editora
Charme

Entre em nosso site e viaje no nosso mundo literário.
Lá você vai encontrar todos os nossos
títulos, autores, lançamentos e novidades.
Acesse www.editoracharme.com.br

Você pode adquirir os nossos livros na loja virtual:
loja.editoracharme.com.br

Além do site, você pode nos encontrar em nossas redes sociais.

 https://www.facebook.com/editoracharme

https://twitter.com/editoracharme

 http://instagram.com/editoracharme

 @editoracharme